二魚文化

睡眠的航線

Routes of the Dream

吳明益

二魚文化

歷史如夢　陳芳明　4

面對浩劫的存活之道　邱貴芬　11

第一章　19

菩薩清楚每件事的源頭，菩薩是唯一能用眼看到聲音的神明，菩薩知道每個生命與無生命的命定事件，以及他們與它們對命定事件的一切反應，祂了悟事件之河會流向哪裡，就好像讀過世界從開始到毀滅的所有舊報紙。（祂讀得那麼仔細，以致於上頭的油墨都模糊了，因而沒人能再讀一次）沒有任何痛苦與祈求是新鮮的，沒有出生和死亡不在預料當中，在菩薩面前一切都赤裸裸，人的身體變成玻璃，心在那裡熱滾滾地跳動。

第二章　71

眼前的視線像被雨打模糊的車窗，睡意如連綿不斷的稻田展開，落日久久不落，魚血般的潮水逐漸淹漫，我感到異常堅硬的勃起並聽到震耳的劈啪聲。三郎別閉上眼三郎，三郎別閉上眼三郎。我睜開眼問，戰爭結束了嗎？戰爭結束了嗎？

第三章　119

聽說練橫笛如果吐氣太久，將會看到幽靈。

那你會不會吹橫笛？

CONTENTS

會。

那你看到過幽靈嗎？

還沒有。據說看過一次就要變成成人，不過，我還沒有看過。

第四章 187

不論晴雨，牛車都以安靜、緩慢的前進速度，把零戰拉到戰場上。在休息的時候，運輸兵們提著一桶桶的啤酒到牛的面前，牛弓起背，伸出紅紅的舌頭痛飲啤酒，啤酒的泡沫從牠的嘴角流出來，酩酊的牛因此出現了一種迷惘、憂鬱中帶著些許幸福感的眼神。

第五章 233

三郎在搭上火車之前摸了摸自己的包袱，他側著頭小聲地對裡頭被布密密包覆的秀男與阿海的指甲說：「僕らはもうすぐ うちに帰る。」

後記及附錄 304

序一

歷史如夢——序吳明益《睡眠的航線》

陳芳明 國立政治大學台灣文學研究所所長

懷抱詩意的心情，我與吳明益相偕走完一程他編織出來的歷史夢。那是一個值得祝福的夢，也是一個使人悲傷得近乎悼祭的夢，直到夢醒時，我才發覺吳明益寫散文的手，原來也可以為台灣歷史構築一個精緻的故事。

吳明益是勇於探索、勇於介入的寫手。在新世代作家中，甚至在戰後以來不同世代的作家行列裡，我很少看到像他那樣，能夠把思考與行動結合得恰到好處。《睡眠的航線》可能是他文學生涯以來具有野心的一個企圖，嘗試把生態、歷史、記憶揉雜起來，凝視台灣社會潛藏許久的創傷。闔上書稿時，吳明益堅毅的眼神似乎浮現在我額前。

認識他是將近八年前的事，那時我還在台中任教。由於受邀參加台北市文學獎的評審，主辦單位寄來一冊文字極其乾淨的散文集《迷蝶誌》，那是我第一次發現吳明益這樣一位作者。在評審會議上，我力主給他散文首獎。與其說他的文字吸引我，倒不如說是他閱讀自然的心境迷住我。自然寫作在國內他不是第一人，但視他為後起之秀絕對沒有錯。靜態的文字與生動的蝴蝶之間，存在著一道簡直無法跨越的鴻溝，讓蝴蝶飛入文字叢中，需要的是長期的觀察與關懷，那必須付出心力與耐性。很少有年輕人能到達那樣的境界。我說服了其他評審委員，這個獎果然落他手上。

真正與他見面，不在頒獎典禮，那次我恰好缺席；而是在他博士論文的口試。那冊厚厚的論文，後來出版時的書名是《以書寫解放自然》，我頗訝異他橫跨知識的能耐。大學時代主修大眾傳播廣告，碩士時期專攻清代詩學，博士學位卻是以當代自然書寫的主題取得。依稀記得在口試時，他據案坐在五位口考委員的對面，目光炯炯有神，絲毫未有畏怯之情。事實上為他口試的教授，其實都不熟悉他追求的知識。能夠與他對話的，大約只能集中在論文的結構與引述的資料；至於論文中提到的自然書寫理論，幾乎每位委員都不甚了了。如果在那場考試中有感到心虛者，絕對是坐在長桌這邊的教授，而不是吳明益。他的膽氣與信心，讓我大開眼界。

又過一年，那是二〇〇三年的事。他來到我的研究室，央請我為他寫推薦信。原來東華大學中文系有教職出缺，他有意申請，對這位令人印象深刻的年輕人，我立即欣然答應推薦。這不僅僅是他能夠勝任文學教學工作，更重要的是，我認為花蓮是台灣自然生態的最後據點；那塊淨土應該是充滿期待，期待像他這樣的熱情年輕學者去觸探。他順利獲得教職時，來電向我致謝，羞澀的語氣中帶有喜悅；那股喜悅也席捲了我。

他給我的喜悅還不止於此。再過一年，他寄了一冊新的書稿給我，那就是後來入選中國時報十大好書的《蝶道》。這是他最親近土地的一次書寫，沿著他文字的軌跡前進時，我簡直就是跟隨他的腳踏車旅行一起觀察台灣。當他要我寫序時，不免帶給我躊躇。豐沛的生命動力與豔麗的自然節奏，幾乎不是尋常作家使用的靜態文字所能承載，卻在吳明益書中隨處可以俯拾即得。其中最大的秘密就在於他的文字不是書寫出來的，而是以他的徒步旅行行走出來的。

新世代作家耽溺於想像與虛擬實境時，吳明益追求的是文字的行動與實踐。他傳達的信息不是普通常識而是深刻的知識。當他敘述一隻蝴蝶的生命時，那些可信的資料絕對不是在網路上搜尋，而是他在長程的道路上親眼觀察而累積蒐集。讀者如果在書中被某一種美的時刻震懾，那是竭盡體力的跋涉之後捕捉的，那往往是路途上稍縱即逝的感動時刻。

這樣說，全然不是出自我的謙虛。為他的書寫序，對我是大大的抬舉。走過那麼長久的文學道路，我從未嘗試在緩慢的節奏中去理解這個世界。我看待世界，似乎已養成匆匆的脾性。縱然對自然生態也抱持關懷，那樣的議題在我的文學思考裡卻是疏離的。我無法像吳明益那樣，摒除庸俗的事物，抗拒擾攘的紅塵，專注地培養一種靈視，全心關注一個蛹羽化成蝶的過程。為了寫出一本書，他完全推卻所有的稿約，唯恐旅行與書寫的秩序受到損害。吳明益的時間空間觀念，迥異於台灣的所有作家，他構築一個自足而自主的世界，在那個空間裡，他相信自己有足夠的能力支配自己的時間。

二〇〇六年春天的一個夜裡，我正驅車在高速公路疾馳。突然接到他的電話，嚅嚅的語氣帶著一種羞澀，但說話時卻又異常鎮定，他表示將辭去教職，以便專心完成兩本書。我知道他喜歡教書，而且在東華大學頗受學生歡迎。當他做這樣的決定時，我能夠理解這必定是經過審慎的思考。在學術與寫作之間，很難做出一個比例極為平衡的選擇。多年教書的經驗，讓我體會到寫作是如何受到干擾。要追求學術，就只能犧牲創作。現在，吳明益作了一個異於常人、不成比例的抉擇，正好可以完全顯露他不俗的個性。

專心駕駛之際，我其實無法給他任何恰當的建議。這位年輕學者，在他的朋輩中想必是過於成熟的；無論從行事風格或思維模式來看，他遠遠超過許多實用的、功利的學界中人。他說必須讓我知道他的決定，畢竟當初我為他寫了推薦信。我最後並沒有勸阻他，在內心反而對他更加尊重。在東華大學校園，他的辭職當然是一個事件；在整個台灣文學研究的領域，也帶來不小的震撼。不過我再次聽到的消息卻是好的，東華大學寧可讓他請假一年，並未接受他的辭呈。校方的決策極為明智，這位年輕人是值得讓他留下來。

獲得假期的他，其實沒有休假。他優先付諸行動的便是進行海岸線與溪流的徒步旅行，這是一個神話故事，尤其在二十一世紀的台灣。當雪山隧道與高速鐵路受到膜拜的時刻，吳明益決心讓時間緩慢下來，在東海岸的道路上，背著行李的投影踽踽前進，對任何人都是屬於孤寂的時刻。我可以想像，他並不寂寞。每一片不經意的雲，每一隻不期而遇的鳥，每一株風中搖曳的草，都與他展開無盡止的對話。台灣每個被輕易錯過的風景，他全然都不放過。他容許自己滴下的汗水，深深埋藏在每一寸走過的泥土，或者蒸發在每一畝燦爛的陽光。我這輩子從來沒有穿破一隻球鞋，但是在步行的旅行中，吳明益已磨損好幾雙鞋子。他的雙腳與台灣的土地緊緊纏綿，他的呼吸與島嶼的空氣相互調和，他的膚色鮮明烙下海岸的陽光，他的語言傳頌稀罕的鳥聲與蟲聲。沒有休假的吳明益，再次做了一個使台灣學界吃驚的事。他以兩冊厚實的書，兌現了一年前的許諾。

《睡眠的航線》是他第一次完成的時間之旅。看到他勇敢偏離習以為常的「眼見為真」的思考模式，大膽挖掘台灣人的歷史意識，在渺茫時空中進行歷史想像，那種突破格局的勇氣，並非是每個人都能企及。這冊小說，始於戰爭，止於海嘯，揭露生命的卑微與脆弱。使我感到訝異的是，他的創作完全不受前輩作家的影響。文學史上的許多歷史小說，過於強調台灣意識的主體性，也酷嗜殖民與反殖民的兩元思考，更偏愛釀造悲情的色調。吳明益反其道而行，他直接進入夢與記憶。

時間始於太平洋戰爭臻於高潮的階段，中間經過七〇、八〇年代台灣資本主義的轉折，以至於跨世紀新世代對歷史的投以回眸。為了完成這部小說，他特地遠赴日本旅行，即使是嘗試歷史想像，他還是沒有放棄「眼見為真」的實地考察。

小說以兩個「我」為敘事的主軸，一個是戰爭年代父親世代的「我」，一個是戰後昇平世代的「我」。兩個世代可能沒有任何對話的空間，然而歷史所留下來的記憶卻是他們共同的夢。在歷史的洪流，尤其在殖民地的歷史、創傷、矛盾、對抗、衝突的緊張情緒理應在記憶裡激盪。但是，這冊小說以詩意的語言，敘述台灣青年被徵召到日本內地參與武器生產。他被捲入戰火之中，卻對戰爭沒有任何發言權。遠離故鄉的台灣少年三郎，對於日本皇國以及神一般的天皇，顯然並不帶有激切的情感。他懷念的是自己的家鄉、親情與寵物。這個善良的少年，被迫渡航在不安的海洋，被迫至飛機轟炸下祈求生存，被迫在火光中見證死亡。這些殘酷的經驗，形成生命中永恆的創傷。戰爭結束後，他與他的世代毫無選擇地被「歸還」給新的國籍，彷彿什麼事情都沒有發生。但在靈魂深處卻成為劇痛，暗疾似地常常不定期發作。

戰後世代的「我」，對於戰爭也許一無所知，但是威權時代的噩夢卻經過父親傳遞而降臨。父親是「家庭全然的統治者，沉默的統治者，他不用命令我們就了解他的命令」。歷史並未消逝，記憶更未消逝，而是換成另一種形式，幽靈般不斷回來。戰爭好像沒有造成傷害，卻創造一個重聽的、沉默的父親。這位父親是戰後台灣社會的集體無意識，是一則共同的歷史寓言，是無法揮之而去的記憶。同樣是這位父親，在戰後目睹威權統治者舉行閱兵典禮時，一種「腐爛海藻跟汽油，殘餘火藥混合的氣味」，立即襲擊他戰爭時期的知覺。這位受到詛咒的台灣人，在歷史轉型期無法承受社會巨變，而自行宣告失蹤。

吳明益創造這個寓言式的父親，以高度沉默形象出現，變成一則歷史的謎。戰後世代都焦慮地展開「尋父」的旅程，這種歷史意識的覺醒可能是曲折而迂迴，卻是一種心靈治療僅有的方式。通過夢的歷史，戰後世代終於見識父親是如何受到傷害。父親可能是失落了，但是兩個世代的和解卻因此而達成。

柔軟的敘事策略，看似水波不興，記憶深處卻是暗潮洶湧。為了造成柔軟的效果，吳明益刻意訴諸睡眠夢境、幻覺、異象。在每一個轉折處，其實是依賴大量的史料與考據支撐起來。自然書寫的創作者，竟然也漂亮地自我翻轉成歷史小說的塑造者。他的小說，一如他的生態散文，並不是書寫出來，而是徒步走出來的。他的文學，是因為看見真實，終於不能不求諸於文字紀錄。他的夢，比歷史的真實還真實。在平靜的文字背後，是高度的同情；在夢的盡頭，是深情的療傷。

序二 邱貴芬 國立清華大學台灣文學研究所教授

面對浩劫的存活之道：閱讀吳明益《睡眠的航線》

去年吳明益打算辭去東華大學的教職，以便專心從事創作。聽到這個消息，幾位關心台灣文學發展的朋友都紛紛勸阻。台灣的大學授課負擔沈重，研究時間有限，如果在教書與研究的同時，還想保留創作空間，那就更難以想像。但是，以「寫作」為專業，究竟如何在寫作和生計現實之間闖出一條可行的人生道路，不必更費時間為基本溫飽奔波，數十年如一日地持續寫作熱忱，挖掘創作的題材，卻是我世俗的算計更難以想像的路途。我與明益其實未真正照過面，卻也加入這勸阻的行列，因為從事文學研究多年，我深深體會台灣文學的大器之材不可多得。當時我正開始探索台灣自然寫作的題材，認為反思「台灣現代性」敘述的種種嘗試，或將在這個領域裡找到超脫目前身份認同思考格局限制的啟發，開拓不同的境界和路徑。我看過明益的一些作品，隱約中看到這條路線迂迴發展。因此，雖然理性的聲音告訴我去職專心寫作真是浪漫而過度理想的執著，心裡卻也不禁暗暗讚嘆，或許在這「浪漫」的驅力裡，我們可以擺脫台灣文學過於「務實」的個性所帶來的格局限制吧？能夠取徑「自然」回頭來思考人文議題的作家，或許能透過其「不同凡響」的思考模式，帶出台灣文學更深邃的一些議題和更寬廣的觀察面向？

多人勸阻轟炸和惜才的東華大學多方挽留，明益總算接受勸說，先停職一年專事寫作再作決定。而我也充滿興致，打算看看這位我認為頗有潛能的年輕作家究竟如何實踐他的理想，或者終將和一些我曾經期待過的文學新星一樣雷大雨小，不了了之？經過一年，明益來信請我為他即將出版的小說創作寫序。這部小說是否回應了我們的期望？我翻開這本吳明益這部題為《睡眠的航線》的新作，充滿好奇與嚴格的期待。（其實讀者在此應跳過底下解讀，直接進入小說文本。此部小說結構特殊，充滿樂趣，事先得知別人如何解讀，干擾後續閱讀過程，是一大損失。）

小說的敘述大致分兩線交纏進行，第一條敘述路線以「我」的敘述觀點呈現「我」如何在看到難得一見的竹林開花之後開始出現另一種「睡眠規律」的症狀，經常無可自己地進入睡眠狀態，以及他因此困擾求訪台灣及日本睡眠專科醫師的過程。這條敘述軸線不斷被另一條敘述軸線打斷，叉開發展的敘述主要呈現日治時代末期一個台灣少年「三郎」如何自動應召飄洋過海，到日本學習機械技術，參與大戰時日本先進飛機的製造。後面這條敘述軸線主要以第三人稱敘述觀點進行，除三郎的觀點之外，並穿插其他角色觀點，其中包括三郎之母、觀見戰爭苦海眾生頻頻發出祈福卻無能為力的菩薩、一隻無意中被當作床腳長年承擔原非牠應負重任的烏龜、和年老住在中華商場以修電器為生的三郎。兩條敘述交錯進行，我們後來終於瞭解原來第一條敘述軸線裡的「我」其實是三郎之子，也因此，這部小說的進行成了敘述者「我」召喚和重建其父親記憶的過程。換句話說，如果我們把第二條軸線所呈現的片段解讀為第一條軸線敘述裡的「我」的夢境，透過夢境他看到了父親生前絕口不提的少年戰時經驗，看到了戰爭時菩薩的無可奈何、看到了烏龜如何被迫承擔原非牠可以承擔的責任與苦難，那麼，「睡眠的航線」便是一個召喚失落的（台灣、父親的）記憶的過程，透過睡眠來修補敘述者「我」與父親生前無法溝通的鴻溝，為父親召回他壓抑的少年記憶，以成就完整的父親的人生。

但是，這樣的讀法固然言之成理，卻太快把這部小說放在解嚴以來召喚台灣歷史記憶的書寫範疇，錯失了這部小說想要開發的一些新方向，讓這部小說過於便利地坐落於我們已過於熟悉的記憶書寫窠臼裡。解嚴以來「歷史私人化」的小說敘述方式蔚為風潮，而所謂「以小博大」，「透過重述個人生命史、家族史來挑戰官方或國家歷史大敘述」的解讀方式也甚為流行，到了二〇〇七年，解嚴正好二十年，不僅此類歷史記憶小說「一卡車」，重複類似論調的小說解讀少說也有「十卡車」。如果明益在二〇〇七年出版的新作只是老調重彈，不免讓人悵然。但如果作者企圖傳達新意，而讀者卻只懶惰地套以窠臼來進行解讀，恐怕也辜負了一部好創作。此部小說無論在主題或形式上，都翻新歷史記憶小說創作模式，從自然生態視角拉出一條超越個人和家族生命史的軸線，對戰爭與人類文明的進程提出其獨到的觀察與見解，開發出台灣小說創作的一條特殊航道。戰後出世的「我」未曾經歷戰爭，透過睡眠獲取父親的戰爭記憶。這不只是召喚父祖的記憶、解放台灣人被壓抑的（日治時期）歷史記憶而已。我認為只是如此解讀，不僅滯怠於「身份認同」的思考論述設定的侷限，更低估了此部小說的企圖。戰爭的記憶不僅是敘述者「我」需要，更是所有人類必備的生存知識。永遠沒有睡眠的菩薩知道，「戰爭的背後其實還有戰爭，而災難的背後仍將有災難」，這是人類文明、也是自然運轉的本質。只有堅強的人，才能在發生災難時存活下來。而堅強，是透過戰爭的記憶養成的。召喚父親的戰爭記憶因此不是為了身份認同的重構，而是為下次災難經歷提前準備。書的結尾因此回頭呼應了敘述開場竹林的集體死亡災難：「竹子開花並不一定會全部死去，總有那麼一兩棵強韌地活下來，它們會重新伸出竹笋，佔領那些沒有在死亡後迅速重生的竹子的土地，開花後沒完全死盡的竹子才是成功的竹子。」自然界如此。人類歷史經驗也是如此。沒有戰爭經驗的人類需要透過「睡眠」來修補戰爭記憶的空缺。這是何以敘述者「我」必須進入特殊的睡眠狀態，才能補足他所欠缺的父親的戰爭經驗。小說的敘述與主題互相呼應，也因此解決了第二章裡突兀的以「你」為對象的敘述觀點問題。而文本之外，同樣缺乏戰爭記憶和經驗的讀者，顯然可以進入《睡眠的航線》來修補這段記憶的空缺，儲存面對災難的堅韌。

這是台灣小說裡難得見到的「大器」。《睡眠的航線》既悲觀（「災難」與「戰爭」的不可避免）又樂觀（總有人會存活下來）。從自然界的觀察裡提煉人生哲學。吳明益總在主流論述之外再開闢另一番空間和思考層次，展示「歷史記憶」書寫不必然拘泥於身份認同的格局，也展示私密的歷史回憶不必然一定站在大歷史敘述對立面，而或可與大敘述提出的重要議題展開繁複的對話。技巧結構的用心安排耐人尋味，與主題呼應，讀者可再三咀嚼。例如，第三人稱觀點為主的敘述軸線橫跨神界（菩薩）、人間（三郎及其家人、參戰的日本和美國軍官士兵等）、動物界（名為「石頭」的烏龜），集中描繪戰事之餘，這樣巧妙的觀點和結構安排卻也暗示時間與空間的無限擴張，這是台灣小說裡難得的敘述手法，超越特殊歷史脈絡時空限制，而拔向如何面對自然與人類文明「災難」循環的思考軌道。

我在電話中得知，吳明益將回歸教書職位，他在下一個人生的教書階段裡將如何開創他人生自己空間？又將如何同時開展台灣文學的寫作格局？我與其他讀者一樣充滿好奇與期待。

當語言、死亡與傷害在書寫中瀰散為虛構，惟有那場戰爭恆為真。

人與神都一樣，要向睡眠低頭。

荷馬(Homeros)，《伊里亞德》(*The Iliad*)

1

我是在包籜矢竹開花的那年發現自己睡眠異常的。

我會知道那年包籜矢竹開了花，是因為我一位對植物生態有濃厚興趣的朋友沙子，在一場大學同學的餐敘上提到的。他說陽明山上的包籜矢竹開了花，現在已經有點枯枯黃黃，就快要一批批死去了。他建議我們應該上山看看這樣的奇景。我和其他同學吃著浮起一層油脂的火鍋，假裝沒聽到。

雖然沙子長得有點像懶洋洋的袋熊，但其實他是一個安靜不下來，活力充沛的人。自從迷上植物以後，沙子在網路上變成一個頗有名氣的業餘植物達人，每天掛在網上回應別人的提問，最後竟然還出了一本野花圖鑑，得了個青少年優質圖書之類的獎項。因此同學們頗有默契地在聚會時刻意盡量避免提到植物，以免觸發沙子可怕的發言意志，沒想到因為阿銘拿了一盤筍子，沙子就興致勃勃地開始展開關於竹子的話題。

我的朋友沙子說，竹子通常是藉由地下莖繁殖的，簡單地說就是無性繁殖，但開花卻是有性繁殖。竹子可以無性繁殖，也可以有性繁殖。而每種竹子開花的周期不一樣，像群蕊竹就每年開花，但桂竹竟然一百二十年才開一次花，陽明山的包籜矢竹還沒有學者記錄過開花的景象，也就是說我們連這些傢伙開花的周期都還搞不清楚。可以知道的是包籜矢竹的性成熟異常緩慢，恰好在今年展開全面性交。（全面性的性交？聽到這句話我的同學們露出了各自不同的詭異笑容。）

我過分賣弄博學該死造作的朋友沙子不無得意地跟我們說，兩千多年前的《山海經》就已經寫說：「竹生花，其年便枯」，這證明當時的人已經發現竹子開花後就會死去的現象。不過竹子開花最特殊的地方就是它表現出來的基因趨力，因為不管是哪年長出的竹稈，只要竹鞭的年齡相同或相近，那麼開花的時間就大致相同，甚至有些竹子被移植到千里之外，也會跟原來的母竹林同時開花。

我的同學們都對竹子開花沒什麼興趣，他們努力地把話題從竹子拉到結婚後漸漸對妻子感到性冷感、還要還十八年的房貸，以及累到閉著眼睛陪孩子玩這些悲傷又不可避免的事情上。而我則一直想著吃飯前在光華商場遇到阿咪的事，以及那個掬水軒餅乾盒。

那天晚上我負責開車送沙子回家，不知道為什麼，在車上我們又莫名其妙地重啟了竹子話題。沙子說竹子開花的現象，到現在植物學者都還沒有確定的答案，推測有幾種可能性：第一，是單株叢生繁殖的竹子，（沙子比手畫腳地跟我解釋，所謂叢生就是會在同一個根部長出許多主莖，這就是我們可以吃竹筍的原因）藉幾十年一次的開花來交換基因，來維持族群血統的複雜性。我說這樣看來竹子的性成熟未免太慢了。沙子不理會我繼續說第二種可能性：美國哈佛大學的植物學者K. Edward曾提出一篇報告，認為竹子可能受到線蟲、真菌或寄生蟲的侵害，在生理上集體產生「異株繁殖」的病變傾向。開花後竹子死亡，那些倖存者留下的種子，將潛藏在表土層，等雨季一來重新出筍。我說你的意思是說異性交配原來是一種病？

沙子沒有理會我，他說也有學者認為是營養細胞生長不良，造成竹株內碳跟氮的比例失調，從而引起生理紊亂，導致開花。最後一種就近於玄了，是植物學家C. Evans提出的。Evans認為竹子開花是一種「植物的遷徙策略」，竹子藉開花來讓風帶他們「離開這裡」，把族群更廣泛地散播出去。但是難道竹子也有意志嗎？沙子說不是的，應該要這麼想：竹子不是一根根竹子，個別的竹子比較像是一個巨大生命中的一個器官，因此一叢竹子死掉不是什麼重要的事，重要的是讓同種的其他竹子可以求生。

沙子說我這樣說你瞭嗎？我說不瞭。

我的朋友沙子繼續解釋說包籜矢竹開了花以後就會死，是因為竹鞭和竹稈保存的養分被花吸收消耗，竹子幾乎是用了全身的氣力來幹開花這件事。沙子換口氣說，這可是幾十年才出現一次的竹子集體性交兼死亡的盛會，你還不陪我上山？

幾天後我陪沙子上了山。那年四月起陽明山的包籜矢竹確實全面性地開了花，紫紅色的花藥點綴了整片綠色的竹林，有的竹子已開始枯死而呈現褐黃色，給人一種生與死同時進行的印象。這時數十萬青斑蝶也正好北返滑翔在正在開花的竹林山頭，據說在四月初的某一天，氣象台設置的雷達站甚至被干擾到收訊不良的地步。不久後我看到報紙報導竹子大量枯死，到了六月已是遍地竹屍。還好我和我的朋友沙子去觀看了這次壯麗死亡的前半部。聽說我的朋友沙子後來還是堅持每天上山，並且拍了一部關於竹子開花（或者說死亡）的紀錄片，有一天打電話跟我閒聊時沙子神秘地說：你不覺得竹子用一種沉默的方式幹些我們還不曉得有什麼意義的勾當？

我不曉得竹子還能搞出什麼奇異的勾當。但現在回想起來，我是在跟沙子上山後的那天開始出現睡眠不規律的狀態。不過，後來我卻發現原來那是「睡眠規律」，而不是睡眠不規律。沒錯，我的睡眠異常的規律，就是從跟沙子上山看竹子開花那天開始的。

2

少年三郎眼裡的一切都在動盪中。世界將斜未斜，然後打了個輕輕的寒顫。

這並不是三郎第一次坐船，是第二次。第一次船往島的南端駛，在擁擠的船艙裡三郎一路嘔吐，只有上船的前五分鐘是清醒的，因此三郎一直搞不清楚那趟船究竟坐了多久。而現在這艘船則穿過海峽往北，在島嶼北方的海港停留了幾天，與其他運輸船組成船隊，在驅逐艦的護衛下朝北航行。

三郎雖然出生在海島，但他的家是在一個看不到海的地方。三郎坐船前曾經多次努力想像過真正的大海，但真正的大海卻又是不能想像的，因此第一次看到大海時，三郎還是為了看到的海和想像中的海的巨大差異而感到恐慌。雖然三郎第一眼看到這船時只覺得船如此巨大，但當船一駛到真正的海上，卻連躲在船艙裡都感受到一種無可逃避的渺小感。

現在三郎正在適應大海，他的眼睛正逐漸把陸地上的視感調整為海洋的視感。海洋如此多變、深沉，充滿想像力的海流每時每刻都處在絕不相同的運動中。不知道為什麼，看著海的三郎突然感到激動。雖然他不曉得激動的理由，但當他漸漸適應搖晃視感，看著對焦點愈來愈遠，色澤愈來愈深的海，還是莫名地激動起來。這就是海啊，這就是海。

船上的生活是很規律的，部分少年被分派幫忙船員一些例行的船務工作，比方說除鏽、上油，維持清潔、搬運工具。由於海水的侵蝕，船上的金屬鏽蝕得異常快速，好像特別容易衰老一樣。除鏽時要用粗糙的砂紙把出現鏽蝕的地方磨平，然後再塗上一層塗料。當時三郎曾經以為海就是近似於鏽被磨平時，所散發出來的那種氣味。

船的航行一直帶著某種緊張感。三郎聽說海上是有很多船一起在航行的，有的比他搭的這艘大得多，有的甚至在海底。在經過某個顏色帶著黃濁色彩的海域時，船行突然謹慎如貓，有一度甚至關掉引擎靜止在海中，在少年、教官、軍官與水手間，似乎正瀰漫著一種有毒的沉默，船長甚至命令全員穿上救生衣。少年三郎從其他少年以及水手、教官的口中拼湊出這樣的說法：附近發現疑似米國潛水艦的物體在活動，因此船必須安靜，讓米國的潛水艦無從發現。

潛水艦是什麼東西？三郎對這個新鮮的詞感到好奇。據其他少年說那是一種在海裡的船，形狀長得像香蕉，會發射魚雷，但魚雷是什麼就不知道了。少年們熱烈討論想像中的魚雷，魚雷於是在少年的話語裡變幻形狀，充滿智慧地會埋伏在礁岩裡伺機而動，等待船從金光閃閃的海面過去，突然吐出蛇信一樣的煙花把船拉到永遠黑暗的海底。三郎看著死寂，浮滿腥鹹味道的海，想像一個巨大無比的生物，在那個深沉的海水裡，睜著跟船一般大的眼，緊盯著船。

在心底少年三郎有點希望遇上潛水艦。沒有預告也沒有任何徵兆，像夢境一樣浮出海面，然後又默默地潛回水中，尾隨著船，發射出長得像旗魚的魚雷。船被魚雷擊中，發出巨大的哀鳴，船身裂成數截，燃起大火，大家像演練時那樣帶著緊張又有序地擠上救生艇，划了不久不幸又遇上颱風，救生艇翻了，艇上其他人都淹死，只有自己一個人孤獨地在看不到盡頭的海裡游泳。而自己最後終於精疲力盡，即使抓到了一個浮桶，仍然眼睜睜看著從深海浮上來的巨大的魚從自己的身上扯下一塊塊的肉，從容游走。

想到這裡三郎不再覺得有趣。他想起了多桑、卡桑，以及石頭；想起離港那天清晨，被陽光照得銀亮銀亮的碼頭，山被推到很遠很遠，雞叫與老茄苳樹搖動時的沙沙聲也被推到很遠很遠。

三郎並不曉得他離開家的前一天晚上，伊多桑與卡桑都沒有入睡。多桑背著門躺在斷了右前腳的床上，頭枕在伸出的左手臂上，那條手臂直挺挺伸到床外，手掌好像很放鬆似地無力下垂著，只有偶爾會在夢中顫動一下。卡桑則拉了板凳，帶著一種無奈的微笑看著躺在多桑旁邊，正夢見海洋的三郎。三郎夢中的海是綠色的，有巨大的檳榔樹一根根孤獨地伸出海面，石頭正試著爬上其中一根最高的檳榔樹曬太陽。

石頭是三郎十歲那年撿回來的一隻烏龜，牠的背殼深褐，邊緣帶方，腹甲黃赤，肉掌有爪，看來有點遲鈍。不過石頭的眼會隨著人滴溜溜地轉，緊張時腹甲會合上，變成一個小小的箱子，看起來又有點趣味。三郎在樹林裡撿柴的時候看到龜正以一種既好奇又帶著憐憫意味的眼神看著他，於是就把牠帶回家，並且取了個名字叫石頭。在那個所有人早上起來都為了今天該吃什麼而心慌的小村莊，家裡當然不可能養一隻不事生產的龜。但還好石頭什麼都吃，雞母蟲吃，嫩草吃，蟋蟀吃，甚至連蟑螂也吃。三郎偷偷把石頭養在空雞籠裡，水缸裡，工具箱裡，不斷更換各種牢籠的石頭也就這麼樣一天天長大。不過三郎離家到學校報到的那天早上，遍尋不著石頭，這使得三郎有點擔心。他希望石頭會被姐姐英子發現，英子會撿一種叫做紋幌菊的草花給石頭吃，石頭就不會餓死。

紋幌菊其實一點都不好吃，有一種難以言喻的古怪氣味。去年總督府發了通知說這種草可以拿來當代食品，並且派了飛機到處灑紋幌菊的種子，於是山上現在四處長滿了紋幌菊。由於種的米都被日本人徵收了，大家只好開始採食紋幌菊。三郎有時幫卡桑採紋幌菊，順便也留一把給石頭吃，石頭吃的時候有點猶豫，但還是一口一口地吞下去。從石頭的眼神三郎看不出來牠覺得紋幌菊好不好吃。

這個季節原本該是和英子去採菅芒做成掃帚的時候。最適合當掃帚的菅芒不是初秋開花的那批，而是要等到整個山都枯黃了才收的那批。收菅芒對兩個孩子來說並不輕鬆，菅芒銳利如刀，通常收一次菅芒就會被割上幾百幾千道細細的小傷口，一開始並不覺得痛，但過一會兒會非常癢，並且滲出一點微量的血。

不過三郎非常喜歡走在芒花中的感覺，無數金光在他身邊籠罩，螞蚱時時跳來跳去，像在引路，又像是要誘人失去方向感。他和姐姐英子有時會在芒花深處踩出一塊平地，姐弟兩個躺在芒花的中間往天望，天空被花切成破碎的藍幕，陽光被割得斑斑點點，讓人臉頰滾燙，背上發癢。

——米國的飛翎機佇時來？三郎問。

——不知。英子回答。

——對何位來？三郎問。

——伊邊啊。英子回答。

——米國佇天頂伊邊喔？三郎問。

——天頂伊邊是觀音媽住的所在，米國是佇海的伊邊，伊位是魔神仔住的所在，米國仔對海的伊位來。英子這樣回答。

而現在三郎站在這巨大得像一片田的甲板上，終於了解自己已經在這個無法想像邊緣，沒有長任何一棵樹，很難判斷自己確切位置的大海中。連哪邊是往米國的「伊邊」，都搞不清楚。不過船看起來倒是很篤定地朝某個方向航行，但也有可能是船以為自己正朝著正確的方向在航行著，其實卻駛向一個沒有人知道的錯誤的所在。

正當此時一個大浪打了過來，海平面顫抖起來，一群魚劈啪劈啪地像銀色的刀跳出水面，又朝前潛入。就在這樣的畫面裡三郎記住了海的味道，浪拍上來的海，略顯激動的海，太陽正在沉沒，天際正在消失的海。那味道拂過臉面鑽進鼻腔滲透肺葉隨血液通過左心房留在右前額葉的一個角落裡，凝重如鐵。

3

我在想要怎麼說你會比較容易瞭解。

這麼講好了，我的睡眠時間出現了極其規律的現象。一開始我的睡覺時間與醒來的時間規律地往後推移，好像睡眠這東西上了發條往前跑的感覺。不曉得怎麼回事，當時間走到睡眠時間線的起點，無論是濃茶、黑咖啡或一根接一根的菸，都沒辦法抗拒頑固睡意的來臨，另一方面，無論怎麼努力，也沒辦法在睡眠終止線前的時間點醒來。

不，我想不是猝睡症，我查過資料。猝睡症的患者不曉得睡意將至，我卻是很清楚地看到霧一樣圍攏過來的睡意，接著頭的某個部位會變得異常沉重，然後意識就像被推到黑暗的洞穴裡一樣。說睡得好不好嘛倒也算是睡得好，那是一種很安靜的睡眠狀態，好像混凝土澆成的墳墓一樣沉默的睡眠狀態。完整、沒有瑕疵，呼吸異常平穩。（我的女友阿莉思有回告訴我，當她看到吵完架的我睡得如此安穩而甜美時，曾一度對我們之間的感情感到絕望。）

既不是失眠也不是猝睡，只是睡眠的起始線一邊倒退，一邊延長，想睡的這端無法抗拒，該醒的那一端也無法掌握，就好像駛進一個巨大的睡眠海洋一樣。

我一向不是個貪睡的人，甚至可以說是一個可以單憑意志起床的人，但那陣子我總是會陷入數個鬧鐘都叫不起來的狀態。有一次我約了一位聲稱知道某個女明星劈腿內幕的投書者，卻意外地睡到十點才起床。雖然最後我還是順利跟這個投書者搭上（就我所知，聲稱擁有秘密的人，總是不把秘密說出去絕不罷休），但這種情況讓我深深引以為傲的「自律性」受到嚴重打擊。

尤其對我的工作來說，自律性是多麼重要的東西。我做過的工作不少，但說起來認真從事的工作算是記者，社會版的記者。對一般人來說，可能很難了解這個工作的複雜性吧。從甲案件的現場跑到乙案件的現場，有時候還要扮演偵探的角色，從現場與警方透露的口風裡先一步預測可能的嫌疑犯，或早一步預言事件的發展，去找到適當的受訪者。由於社會案件常常涉及死亡，這類新聞又往往落在男記者的身上，我那陣子常常看到屍體。有火燒車而被困在車內，焦黑得無法辨識的屍體，有燒炭缺氧而死，五官如常卻透露著絕望感的屍體，有被利刃砍傷，血幾乎流乾的屍體，有九十幾歲老男人，性器官萎縮到幾乎找不到的屍體，也有剛出生就被母親丟棄在田地旁邊，眼球已經被蛆蟲吃掉，只剩下兩個惡意黑窟窿的屍體。活著的時候人多少還有些分別，死了以後好像都一樣，總之就是陷入一種絕不可能再恢復的沉默之中。

不過寫這段文字的時候我已經變成一個所謂的自由文字作者。離開社會線記者的工作之後我寫過搖滾樂專欄，本土廣告公司文案、職棒新聞，以及各式各樣的美食報導。前陣子我剛從一個倒閉的網路電子報轉業到另一個所謂的八卦雜誌。說實話我不喜歡八卦這個已被著色的貶詞，事實上我的角色更接近某種情蒐員，專門蒐集那些喜歡在大眾傳媒上販賣隱私權卻怪我們侵犯他們隱私權的人的「小訊息」。我一直覺得，被刊登負面的新聞的名人對我們發脾氣，以不堪的語句辱罵我們，純粹是因為我們拿走了他們認為可以自己賣錢的部分。比方說明明是可以到訪談性的綜藝節目上再自己爆料的新聞，卻被我們早一步報導出來，這對某些藝人來說也算是一種搶劫吧。

這份工作酬勞是我出社會以後最高的，如果硬要說有缺點的話就是當別人問你最近在做什麼的時候不太容易說出口，而且跟一些已經有點名氣的老朋友講話的時候，他們會無意識地快速攪動咖啡棒，頻頻向外探頭，並且很快地找藉口離開。阿莉思當然也對我換這個工作不太諒解，但我總覺得這個工作讓我更了解人這種生物，這樣的經驗對我很重要。

我記得應該是從跟沙子上山看竹子那天開始，我的睡意來得愈來愈晚，接著就是愈來愈「早」。直到有天我整夜沒睡，卻在出去買早餐時睡意來襲，趕緊跑回家撲倒在沙發就睡，一覺醒來時看到客廳的時鐘指著下午四點，突然之間我的腦袋靈光一閃，出現了幾個相減的數字，終於對這樣的睡眠狀態有些初步的了解。

原來睡眠本身並沒有延長或縮短，只是每次向後挪移了三個小時。11to7、2to10、5to13……，睡眠像踢正步一樣不斷往前走。我也不曉得這是不是一種病，只覺得自己身體的運轉以某種不祥的韻律，離開了常軌。過去睡眠狀況應該算是混亂的我，像在身體裡被設定了某種無法抗拒的時鐘一樣，在固定的時間無法抗拒地睡去，而睡不滿八個小時，就不會醒來。那段時間我曾經試過在床邊擺鬧鐘——一度擺了五個之多；也曾叫我各處的親朋好友打電話叫我，甚至要隔壁住戶拍我的門，但這些都沒有讓我從那固定的睡眠裡醒來。好像有人拔去了身體裡的某種電力供應裝置，在那段睡眠的時間裡，我失去了與現實世界感官的聯繫。

我當然試過吃安眠藥，想要破壞這種規律。只是那種規律好像是從生理以外的構造對我的身體進行制約似地，吞安眠藥跟吞維他命一樣沒有效果。當然為了避免在工作時睡著，我也喝各式各樣的提神飲料，說實話，至少對我而言，沒有一種提神飲料有效。

而寫這段文字時我就正處於「睡眠空白」的末端，我想打電話給阿莉思，但知道再十分鐘睡意就會來襲，我不想在跟阿莉思講電話時睡著。山上夜裡總是和白天一樣熱鬧，螽斯磨翅、蛙鳴、葉子被風吹動的沙沙聲，與遠方偶爾經過的車輛，混亂而分明地傳到我耳裡。現在我的眼皮跳動，胃不斷製造痛苦，耳鳴時而輕柔時而猛烈地撞擊著腦袋。我意識到自己的意識正走向遠方，時間像是突然間緩慢了下來，不用看也知道窗外的空氣開始變得沉重，雨快要落了。和這些日子來的睡眠前兆一樣，耳鳴開始轉為震耳的啪啪聲，就好像我住的地方不是森林而是機場。啪啪啪——啪啪——啪啪啪啪。

我盡量在這樣的前兆出現前努力睜著眼睛，把電腦關上機。但很困難。我閉上眼睛會看見太多東西我想。

時間像是靜止其實不然，不用看也知道雨已經落了。我腦中出現了雨落在海面上的情景，覺得身體跟椅子一併開始劇烈地晃動，雖然盡力使自己的身體往床的方向移動，但在那之前睡眠就像冰河時期默默地、固執地來臨了。

4

搭上船以後少年三郎就不再夢見海，他開始夢見各式各樣的陸地。但夢見的陸地都是搖晃的，有時激烈地往左傾斜，不久又惡意往右傾斜，像在逃避被潛水艦鎖定航線似的。他有時候會講夢話，只有在講夢話的時候得以溫習家鄉的語言。

早在岡山訓練中心的時候，伊藤少尉就宣佈，沒有日本名字的人要趕快取一個日本名字，而有日本名字的人，今後不准再使用原本的名字，彼此的交談以後也要盡量用「國語」。少年們在少尉的命令下分成有日本名字的少年和沒有日本名字的少年，有些少年早在總督府改姓名政策一開始的時候，就被家人帶去戶政所改了姓名。但還沒有改姓名的少年就像突然間被告知要做父親一樣苦惱，即使集合唱「君が代」的時候心裡還是在想著要取什麼樣的日本名字。一些沒有日本名字的少年詢問有日本名字的少年叫什麼名字，並且佩服對方父母的遠見。有的少年仔細盯著輪值表上日本軍人與船員的名牌看，在心裡盡可能把認得的日本名字想過一遍，看是不是能找到什麼靈感。在受訓期間一個負責勤務的台灣兵廣田文雄建議少年，可以用原來的姓重新拆解，或者加上一個字或減掉字的一部分發展成一個新姓，比如說廣田原本是姓黃。對三郎來說，那是他第一次認識到了文字的複雜性。原來字是這樣的東西啊，難怪阿爸說一定要識字。

廣田所提的「造姓」辦法相當便利，姓林的就改姓小林或大林，陳也很簡單，拿掉耳字旁改姓東就可以了；曾可以加上野變成曾野，游加上佐成為游佐……。至於名字，有時可以不用改，直接用日本音來發音就行了。如此一來曾健雄變成曾野健雄了，林明誠變成小林誠，游阿海變成游佐海。

現在船上所有的少年都以日本名字稱呼彼此了，用一種生澀、沙啞、偶爾會突然露出童音的少年獨特嗓音。那艘往北的運輸船，把少年們載向一個新名字的世界。

三郎的名字原本不叫三郎，不過當自己排行老三的時候叫三郎好像是很自然方便的事。對於名字這東西，三郎更小的時候曾經有過這樣的疑惑，他發現大哥與二哥都姓許而不姓陳，所以他雖然是家中的三男，卻是姓陳孩子中的長男。他因為好奇問過父親，但父親好像刻意忽視這個問題，他做著自己手邊的事，說「囝仔郎有耳無嘴」。

名字跟姓都是大人給的，他們愛怎麼叫就怎麼叫吧，媽跟外婆不就叫我阿秋嘛？少年三郎想，不管是姓許或姓陳姓吳叫阿秋或三郎都不是自己能決定的，至少現在自己會叫三郎，那是因為大哥跟二哥存在的緣故，這個名字遠比其他名字合理得多。

少年三郎與其他少年們起初還偶爾會叫出對方的舊名字，因為一開始叫別人新名字時總會有點遲疑，好像認錯人了一樣。但漸漸地林明誠被忘記，小林誠被記住，吳金郎被忘記，吳本金郎被記得，少年們的發音愈來愈準確，對自己新名字的反應愈來愈自然，有的人還學了日本兵說話的腔調，因此能以帶著地方腔的聲音唸自己和別人的名字。雖然過去有些少年已經有日本名字，但在家裡多數卻很少使用，現在被頻繁地以日本名字點名、叫喚、打招呼，少年們都覺得自己已經和以前不同了，彷彿從現在開始，變成一個全新的人。雖然三郎有時候腦裡會響起多桑跟卡桑用台語喊自己回家吃飯的聲音，但那樣的聲音逐漸微弱，好像被海風一吹就會飄到哪裡去。

船行第九天左右，遇上了暴風的邊緣。其實暴風跟忘記舊名字記住新名字一樣，並沒有很明顯的邊緣，邊緣不過是個想像而已，唯一的徵兆就是雲好像被風的銳利刀鋒所劈砍割碎出來似的。船在前進時遇上想像的暴風邊緣所激起的橫切面大浪，像被某個巨大的生物舉高又放下。黃昏大家到甲板上吹風的時候，已經明顯感到船有時會傾斜向一邊，然後瞬間轉成斜向另一面。不久雨開始變大，甲板濕滑不堪，少年們不得不回到空氣極不流通的船艙裡。在船艙裡最讓人受不了的是突然遇到正向浪，浪打過來的時候，會覺得有什麼超乎想像的物事硬是阻斷了船前進的力量，船會在浪的高峰停頓一下，又突然猛地陷進深邃暴虐的海的洞穴裡。

這時幾天前還誇口自己不會暈船的少年再也無法嘴硬了，一開始還覺得有趣，但不久就漸漸失去活力，窩在角落，閉上了眼祈禱暴風趕快過去。由於船艙到甲板只有一條曲折的樓梯可以通行，因此少年們所在的船艙幾乎沒有風會吹進來。悶熱、搖晃再加上幾天沒有盥洗的體味，不久少年們就紛紛走到四周的鐵桶嘔吐。三郎撐到無法再忍耐的時候才去嘔吐，吐過之後並沒有覺得舒服些，反而覺得身體裡好像還有一隻螃蟹在爬動。於是只好再走到鐵桶旁，非常努力地想把剩下的那一點什麼東西都嘔吐出來。但食物已經都吐出來了，現在溢上喉頭的盡是帶著酸苦臭味的胃液跟膽汁。少年三郎感到虛弱，胃裡空虛得不想再被裝進任何東西，他聞著船艙裡的嘔吐物與油氣混合成的氣味，搞不懂為什麼這些在進到肚子之前如此美妙誘人的東西，被吐出來以後竟是如此污臭。人的身體裡面，竟然有這麼多骯髒的東西。

三郎會參加到內地的甄選，除了是想成為天皇真正的子民，以及那張高等學校畢業證明外，就是他相信日本海軍應當是不會虧待軍屬的肚子。他痛恨肚子裡常常沒有食物的感覺，痛恨吃下太多番薯簽讓胃感到脹氣的感覺。三郎聽說去到日本一定可以吃到米飯，吃米飯的滿足感與早晨醒來前彷彿尿床的勃起也許是他青春期最感到幸福的事。但事實並不是那樣，少年三郎發現自己從訓練中心以來多數還是處於半饑餓的狀態，也許是菜飯的量真的不多，也許身體正以誇張的速度在成長，因此無論多少的食物進到胃裡都會消失。另外，三郎發現米粒也不一定比番薯簽好吃的原因是，訓練中心和船上的米都有一種腐敗的味道，彷彿是從屍體上結穗出來的，即使搭配了牛肉、花枝這些他過去從未吃過的菜色，那種味道仍然揮之不去。

何況現在吃什麼都一樣，都變成鐵桶裡酸臭的嘔吐物了，用餐時間只有極少數不暈船的少年動了筷子，暈船的少年只好難受地看著他們吃進了比平常多好幾倍的食物。海浪愈來愈顯得激動，好像是海盡量不讓少年們所吃下去的食物有消化的機會。如果吃下去的東西都會再吐出來，那吃下去有什麼意義？受不了船艙氣味的三郎，勉強走到甲板出口附近，暴雨打在甲板上的聲音像擂鼓一樣。三郎突然覺得自己正在變老。

多年後真正老去的三郎帶著妻子跟著旅行團到日本旅遊，這次是坐在七四七的機艙裡，海在下方。但飛行途中三郎一直覺得機艙裡佈滿了一種氣味，那是吸排氣筒從甲板所吸進的海，混雜了船艙裡人的體味與鐵鏽、柴油味所形成的，帶著些微憂傷的氣味。三郎往下看著那個十三歲時花了十天才渡過的海（其中第七天是他的生日），現在卻只要三個鐘頭。三郎回想自己的人生，就像被橡皮擦擦得破皮的一張污損的紙，混亂、輕飄飄而且難以辨識。確定自己已經衰老的三郎，毫不意外地像其他老人一樣了解了時間是可以拉長可以壓縮的物事。

有時候老人三郎會想，如果當時不把志願書交出去的話，一切不知道會變得怎麼樣？不一定更好也不一定更糟，命運就是這樣的東西。說不定不久還是會被徵調到南洋，在雨林裡穿著潮濕的軍服默默地往更深的雨林走，最後躲在岩洞裡，被美軍的火燄器燒成焦炭也不一定。其實當他偷偷地把章蓋在志願書上的一瞬間，很多事已經決定。

而現在在船上，全身乏力的少年三郎回想起多桑收到通知書時的情形。那天他撿了柴回去，一推開門，看見多桑靜靜地坐在椅子上，臉上看不出是憤怒還是憂傷。多桑沉默地瞪著叫他過去，突然給他重重的一巴掌，然後又往重心不穩的他的右邊屁股狠狠踹了一腳。三郎本來是躲得過的，但他知道自己不能躲，如果不挨這一巴掌這一腳，說不定會更慘。三郎記得那時春天剛來，山上每天都下著若有似無的雨。

暴風離開的那天清晨，天空呈現出非常奇異的藍色，海面如此安靜、美好、和平、明亮，好像昨天的暴風完全是想像的一樣。軍人、船員與少年們，各自進行著放晴之後的工作，三郎被分配到清理甲板。三郎發現船的各個角落似乎都藏著各種魚的屍體，有像指頭一樣大小，也有巨大接近兩尺的魚，有的魚還瞪著絕望的眼睛，鰓一上一下地呼吸著。三郎聽指揮船員的命令，把較完整、新鮮，可以吃的魚放進袋子裡集中起來，不能吃的魚丟回海裡。一群海鳥聚集在船的桅杆附近，牠們的嘴在前端帶有掠奪意味的微彎弧度，由下往上看，有的腹部是淡黃色，有的是暗褐色，有的帶有橫向的斑紋。鷗鳥以鷗鳥獨特的飛行姿勢在桅杆附近繞圈，看似無所事事，但突然間會縮起翅膀，像石頭一樣砸破海面捕魚。牠們啣走甲板上的死魚，飛過時翅膀有力地鼓動，就像旗子被海風吹動時獵獵作響。陽光像是為了要看清楚這世界上發生的每一件事，而刻意把一切照耀得如此清晰，那些被鷗鳥啣走的魚的內臟在空中掉了出來，在甲板上照得鮮紅明亮，散發出令人難以忍受的腥臭味。

——無親人在汝的身軀邊了喔，卡桑在送他上船的那天這樣說。無親人在汝的身軀邊囉。

少年三郎有一點點反胃，胃液衝到喉頭高一點點的地方，然後降回去。他的手因為流汗而潮濕，伸到工作服裡想拿卡桑給他的手巾擦乾。這時他摸到被包覆在手巾裡，卡桑向觀世音求來的護身符。那護身符裡有一張紅紙包著香灰，並且摺成小小的八卦形狀。手巾觸感柔軟，不像米袋做成的褲頭那樣磨手。三郎記得卡桑求符時非常詳細地把他的生辰年月唸了三遍，並且在香爐上轉了三圈，據說這樣符就會沾上香煙的氣味，菩薩就會保佑他的平安。

摸到手巾裡的護身符的三郎覺得軟弱，於是他便祈禱起來。

當三郎不自覺地祈求起菩薩時，他並不曉得在家鄉的卡桑也正在向菩薩祈禱，她剛除完田裡的草，跪在田埂上，唸起大慈大悲觀世音的佛號。而三郎以全新的三郎為名，在心裡祈禱了三次，他閉上眼睛看到自己想說的話像煙一樣往天上飄去，消失在天空。其實三郎對自己祈禱的內容並不太具體明瞭，但他猜想慈悲的觀世音必然會了解他無法用語言完整說出的，自己也不太確認的期望。

5

關於三郎和三郎伊阿母的祈求，觀世音菩薩其實都聽到了。祂聽得太仔細、太深入，連一隻賊鷗清晨期待能找到魚群的心情都聽得一清二楚。祂沒有休息沒有日子的概念，張開眼或閉上眼都得去觀看世界的每個角落每粒微塵，放開耳或收起耳朵都得去聽任何一次以祂為名或不以祂為名的祈禱。

菩薩清楚每件事的源頭，菩薩是唯一能用眼看到聲音的神明，菩薩知道每個生命與無生命的命定事件，以及他們與它們對命定事件的一切反應，祂了悟事件之河會流向哪裡，就好像讀過世界從開始到毀滅的所有舊報紙。（祂讀得那麼仔細，以致於上頭的油墨都模糊了，因而沒人能再讀一次）沒有任何痛苦與祈求是新鮮的，沒有出生和死亡不在預料當中，在菩薩面前一切都赤裸裸，人的身體變成玻璃，心在那裡熱滾滾地跳動。祂的惻隱與願力像空氣一樣無所不在，水一樣柔軟，陽光一樣明亮，那慈悲無邊無際，是一切淚水的根源，地球上所有的淚都經過祂的眼，所以菩薩不能落淚。因為那淚水太過沉重而廣大，一滴淚就足以淹沒一座森林、一座城市、一座島。即將溺死的人們與動物舉著雙手及前肢持續祈禱。所以菩薩不能落淚。

菩薩最大的痛苦就是祂有像宇宙的邊緣一樣遙遠難知的智慧，沒有蒙蔽沒有阻礙沒有限制的神通。有時菩薩會覺得自己是在夢境裡「觀世間音」，祂的神通無法在夢裡發揮作用，就像我們沒辦法在夢境裡真的剝開一顆橘子。有時候祂坐在蓮花座上，看著人間的森林冒著煙，獸的身軀流著血喘息，大地失眠而憤怒震動，陷在網裡瀕死的魚族眼神哀傷冷漠，鳥因一直被擊落而喪失飛行的慾望，種子困在有毒的土地裡拒絕發芽……祈求的聲音聚集如烏雲不斷上升，其勢幾欲遮蔽天聽，這時祂神聖又寬大的面容也顯得有些懊惱。然而那懊惱比剎那的剎那更短，祂仍然必須以觀世音的姿態照見五蘊，無私無我地觀看每一句祈求，然後把它們歸到儲存祈求的心的深處。觀世音的心深邃、廣闊、複雜有如一座圖書館，祈求在那裡被分門別類，保存得異常珍重。

少年三郎與少年三郎伊卡桑的祈求被分別歸在「K1944-S2769946123-三郎-339871」與「K1944-I2694615786 54-Hitomi-5642764」的檔案裡，他們的祈求相差億分之一毫秒或者不到億分之一毫秒。三郎伊多桑那時沒有祈求，他正在田裡回想昨夜的夢境。夢裡有一團幾近紫色的鮮豔火燄燒掉整個村莊，村民用血滅了火，他們下種的水稻田長出鐵樹，舢舨收網時撈起有著眼與鱗片的砲彈，晚上田雞發出像嬰兒哭的鳴聲。三郎伊多桑並不懂得夢境的含意，凡人從來沒有人真正了解夢境的含意。

菩薩從未真的到過自己心底的圖書館（即使是神也進不了自己的心底），但圖書館以神界的律法規矩運作，彷彿活物，是大智慧的所在。據說只有一位詩人兼小說家曾經到過那裡又重回人間，他的文字是這樣留下記錄的：那圖書館是個球體，它精確的中心是任意六角形，它的圓周遠不可及，深度等同太古以來所有生命記憶的加總。六角形的迴廊與迴廊中間有巨大的通風井（足以確保每份收藏的乾燥、新鮮與生命力），旁邊的螺旋形樓梯上窮碧落，下達黃泉。六角形的六個邊都各放六個架子，書架的高度比東方人的身高略高。

所有的祈禱被收容在形狀如書本的檔案裡，放置在架上。那檔案用億兆條管線與心的核心相連，每條線的終端各連接著一個檔案書。檔案書看起來不太像固體而更像液體，各種不思議的琉璃光在上面流動。但檔案的裡頭正如一切閣上的物事一樣是黑暗的，在黑暗裡各個祈求不斷反覆地發著同樣的聲音，不會叫痛也不曉得自己被稱為「祈禱」，這些聲音撞到檔案的邊緣會空咚一聲，然後彈到另一邊又空咚一聲。

在寬大慈悲的菩薩心裡。

6

三郎發現自己握著護身符時會稍稍感到安心。他在船上和一個來自家鄉附近另一個小鎮，現在叫做大田秀男的少年同床。船艙裡三百多個少年在搖晃中陸續進入睡眠，有的很快閉起眼睡著，有的睜著眼直到天亮，有的做著夢並且一輩子再也忘不了這夜的夢境。夢從一個沉睡的少年的身上，靜靜移動腳步到另一個沉睡的少年身上，夢在這裡，在那裡猶疑、徘徊不去，帶來新的記憶，新的想像，新的恐懼，新的傷害與新的遺忘。

寫到這裡，我靜靜地醒過來。

7

雖然這種「不斷延遲」的睡眠在習慣後，只要能順應睡眠來臨的時間，生活就可以一切照舊進行，但當睡眠完全被推移到白天，夜晚卻一點都睡不著時，就會發現即使只是時間的移動就會讓原來的生活秩序被破壞。明明知道在正常的世界裡現在是睡眠時間，可是卻清醒異常，那種感覺跟失眠或刻意熬夜不同。失眠會帶給人焦慮感，因為是「完全失去」睡眠，身體會出現各種痛苦訊號，有痛苦至少知道如何回應。而熬夜則是刻意為了某些事情而對身體下的強迫性命令，那仍是在意志指揮下的狀態。我了解失眠的無助與熬夜的痛苦，但失眠或熬夜的人一定不會理解我的狀況。我覺得有某種力量，在某個角落，控制著我的睡眠時間。

我把這樣的想法跟阿莉思講的時候，她輕輕地幫我按摩太陽穴，手指的力量像是穿過我糊成一團的腦漿，傳到更深沉的裡面去。我躺在她線條勻稱，像是被準確的人體裁縫師修剪出來的腿上，稍稍放了心。

她說：「可能是壓力太大了啊，每天跑來跑去挖那些奇怪的新聞，心理不出問題才怪。」她的看法只能說是一般性的看法。我承認跑新聞壓力很大，因為新聞事件通常都是不平常的事件，但我們雜誌不同，我們專挑「一般性事件」來報導，只不過因為主角是公眾人物，因此「一般性事件」，往往讀起來像「不尋常事件」或「奇怪的事件」。比如說外遇、跟pub遇上的女孩上賓館、裸睡、在街上熱吻……這哪裡是「不尋常事件」呢？所以我跟阿莉思說：「比較起來，你們報的新聞才奇怪吧，不痛苦、不古怪的事現在愈來愈難上電視了。何況，妳沒有發現，現在各電視台報的新聞都是跟我們雜誌的嗎？」

我跟阿莉思交往了三年左右，她總是能像貓預知地震一樣敏感地知道我在想什麼，而她最大的優點，就是很少跟我爭辯。

「那就去看醫生吧。」她給了一個正常的建議。

我因此去求助了精神衛生科與身心健康科的醫生，但他們所開的那些抗鬱劑或是鎮定劑，一點都沒有幫我把睡眠推回正常的軌道上，只是騙走了我的掛號費。睡眠繼續往我不清楚的路上走去。到六月初的時候，阿莉思告訴我說朋友介紹了一間特殊的診所，她拿出一張用粉紅色美術紙印製的名片，上面只有一個名字跟一組行動電話。「雖然是一間很少人知道的診所，但是據說那個醫生是以睡眠研究為主要的興趣，因此比一般醫生更了解睡眠的問題。」

睡眠研究？

「是啊，至少能解釋一下這種奇怪的睡眠狀態吧？能解釋才有解決的辦法啊。」她說。

確實如此，現在的我需要解釋遠大於把這種狀態「矯正回來」。或許知道為什麼自己的睡眠狀態會變成這樣，說不定心情上會截然不同。

我循著住址找到了那家在東區高級大廈裡的「診所」。診所並沒有明顯的招牌，讓人有點懷疑它的合法性。但據阿莉思解釋說是因為許多高官與富人都有睡眠的問題，而又不喜歡公開，因此這診所便不需要開放來獲取更多的生意，反而是隱藏起來才能獲得生意。這麼說也十分合理。阿莉思說我能掛到號，都是她那位朋友幫忙的緣故。

粉紅色名片上面的名字姓宗，是一個相當稀少的姓。我出了電梯按了門鈴，開門的出乎意料之外是一個男護士，不可否認我有一點失望，一路上我總幻想著有一位美腿護士出現。雖然我的目光沒有停留在他身上太久，但卻對他有一種似曾相識的印象。過了一會兒我才想出來，那男護士的眼神有點塔可夫斯基《鄉愁》裡那個男詩人Gorchakov的味道。我本以為他會捧著燭火帶我進去，但是並沒有。診療室裡的設計大量運用暖光的間接照明，地毯的軟硬度剛好，上面放著一組頗有品味的單人沙發，以及一張厚柚木長桌。唯一與一般刻意透露出放鬆、溫馨氣氛的診療室不同的是，房間的左邊牆面上掛著一幅瑞士畫家斐迪南•霍德勒（Ferdinand Hodler）的著名畫作《夜晚》的複製品。大學時選修美術史的課程時，我就非常喜歡這個畫家的作品，因此不用想就知道是複製品，以我有限的知識還知道真畫還在伯爾尼美術館裡。男護士把我的空白病歷表（應該是吧？）放在桌上，避免發出噪音似地小心拉上門退出去。

大約一分鐘後宗醫師就從診療室的內門走出來。應該怎麼說呢，宗醫師和男護士長得頗像，但年紀應該大上一輪。可能是兄弟的關係吧？我猜。

他請我坐上那張柔軟度極有品味的沙發上，要我盡量仔細地把我的睡眠困擾說一遍，並且非常認真地聆聽著，流露出一種「你說的話我每一句都認真在思考」的眼神。仔細一看就發現宗醫師的眼神較為冷靜，跟男護士偏向憂愁的眼神還是有些不同。不過兩個人都有一種行為極度「準確」的感覺，好像連說話的速度，身體向前傾時衣服的皺褶數都在他們的計算下的樣子。

宗醫師等我的陳述告一段落，又等了五秒確定我已經沒有別的話說才開口：「睡眠非常暴力吧？」他的聲音倒是完全符合我對睡眠研究者聲音的想像，是一種讓人放鬆，卻又不致於喪失注意力的聲音。

「暴力？」

「是啊，沒有人不被睡眠控制的。睡意來的時候再強悍再精明的天才都會遲鈍掉，運動神經傳輸變得緩慢。不管任何人，如果剝奪睡眠達到一定時間，必定會產生幻聽跟幻覺而無法自制，連最忠貞的人都會背叛他的國家。」暴力，真是奇怪的修辭。「我大概了解了你的情形，是很少見的案例，我嘗試跟你說說我的推測。只是推測喔，確實的狀況可能還需要一些時間觀察。你知道『自由時間』，嗯，所謂time-free的睡眠嗎？」

我搖搖頭。

「所謂自由時間的睡眠，是一個睡眠學上的重要發現。當研究者研究睡眠的時候，讓受測者完全失去時間的座標，比方說時鐘或自然光，而由受測者以生理感受決定何時入睡，何時清醒。這種一切取決於身體的內在向度指揮的睡眠行為，就稱為自由時間的睡眠。最早的研究是Jurgen Aschoff和Rütger Wever合作的，他們在慕尼黑附近的Max-Planck Institute建造了一個地下實驗室。在那個絕對隔離日光與月光的地方，受試者被要求想睡時就關掉電燈，醒來時就打開燈，並且要盡量把一天的睡眠集中在某個時間裡進行。除此之外，受試者還接受腦波與肛溫的測量，並且由一組研究人員馬拉松式地觀察他們的睡眠狀態，嘗試找出存在於人體內部的睡眠機制。

「他們發現，在那個地下碉堡，所進行的自由時間睡眠裡，睡眠的規律性仍然在，但是從醒到睡的周期延長了。有的人延長到二十五小時，也有延長到近三十小時的，最長大概是三十二小時。時間在這種不受日月光時鐘影響的地下洞穴裡像是變慢了，在那樣的free-running，所謂自我時間意識自主的運轉下，許多受測者失去時間感，在為期一個月的實驗時間後，還以為自己才受測三星期。也就是說，失去時間參考座標後，受測者的時間意識逐漸偏離了地面上的人所認為的正常軌道，反而像是看來不規律的嬰兒睡眠一樣，和二十四小時的周期有差異。用專業名詞的話就叫circadian rhythm，全日節奏，或者說是全日夜節奏。這些在洞穴裡的被觀察者，以他們與生俱來的，身體裡的日夜節奏在生活。」他一口氣說完這些。

「Circadian rhythm?」我的聲音大概充滿了疑惑：「也就是說，正常人的睡眠，反而不是取決於內在生理機制的日夜節奏？」

「嗯，沒錯。不過，這也是有原因的。人不是真正累了睡，睡了醒來工作的。人為了適應自然環境因子，還有自己的智慧所創造出來的文明這樣的東西，會形成各式各樣的睡眠法則。比方說貓頭鷹的睡眠普遍法則是從太陽升起前開始，但每個地方的貓頭鷹還是有屬於牠們自己的睡眠文化，因此有一些小小的差異。」宗醫師好像很滿意自己的比喻而笑了起來。「Aschoff和Wever發現生物的睡眠，除了內在的機制以外，還要參考外在的睡眠線索才能較深刻地掌握。德文將提供生物內在機制判斷何時睡眠何時清醒的這些環境因子或線索稱為Zeitgeber。」

Zeitgeber？

「原本的意思是時間的給予者。」宗醫師說，「人的活動，其實是根據環境的線索來調整的。比方說近海魚顯然跟深海魚判斷活動時間的線索不同。近海魚會以陽光的狀態決定覓食的時間，深海魚沒辦法依靠陽光來決定，牠們的時間線索就要靠其他的東西，比方說溫度或潮水。很多夜行性昆蟲的時間線索是星空，如果失去那個線索，生活節奏有時會整個誤判而歪斜掉。另外一個很有趣的洞穴睡眠研究者叫做Michel Siffre，他曾經在一九七二年，在美國德州深入地底三十幾公尺的一個叫作Midnight Cave的洞穴裡待過一段時間。Siffre身上接滿了各種記錄生理參數的電極，在沒有自然亮光、沒有時鐘、缺乏環境線索的洞穴裡待了超過一百天。觀察記錄發現，他的睡眠時間最長就拉到三十二小時的周期。幾年前他在法國又嘗試了另一次的洞穴實驗，想測試人在沒有日照與月照下對時間直覺的準確度。那個洞穴深達兩千九百七十呎，Siffre在沒有辦法得知一丁點地面上的環境線索下，嘗試用電話回報他所判斷的日期。結果他晚了將近三天才慶祝聖誕夜，並且錯過了自己六十一歲的生日。」

宗醫師拿出一本精裝書，裡頭有Midnight Cave的照片，那是一個潮濕、岩層充滿皺褶的洞穴。我翻閱著書裡的照片，腦中浮現一個在洞穴中，以自己的節奏生活的人，就好像住在一個不同的星球上，以自己想像的落日、星座運行醒來、睡眠，並且在那個鼬鼠都不曾深入的世界裡作夢。人類並不是以那樣的環境演化的，人類生存的世界有陽光、月光、星光，以及氣溫種種座標才對。

我的眼神又飄移到《夜晚》上面。印象中霍德勒好像死於一次大戰結束那年，這幅畫讓人印象深刻的原因，主要是霍德勒其實是畫了大量的風景畫的畫家，這幅畫的題材在他的作品中顯得不尋常。畫裡有八個人物交錯著身子躺在地面上，他們身上纏上不同比例，像烏雲一樣不祥的黑布。畫面明顯聚焦在其中一個男人身上，男人似乎在全力阻擋像是有生命的黑布，而露出驚恐的表情。我記得自己第一次看到這幅畫時有一種異樣的感覺，但卻無法準確地描述出來。

我看著那幅畫，黑影在我眼中慢慢從黑色變成深紫色，然後又變成金黃色。「所以說，我是二十七小時的周期變化？」

「從外顯的狀況來說沒錯，你的睡眠周期拉長，不受睡眠線索的制約，恢復到超越日周期時間的狀態。circadian rhythm。睡眠基本上跟音樂很像，每個人雖然都在進行著睡眠，但多多少少有屬於自己風格的睡眠，也就是說，只有你一個人處在circadian rhythm裡面，而其他人則處在所謂日周期的rhythm裡面，也就是說，不知道什麼原因，你的睡眠暫時與外在的睡眠線索變得不同步，進入了一種極度強烈的睡眠風格裡。我認為比較重要的是找出原因，了解為什麼在接收得到外在時間線索時，身體判斷的日夜節奏還是亂掉了。」宗醫師輕輕咬著食指，我發現這是他在講話空隙時的習慣動作。「不過話說回來，這不一定是生理性因素，因為時間也存在於意識之中，沒有意會到的話，時間的座標也可能模糊掉，像在free-running。」

「那麼，有被治癒的可能性嗎？」

「不，不是治癒。因為並不是疾病，很多嬰兒的睡眠節奏也不是二十四小時啊，這就是為什麼會有夜啼郎的原因。也許我要再跟你解釋一下睡眠的狀態。過去我們以為睡眠是因為外在刺激所引發生理機能減弱的現象，但事實上，睡眠是一種腦幹活動的必然行為。睡眠時腦幹的活動模式和清醒時不同，是處於腦的內部機制的控制之下，如果要想讓睡眠狀態恢復成以前那個樣子，首先要找出那些影響機制的因子發生了什麼事……這還得靠你幫忙。不過，說實在的，不解決也沒有太大的問題，因為對身體並不會造成傷害，而且說不定過一陣子就回到正常的軌道了。」宗醫師露出好像在寬容什麼的笑容。

「但是對我的工作造成傷害。」

「這倒是。」

「我還有一個問題，嗯，睡眠跟做夢的關係是什麼?比方說，只有人類會做夢嗎?」我覺得自己像在追蹤一個有趣的報導。

「這又是另一個更複雜，而且解釋起來很長的問題，時間又涉及到你付給我的錢，我想不用談到太專業的概念吧?」非常誠實的醫生，我點點頭。「只要概略性地讓我了解就可以了。」

「所有的哺乳類都有類似的大腦構造，但不是跟哺乳類一樣的腦部構造才會睡眠。許多生物有真正的睡眠行為，但也有一些生物只是休息而已。聽起來很像，但睡眠跟休息是不一樣的東西，睡眠時的大腦還在活動，只是對周遭環境的刺激敏感度降低，我們意識到什麼，但身體卻不會對那些意識產生連動作用，打個比方來說，就好像我們的靈魂在另外一個世界，身體在這裡一樣。所以很多文化都認為夢是一種暫時性的靈魂出竅，可以預知什麼，這雖然是對夢的隱喻性說法，不過還滿準確的。但休息，比如說冬眠，大腦的電位活動是停止的，但對刺激仍能做出部分反應。我們相信哺乳類擁有地球上最複雜的大腦，而睡眠行為跟這顆複雜的大腦發展有密切關係。嚴格定義下的睡眠行為，只有大腦發達的哺乳類和其他高等生物，比如說鳥類才有，昆蟲只是休息而已。以前我們不了解昆蟲的生命型態，以為昆蟲也有睡眠行為，事實上，昆蟲只是在較難活動、或食物較少的時段裡，陷入蟄伏狀態以減少熱量消耗。至於兩棲爬蟲類的生物雖然不像哺乳類有高度發達的大腦皮層，但確實在放鬆肢體、閉上眼睛，處於休息狀態的時候，也會呈現出相當程度的腦波變化。比方說海龜睡眠時的腦波圖，就和人類睡眠時的腦波圖有相似之處。不過，我是一個理性的懷疑主義者，雖然現在多數睡眠學家都認為昆蟲沒有睡眠狀態，但其實我們對其他生物的了解比了解火星還少，所以如果說絕對沒有，也太過武斷。畢竟，動物沒有辦法像人類一樣陳述自己的夢境。」

「那麼，做夢的意義是什麼？」

「睡眠可不只是為了休息喔，它還是為了大腦的結構發展，修補大腦中控制本能的行為模式，並且處理並儲存大腦清醒時所獲得的資訊。所以說啊，睡眠跟記憶有關。記憶這東西跟夢境有很複雜的關聯，夢會複習記憶。有一些學者認為，夢就好像是帶著某些值得記憶的記憶走過一條森林的小徑，到大腦的新皮質裡，儲存成長期記憶。這個過程當然也同時在丟掉一些行李——那些應該遺忘的記憶。記憶與遺忘，我們的夢，同時在做這兩件事。至於哪些記憶被留下來，哪些記憶藉夢境遺忘，那就是演化過程中形成的『記憶處理構造密碼』，那密碼目前可能只有神知道。有些人一輩子活在同樣的夢境裡，也有人做了一場夢醒來之後，什麼都忘記。」

「那，為什麼在開始陷入circadian rhythm的這段時間，我完全沒有做夢呢？」

「你的意思是，從睡眠開始規律移動後，你就再也沒有做過夢？」

我點頭。我的睡眠就像空蕩蕩的沙漠，沒有長短的概念，不參考太陽日，甚至沒有夢？

「嗯。雖然不曉得你會不會接受，但我就直接說了吧。我很希望你能讓我觀察你的睡眠，因為我需要更多的時間跟證據來思考這兩者的關聯。像我剛剛說的，做夢跟記憶、學習、情感、生理狀況都有密切的關係，那裡隱藏了我們人生很重要的一部分。你現在的狀況是無夢，你確定不是『忘記夢』的內容？這兩者是不同的事。夢的本質可能可以用科學的精神去探討，但因為夢是圖像式的，夢的敘述必然透過語言，需要做夢者的陳述。夢是我們的身體與經驗純真、無私的產物。如果你確定是沒有做夢，那麼我需要你的睡眠腦波跟睡姿紀錄來確定這點，嗯，那些資料就像語言的句式跟標點符號一樣，如果有這些資料幫助的話，說不定我可以嘗試了解你現在的狀況。」宗醫師的聲音透露著一種研究者發現議題時刻意壓抑的興奮感：

「夢境是獨一無二的。或許我們有機會把那個敘述的意義找出來，因為無夢也可能是一種敘述。」

8

被三郎抓住時，石頭正在做夢。

像狗夢見奔跑在草原上，貓夢見追捕斑鳩，石頭也會夢見自己潛水、追趕魚蝦，向另一頭龜求歡。石頭做過許多夢，但做為一隻龜並不像人有足夠發達的海馬體將夢境記住。那些夢被石頭遺忘，只是積累在石頭那小小的，以自身獨特姿勢進化的腦袋的角落，形成一個小小的硬塊。石頭夢見自己正在潛水時，也會閉住氣，睜開眼睛，闔上那層防水虹膜，牠的眼神因此看起來朦朦朧朧，就像在做夢一樣。

被三郎抓住時，石頭正在做一個自己脫去硬殼，長出翅膀的夢。直到被三郎放進裝了半滿水的水缸裡，才猛然清醒過來。石頭並不適應水缸，牠並不是完全生長在水域的種類，何況缸裡的雨水已經開始散發出腐敗的味道，這讓石頭更加懷念起清晨森林的氣味，幾乎哭泣。

石頭有時還被和那種長滿了雜亂無章的羽毛，並且隨時都用兇惡眼神互相瞪視的動物一起關在籠子裡，有時被關在空的捕鼠籠，半浸到魚塭裡，有時則被關到木箱中，放在陰陰暗暗的農具房裡。石頭被三郎伊卡桑拿去做床腳的前一天晚上，正是被關在木箱裡，牠花了整晚用背甲頂開了箱蓋，逃了出來。

三郎搭上火車離開的那天清晨，伊卡桑發現十幾年前結婚而請前街阿善師釘的木床，因潮濕與白蟻長年的蛀蝕而斷了一截，這使她不由得認為是小小的凶兆。她想起三郎即將上船，進入連她自己都沒有進入過的大海，便急著能在三郎上船之前讓床「穩住」，決意先找一塊適當的石頭墊上。

三郎伊卡桑有一雙能放出月光的美麗眼睛，因此少女時便被村裡的人叫做Hitomi（瞳）。但現在Hitomi眼裡的月光已黯淡，幾幾乎乎只能看到自己的腳尖。她發現石頭的高度恰恰好跟斷掉的床腳一樣高，並且誤將石頭真的看成了一枚石頭，便順手把牠拿來暫墊著床腳。石頭的大小跟斷去的床腳實在太過合拍，睡在上頭的Hitomi竟忘了床曾經斷過床腳這回事。

石頭縮著頭尾與腳爪，想像自己成為一顆石頭，如此堅硬如此安靜，如此卑微如此固執。被當作床腳的石頭默默地成為一隻床腳，牠既無法離開也無法出聲抗議，無法抵抗更強大的力量替牠選擇人生。被當作床腳的石頭並沒有想到生死的問題，牠覺得最大的問題並不在饑餓，而是牠的眼睛從此被固定只能看往一個方向。石頭非常懷念在河川裡的生活，牠已經習慣虹膜上有水的阻力，一切看起來都像會發光的世界。但成為一隻床腳後石頭每天都面對乾燥的空氣，牠的淚腺因此不斷分泌出淚液，淚液流到地上，逐漸侵蝕出一個小凹坑。

恰好三郎家的壁面會滲水，雨天時水氣從牆壁流下，匯聚在那個小小凹坑中，石頭因此有水可以喝。晚上蟑螂與壁虎四處活動，鬆軟的土地板甚至會鑽出活蚯蚓來，石頭改變了自己的飲食習慣，吃這些送上嘴邊的食物而勉強活了下來。石頭其實很不願意當一隻床腳活下來，但牠的身體異乎常理堅韌，充滿求生的意志力。而做為一隻缺乏自由意志的龜，石頭也無法選擇死亡，更何況，即使石頭真想用硬喙切斷柔軟的舌頭，牠的舌也無法伸到硬喙的邊緣。

當了床腳的石頭，每個夜晚都得承受正從青春走向衰老的女子，和疲憊不堪，對未來絕望的男人的軀體（還好他有時睡在山上的工寮）。石頭無奈但也無能反抗，牠很想提醒她記得去切一段烏心石來補床腳，但做為一隻龜，牠又無法發出人類能夠理解的語言。

石頭漸漸發現，雖然床上都是這兩個人，但床有時重些有時輕些。有時床以及床上的人的重量如此沉，使得石頭覺得自己絕不可能撐過今晚。但隔天他們離開床下田後，石頭就發現自己又頑強地活了下來。有時石頭感到床以及床上的人的重量異常地輕，讓牠回到背上長苔蘚，在森林裡尋找新鮮植物，咬碎蝸牛殼嚼食柔軟蝸牛的時光，有時石頭甚至以為牠能飛。

這讓石頭深感疑惑。於是石頭開始做夢來嘗試進入三郎伊多桑與卡桑的夢境。

三郎伊卡桑如此多夢，那夢漫長猶如人生，複雜如圖書館。伊的夢境有時如此清晰，就像三郎伊多桑第一次碰到Hitomi的身體所引起的顫抖一樣清晰，但有的夢境則如此模糊，就像對自己前生之事全然不了解那樣模糊。有時伊夢中三郎和伊一起下田、剖蚵仔；有時是伊青春時在海邊摘林投葉，一邊唱著不成調的曲子，滿腦子幻想。那時伊腳趾還沒因水稻田的凍水與爛泥巴撐得這麼開、裂出那麼多道傷口，背也不像現在這麼彎，眼底還有月光。有時伊尪婿會坐在田埂旁抽著菸，靜靜地看著田，或躺在伊身邊講話，直到睡去。有時伊也會夢見未來，但未來的夢境並不是那麼具體，讓伊看不清那是未來。相較之下三郎伊多桑則非常少夢，偶爾當他身體比較不那麼疲累的時候，仍會做一些認不出臉孔的愛慾之夢，但多數的夢像礦坑裡的場景，難以具體辨認。

石頭不見得能看清伊們每一場夢境，夢到別人的夢境只能像在森林的最底層張望天空的程度。

石頭思考夢境裡三郎伊卡桑與多桑的夢境，發現伊們的身體的重量會隨著夢境的重量而變得更重或更輕，或搖搖晃晃或僵硬，這也許是因為夢境裡也會具體地流淚或笑出聲音來的緣故。這麼說來夢境也是有重量的，輕的時候像貓的腳步或鳥雀的羽毛，重的時候像烏雲或動物的骨頭。石頭最怕她在睡夢中流淚，那眼淚會像石頭一樣哐噹一聲打在床板上，有時還滲過床板、穿過石頭的背盾與腹甲、鑽入泥土，在地下與所有夢境的淚水匯聚成潛流。而當伊進入輕的夢境時，床的重量消失，石頭甚至感到身上出現一股奇異的力量，幾乎可以飛行。

石頭也發現，只有當自己在夢境中時，那些重量才會化為夢，而失去實存感。牠因此說服自己盡量睡眠，盡量做夢。牠收起腿，縮起脖子，將尾骨端正地藏到腹甲與背甲之間，盡量不去想背上的重量和自己沒法游水也沒死去的事，沉入深深的睡眠。

但石頭醒來時會重新發現自己還是一隻龜，不，一隻床腳。除了把脖子和四肢伸長些，就沒有其他的運動了。醒著的時候會饑餓會感到背甲與腹甲間肉體的疼痛，於是石頭只好期待自己下一場夢境的來臨。

牠閉起眼，等待睡眠帶領牠到夢境底層的夢境裡去。

9

少年三郎失眠了。這是從坐上這艘往北方的船以來第一天失眠，這時他並不曉得自己童年時夢遊的毛病自此完全消失。他以為只是單純地失眠，心沉重如鉛錘，睡意遲遲不至。

日後三郎只有在長子夜裡夢遊時才回想起自己也曾夢遊的事，據三郎伊多桑說，三郎曾經在夜裡把家裡的門閂打開，拿著掃帚到門外掃起地來；三郎伊卡桑則說有一回她偷偷跟著三郎，結果看到他到廚房拿了伊多桑的釣線，開了門，跑到隔壁空豬圈旁挖了一堆蚯蚓，走到三里外的大水埤釣魚，要不是她將他抱回來，說不定還要跳到埤裡游水呢。三郎夢遊這個毛病和稀薄的頭髮一起遺傳給他的兒子，他兒子又遺傳給他的長孫，他們都在睡覺時會突然半睜開眼，坐起身來，做做這個摸摸那個，略微上浮的瞳孔則間歇性地急速跳動，好像看到了什麼。睡在會夢遊者身旁的人總是被夢遊者驚嚇到，三郎的妻子珍子年輕時就常被兒子嚇到，深怕他跑到馬路上遭了禍。沒想到兒子丟給她帶的孫子也是一個樣，甚至還會在夢遊的時候對她發脾氣。珍子對待在夢中發脾氣的長孫像他醒著的時候一樣容忍，她甚至會去翻出他喜歡的玩具給睡夢中的孫子玩。台語跟日語都說得比國語好的珍子，講國語常常用錯詞，她常對旁人甜滋滋地提起這個長孫說：阮阿宏跟伊老爸同款，常常半眠仔起來夢想。

而現在剛過十三歲生日的三郎在夜半無法入眠，他認為失眠可能比夢遊好一些，因為以前夢遊都會被多桑卡桑視為中邪，被迫用刺鼻的茉草和淨葉（榕樹葉）洗澡擦身，早晨跟晚上還要各喝一碗灰濁濁的香灰水。三郎躺在床上，不知道該想些什麼才能幫助自己入睡？他為自己睡不著該想些什麼想到竟然勃起。寢室的其他少年發出鼾聲，聽起來像是呻吟。

就想這船吧。三郎回想第一次看到這艘巨船的心情。在碼頭整隊等船的三郎，被這艘巨船深深吸引，覺得能坐上這艘船就值得了。運輸船巨大的煙囪就像對著天空的鐵砲，吐著沉重的黑煙。坐上船的那瞬間三郎感到一種驕傲感，他覺得送行的人都在看著他。但那種脆弱的驕傲感在聽到第一聲汽笛的瞬間就瓦解了。從岸上看船跟從船上看岸的感覺截然不同，陌生的水手伸出手拉著自己的手，腳底走在陌生的甲板上，連步伐都顯得有點不穩，這讓三郎覺得無助、自憐起來。但舷梯已拉起，船跟陸地從此被海隔斷。

船首排水，船起錨了。

船毫無猶疑地朝前推去，把海水劈開來。煙囪冒出的煙比剛才似乎更加濃黑，把明亮的天空籠上一層令人沮喪的灰色微塵。船哀傷地鳴笛，船上的人迅速在船的尾端聚集，他們朝岸邊揮著手，看著扇形的水紋逐漸將海岸推遠。不久海的顏色變了，船的起伏跟著變大，原本似乎巨大到不可能被移動的船被浪輕輕地托起，復又輕輕放回海上。岸邊人、房子與山已如此渺小，甲板上的一切在陽光的高熱與海面反射的光線下，略略發著抖。

船又再次鳴笛，和剛剛的笛聲略有不同，這次的笛聲似乎挫折了船朝前航行的勇氣，船身因此微微一頓，甚至被浪往後推了一小段距離。三郎與所有的少年覺得這最後的笛聲像活著似地鑽進身體，在笛聲之下所有人的呼吸與動作都凝止了，只剩下日出旗獵獵作響。那聲音海鳥一樣飛過海面，傳回岸上，震動了岸邊送別正準備回頭的人群，傳到海港的每一條巷子的磚牆的隙縫裡，傳到空無一人的小學校教室，揚起了書桌上薄薄的灰塵，傳到魚市場，讓將嚥氣的魚奮力地又跳了一跳，傳到樹的頂端，鳥群們在葉子裡騷動起來，傳到山上，那裡有芒草、果子狸、防空洞與墓地。

山上的雲隨著笛聲而逐漸黯淡了下去。

直到現在，三郎還聽得到那個笛聲，在這樣安靜的夜裡，那笛聲分明太響了。他不自禁望了一下周遭，看看有沒有別人和他一樣聽到船笛聲。但其他少年們似乎都沉睡著，打著不太成熟的鼾聲。船雖然外觀看起來如此雄偉，但畢竟是一艘為了在海上長期航行所設計的船，許多能夠節約的空間都盡力地運用到了，因此處處顯得昏暗狹窄，讓在黑暗中盡力用眼睛摸索船的輪廓的三郎，有一種在魚腹裡的錯覺。寢室是船艙底鋪上榻榻米改裝成的，少年們在這裡靜靜睡眠，等著渡過海洋。

三郎躺在榻榻米上看著天花板……不，他什麼都看不見。

升上中學一年級後，有天荒井老師將全體男學生集合起來講話，他鼓勵大家去參加一個考試召募，說這是做為「形心一體」天皇子民的最好機會。荒井老師雖然只有三十多歲，但脫下帽子的腦袋金燦燦的，但如果戴著帽子，看起來就還很年輕，因為他的眼神十分銳利。他說因為天皇陛下一視同仁的大御心，鼓勵台灣少年去內地半工半讀，可以一面學習技術，一面讀書，一面到工廠工作。在工廠工作不但有薪水可以領，而且修業三年也可以得到工業學校同等學歷的證書，如果是中等學校的畢業生則可獲高等工業學校的同等學歷資格，甚至可能成為一個技師。何況在工廠做的一切都會是替天皇陛下打倒邪惡米國盡一份力，是一個報效天皇的最好機會。

報考最重要的資格是要身體強健，其次就是國語要好。三郎想到自己可以背著一整袋米糠跑步，身體應該是沒問題。而自己的家庭雖然還沒有被列入「國語解者」，但他自認國語還算不錯，教國語的松本老師也說過他的國語很有進步，漸漸聽不見台灣腔了，因此這點應該也沒有問題。至於考試的重點是理科，正是三郎最有自信的科目。他想，即使是偷多桑的印章也要參加這個考試，到日本去，天皇不會讓我們餓肚子的，也讓多桑減輕一點負擔。

因為眼前一片黑暗，三郎索性拉高軍毯，閉上眼睛。軍毯讓他感到被包裹在一個小小的溫暖裡。這時他眼前出現各種色彩線條：稻子開始抽長時幾乎可以掐出水來的青綠色，午後雷雨前雲沉甸甸的鐵色，有著各種深淺不同綠色的山的皮膚，石頭龜殼上斑駁交錯的青苔色和灰褐色。多桑喜歡坐的那張用裝熱地瓜稀飯鍋放過的椅子，卡桑美麗的眼睛總是飽含水分。三郎夢見他們一家走在太陽下芒草的深處，往前走是芒草，再往前走還是芒草，再往前走仍然是芒草。

隔天早上醒來，三郎發現頭昏沉的狀態已經改善很多，他跟其他穿著過大軍服的少年站在甲板，看著幾乎沒有浪的海。其實並不是沒有浪，而是各種方位、速度、力量的浪因洄流與撞擊互相抵消了彼此，海因此呈現出一種平靜無波的偽裝姿態。少年們對此深深著迷，瞇著眼看著眼前的景色。

——這是哪裡啊？一個少年稚嫩的童音打破了沉默。

——瀨戶內海。

10

羅患了這樣睡眠的毛病的最大缺點是，有時在喝了大量的提神飲料、咖啡與濃茶，就差沒有吸安非他命，在自信滿滿不會睡著的情況下，意識仍會逐漸暗去，被睡意像斧頭一樣砍倒。有一次我睡倒在路邊，甚至被路人送到醫院急診。之後我學會預測睡眠應該會來到的時間，在城市裡可以先找個咖啡店坐，在野外就找蚊蠅較少的地方趴著，或坐在樹下靜靜地等待睡意來臨。那些突然來襲的睡眠清一色是無夢的，彷彿死亡、魔法、虛空，脫出時間之外。

阿莉思非常擔心我在過馬路時睡著，她手邊因此也有一張我的睡眠規律表，在睡前的半小時，她會打電話來，「快睡囉」。

「還好這樣的情況是規律性的，否則做愛時突然睡著就太那個了喔。」我想跟阿莉思這樣說，但沒有說。阿莉思說覺得我變成孩子，一離開視線就叫人擔心。她這樣說的時候露出一種不知道是憐惜還是厭煩的眼神，就像所有的母親一樣。這幾個月阿莉思受到新聞台的重用而愈來愈忙，因此我必須自己處理睡眠的問題。這是我自己的問題，關於這點我很清楚。

了解睡眠的節奏以後，在夜裡醒來就變成最大的困擾。在整個城市都還有睡意的情況下醒來，會讓人有一種穿著已經濕透的襯衫在騎樓下躲雨的寂寞感。

「根據Francis Crick與Graeme Mitchison的研究，夢並不是毫無作用的機制，夢是參與人類演化的重要關鍵。夢會複習記憶，但更多時候則是幫助遺忘，也就是說，有時夢會加強白天我們的學習行為，有時候則會把那些妨礙生存的記憶抹除掉。夢在漫長的生物演化過程裡，扮演著將生存抽象化的角色，讓生物醒來以後得到某些生存下去的能力。」我想著宗醫師那天說的話，他提到睡眠時眼睛發亮。《夜晚》掛在牆上，在那裡展示著各種睡眠的姿態，那些靜靜地伏在睡眠肉體上的黑布，就像是活的一樣，儼然也有嘴巴、肚子、嫉妒。其中一條醒著，與驚醒的男人形成糾纏的動態。男人驚怖的臉孔表示他可能在畏懼，難道是畏懼要記憶什麼或遺忘什麼嗎？

而我的狀況是暫時無夢。我的人生到現在，到底有沒有什麼東西是特別需要記憶，或者特別需要遺忘的？

那天離開宗醫師的診所後，我心裡就在想是不是應該暫時辭掉工作，但一直到我開始嚴重拖稿才認真考慮。我發現自己沒辦法掌控自己的睡眠，這樣的情況下確實沒辦法把工作做好。或許跟老朱說自己得了這樣的病，讓他認可我從此以自己的時間採訪寫稿？雖然老朱跟我稱兄道弟，但這樣的理由我卻說不出口，因為他現在扮演的可是主編的工作，而不只是我的老同學而已。現在不製造麻煩的唯一辦法就是離開常態性的工作。

我在電話裡告訴阿莉思說自己決定辭掉工作的時候，她正在一個前衛藝術展的現場進行採訪，我聽著她走路的聲音，想像她的小腿走在展覽場拋光地板上的影子，她一定是半摀著話筒，走到場外跟我講話。她問我有沒有再去見宗醫生？我告訴她宗醫生希望我到他那裡接受睡眠觀察，「不過說實在的，在別人的觀察下睡覺，也不知道睡不睡得著。」我說。

阿莉思說：「去吧，乖。」

「我想到H大旁邊山上，隨便租間便宜的套房。妳記得那個地方吧？我想每天寫點雜誌需要的，但時間要求上比較寬鬆的稿子，經濟上應該還應付得過去，反正願意給稿子寫的朋友還有一些。」

「手邊有足夠的錢嗎，到山上住不會不方便嗎？」

「放心，有時候雜誌需要地方的美食報導，我還是可以開著車到市區走走，或者乾脆憑以前的印象寫出來，只要住址對了就不會有麻煩，反正用Google查資料方便得很。」

「如果睡眠問題嚴重到沒辦法寫稿呢？」她似乎有點心不在焉地說。

「那就暫時不寫，如果沒錢的話我會在睡著以前打電話給妳。」我開玩笑地說。

「你會想要我陪你待在那裡嗎？有好幾次我看著你睡著都以為你死掉了。」阿莉思在電話的那頭，以小雨的音量問我。

嗯，可是我什麼都沒有哩，連夢都沒有了。我沒有這樣說，只是靜靜地在電話亭裡看著街道上的雨無聲地落下來，在柏油路上形成深深淺淺的斑點，終於整條路都變得閃閃發亮。

高座宿舍 二金

晚上是最好的時間：有時你無法入睡時，那是因為你耳朵的頻率正好與逝者的哭聲相通。

柯慈（Coetzee, J. M.），《等待野蠻人》（*Waiting for the Barbarians*, 1980）

11

我獨自走著。不是獨自，後面跟著Z。

我和Z一起走著，我走前面，Z走後面，這使我可以在光線從後面照射過來的時候看到Z的影子。Z的影子像從深沉的夜色切割下來一樣，一種包含了一切的黑色。那張中等身材的影子比較可疑的地方是雙肩顯得有些隆起，好像是穿了一種特別的服裝，或是藏著一對不太明顯的翅膀。

一群眼眶有著白色圈圈的小鳥飛到我們身邊繞了三圈，啁啾啁啾地唱了一首歌後像箭一樣飛離。不久天空下起了雨，鳥群被雨打落到地上，長出一座森林。

雨停了。森林從路的兩旁壓迫過來，形成一條幽黯的通道。我小心翼翼地用手推開帶刺的枝葉，以免被刺傷眼睛。我可以聽到樹與攀在樹身上的藤蔓互相交談的聲音，藤蔓的語言宛如響板，大樹的語言則像定音鼓，他們互相責怪並且互相安慰。我和Z以響板跟定音鼓的節奏向前走，一開始森林像是沿著巨大的斜坡生長，以致雙腿必須極度使力向下蹬，但不久又發現地勢立刻向下傾斜，落葉像瀑布一樣陷落，散落到深如意志，形如紡錘的谷地裡，這時又必須使力避免腳步打滑。我瞪大眼睛尋找極不明顯的小路，嗅到森林發出一種惡意的血腥味（可能是果實的味道，因為有些果實落在地上腐爛了），那氣味好像是從毛細孔進來的，而不是從鼻腔進來的，因此即使憋著氣也聞得到。

找不到路的時候我聽從Z的氣息走，累了就坐在路邊的石頭休息。此時四周一派寂靜，光線從樹的縫隙落下來，形成一種若有似無，縹緲游移的白色光霧。Z用氣息提醒我坐在石頭上時要看著同一個方向，以免被靜靜旋轉的石頭帶到陌生的路上去。許多旅人在森林裡坐著休息起身後，會以為自己走的這條路是剛剛那條，其實已經走上了另一條不可回頭、全然陌生的道路。

由於不曉得目的地，因此步行時情緒非常空洞，而且腳掌聽不清楚聲音，我想是因為穿了厚底登山鞋，而且地上的落葉已經堆積得非常厚的緣故。但當我調整呼吸，集中精神後，聲音便漸漸清楚起來：水時而潛伏時而噴湧，蝸牛在落葉間苦苦爬行，銳利的葉緣在牠柔軟的身體上留下血痕，眼神充滿哀傷的樹蛙唸著押韻的詩，啄木鳥用苦惱的長喙敲擊樹幹，並以舌尖探尋樹的心跳。藤蔓的種子則朝著光突破土壤，在見到光的一瞬間，伸出微小的、肉眼不可辨識的葉的尖端。各種聲音迷離、不太具體，像煙一樣朝天空消逝而去。

我盯著聲音往上看，光線射到眼睛會略感疼痛。這時我突然想到剛才有一隻眼睛有白色圈圈的鳥的眼神很像阿莉思。有那麼短暫的時間我睜著眼睛卻失去了視覺，一切像迷霧在我面前模糊不清，直到視線重新清楚時，我發現時間開始以不可思議的速度運轉著：馬藍、懸鉤子、百合不斷開放凋謝，在凋謝前她們流出血。我親眼看到石頭裂解成灰，樹皮被新生的組織撐破，山羌在奔跑間衰老，一種紅色的藤蔓沿著大樹往上爬，直到視力與想像皆不能及之處。Z

指給我看藤蔓上的果實，那些果實上停著一種黑色的蜻蜓，每隻蜻蜓都豎起尾巴朝向遠方，Z說蜻蜓的尾巴所指引的就是路的方向。

這時我感到一種強烈的渴意，便隨手摘下果實送進嘴裡。但我發現自己的身體變得愈來愈輕，走著走著便飄起來，Z急忙拉住腳踝把我扯下來，他說吃了這種果實之後身體會變得愈來愈輕，而且一旦飛走就會不知道在哪裡停落。

——你必須學會如何控制空無一物的身體，用皮膚、舌頭和毛孔去感受我的氣息，我的氣息就是你的路標，沒有它你哪裡也不能去。

Z的聲音很像火燄，有一種溫熱的氣息，不過是不太有實體感的溫熱，就像一團熱空氣。我想回過頭去看看他長什麼樣子，但沒有勇氣。

我們終於走到森林的盡頭。

快到了，就快到了。Z說。森林的盡頭是草原的開始。起初我看不出來是草原，因為各種野草簡直就像大象一樣高，彷彿陷入綠色的霧，我根本無法看到前面是什麼。直到銳利的芒草在我身上留下又癢又痛的傷口，我才知道那是一片草原。不久前方出現一片竹林，竹子整片整片開著黃色、綠色，與少數紫色，如麥穗般的花。花裡頭有花蕊，花蕊中間有一顆眼淚大小的蜜。花有的星散在枝條上，有的則簇擁在一起，無論是什麼顏色什麼形態的花都透露著一種死亡的氣息。這時我突然想到剛剛有一隻眼圈白色的鳥的眼神很像阿莉思。

就在我注視著花的同時，一根根的竹子化為巨大的綠色的蛇，牠們由硬挺變得柔軟並以側腹朝四處遊走，身上的鱗片發出閃閃金光。我因驚嚇而往後退卻，Z卻用氣體一樣的手擋住我，並指出一條尾巴金色的蛇，要我抓住牠的尾巴。他的聲音如此低沉迷人，讓我著魔似生出勇氣伸手去捉蛇最危險的尾巴，牠發出嘶嘶聲威嚇轉頭並以如電似光的速度在我左手的虎口留下牙孔。傷口深如洞穴，流出金色的血，Z說快把金色的血抹在眼皮上，於是我把金色的血塗在眼皮上。

蛇的血抹在眼皮時感覺就像著了火一樣。天空的深處響起一陣雷聲，雷聲跟隨著雷聲，好像那聲音長了腳，正從某個神秘的地方跺步過來。山鳥被那聲音驚起，樹匆忙奔走呼叫，石頭滾動，雨離開了雲，蛇以腹部滑過荊棘叢，沙沙沙將金色的血留在牠經過的路上。

Z說，先深呼吸三次，注視著念頭之前的念頭，然後以開花一樣的速度睜開眼。

我深呼吸了三次，注視著念頭之前的念頭，然後像花開一樣慢慢睜開眼。荊棘上的金色蛇血，發出太陽一樣的亮光，像針一樣刺進我的眼睛。我忍著痛睜著眼，發現蛇血如此刺眼的原因是我已經站在一個極其龐大的洞穴入口。不用看也知道那是一個像要深到雲端那樣深度的黑暗洞穴。植物順著洞穴陷落的弧度生長到有夢的氣息的黑暗裡去，天空落下沉重的雨點，我站立周遭的土壤漸漸因潮溼而變深。Z拔起數種羊齒放在手裡，將它們和著雨水揉成一杯酒。

他要我看他的動作，但我還是不敢回頭。但即使不回頭也能看見，他用金色指頭上的金色指甲沾了金色的酒，一指彈灑向天一指灑向地，並將一滴沾在額頭上並啜飲一口。灑在空中的酒像煙火一樣照亮洞穴。

雨漸漸變大，所有的雨水都消失在那個深層靜謐，不太真實的黑暗洞穴裡。

——要進入你就要祈禱。Z將酒交到我的手裡說，要進入你就必須祈禱。

12

商場的老頭家們判斷商場的壽命將盡時，你也許已經發現其實商場老早就死了。地板到處都是發黑的口香糖渣，抬起頭來破掉的遮陽帆布風風作響，觸目所及盡是被隨手抹上鼻屎、布滿痰漬與尿漬的磁磚牆。很多店家的招牌被颱風打壞了也懶得修，常常可以看見缺了個字的招牌（比方說第〇家〇肉麵），或者只剩店名，連原來到底是賣什麼也搞不清楚的招牌。（比如說德記〇〇）誰還會想到這樣的商場逛街呢？

想起商場建的時候可是大事，台北還沒有這麼壯觀，從日常用品到美食百貨一應俱全的地方。八幢三層樓的建築，就這麼從西門拉出一條延伸到北門的弧線。一樓南北兩向都可以做生意，二樓雖然只有一面店鋪，但天橋相連，形成一條人潮的動線。會開在二樓的多半是小吃、集郵鋪子、雜貨店、理髮店和製作獎盃、旗幟的小店，一樓花樣就多了，有鞋店、服飾店、電器行，和數量不少的「特產行」。奇怪的是，特產行並不只是賣本地特產，還賣一些象牙、中南美洲原住民雕刻的小刀、甚至是裸女維納斯雕像之類的東西。不過特產行的主要顧客還是外國人，因此仿中國宮燈、仿景德瓷、仿寶劍賣得最好。美國人或日本人來到商場，被裝得極老實誠懇的店家狠狠刮一層皮，還以為買到便宜貨，下午興高采烈地到點心世界吃個小籠包。那時的點心世界啊，伙計每天得捏幾千個小籠包子，煎上數百塊蘿蔔糕。三樓大部分是住家，因此外來客幾乎不會上去，唯一可以生存的店鋪是修理鞋子和修改衣服的家庭手工業。

商家的招牌一開始是統一請師傅刻木字掛上鐵絲網上的，時間一久都布滿灰塵，很難整理，後來流行油漆字招牌，再打上燈光，幾年之後商場就領先台北其他地方換上了霓虹燈招牌。唉呀，那時這條長一千一百七十一公尺，沿著古台北城西牆建起來的商場，每個店家都裝上小型霓虹招牌，頂樓則架著保力達、National、大同公司的大型霓虹燈，讓鄉下來的人都羨慕死了早一步北上的親戚。那時商場隨處都是黃金，就等著人走過去撿起來。

但現在呢？整天也沒有一個學生來訂做學生褲，煮了一鍋清粥的老闆自己吃了三天變成稠粥，皮鞋店的合成皮鞋放得太久，即使用塑膠袋綁起來還是被太陽曬到裂開，禮品店堆滿客人訂做卻沒有來拿的金徽章（而且多半已經氧化成黑色）。而那些仿製的宮燈呢？說起來真不好意思，由於是偷工減料做的，現在紅色的宮燈都褪成粉紅色，不過還是掛在特產行的門口當作廣告，老闆還是會對觀光客說這種燈是絕不褪色的。

但頭家們終於開始認真考慮市政府提出的遷建方案：就是要在那條還不知道到底會不會通的捷運底下，蓋另外一條商場，每個人可以分到比現在再大兩坪的店面，至於位置呢，唉，抽籤決定。（究竟有沒有什麼辦法可以不抽籤就分到捷運出口旁邊的攤位呢？每個老闆在心底各自動著腦筋。）

不過這次和三十年前從竹仔厝拆遷到商場的情況可不相同，那個時候可以邊看著對面的工地，邊在還沒有拆掉的竹仔厝賣東西，看著自己未來的希望一個磚頭一個磚頭疊起來，「現此時是要咱搬去不見天日的土腳底啊！而且連啥麼捷運將來真正會駛莫攏不知影哩。哼哼。」吹牛比做西裝的工夫來得好上許多的三奇西服頭家尖嘴仔，三十年前賣掉嘉義老家的田地北上，他的命運幾乎跟商場的命運綁在一起，也因此他的說法大致上代表了多數老頭家的憂慮。他說的不無道理。大部分的頭家都這麼想，因此有些人暗中決定以拖待變。畢竟，商場再不濟，一個月賺個幾萬塊養家暫時還是沒有問題的，不是嗎？但也有頭家認為這是宿命，比如德記鞋行的秦耕豪就說，「起商場的時陣不是對土腳挖到一隻活蟾蜍嗎？彼時地理仙就講過，這隻蟾蜍主商場三十年的繁華。三十年一匿目就過囉，假使照市政府講的後年要拆厝，豈不是天意？」

這番話說的也有道理，也許是天意。以拖待變的這兩年，一部分商場第二代簡直像逃難一樣離開了。他們拿了父母在商場奮鬥三十年的錢去買了年輕的房子，開著有音響、冷氣的車子，然後不顧父母的反對把店鋪便宜頂讓給投資客，等著政府改建的時候再回來領補償金。少數接手店鋪的第二代，在經過幾次嘗試性的革新之後，發現生意一直沒有起色，似乎就放棄了讓商場重現生機的努力。他們的嗓音變得像老人，沒生意的時候就坐在騎樓發呆、睡午覺，連流出來的口水都顯得遲緩而哀傷。

於是終於連特產行頭家阿明仔、三奇西服尖嘴仔這樣的頑固派也開始鬆動，慎重考慮要不要先領遷移的補償費，乾脆到另一個地方重新開業。因此在這次的市政府跟商場住戶的溝通會上，頭家們念茲在茲的已經不是拆不拆遷的問題，而是要怎麼抽籤，怎麼補償，新的店鋪會多大之類的問題。說起這種步步進逼，討價還價的技巧，商場的子民本是熟門熟路，那是他們與生俱來的古老技能，但他們現在面對的可不是顧客，而是政府官員。眾所周知，官員的聽力大多很差，而且他們用的語言算是世界上最難懂的一種。

「伊們攏假仙聽假仙應，這算啥米協調會？」秦耕豪火大地說，商場的頭家們憤慨地附和著。

然而你坐在一旁，如此安靜，彷彿要拆的不是你的家，你的財產，你的記憶。

你靜靜地看著這些一起住了三十年的老鄰居向市政府討價還價，突然很想勸阻他們：「煞煞去吧。咱都老成這款，分四坪跟三坪半到底有什麼差別？分五十萬跟六十萬有什麼差別？還不是孤單死去，留給囝仔？但是囝仔會記得咱這一代人做過啥麼代誌嗎？」

這是事實，但卻難以說服頭家們。因為他們爭取的一切福利，本來就是要留給孩子的。「台灣郎和伊們阿兜仔無同啦，台灣郎生囝了後，剩下的人生就是為囝活的，不是為家己啦。哼哼。」尖嘴仔是這麼說的。

這也有道理。你坐在台下，很想聽清楚鄰居們跟官員吵些什麼，但牙痛得厲害，讓你無法專心。早上起床時你就發現右後邊倒數第二顆臼齒搖搖欲墜，刷牙時就掉了下來，這是自從閱兵隊伍不再通過商場那年掉的牙齒之後的第二顆。不過此時你的記憶已經衰退，還以為是第一顆。掉了的牙齒不會再換了，跟少年時不同了，你在鏡子裡檢查那顆臼齒，那個蛀洞好像深不見底。

你想起自己從小就沒有拔過牙。你就是排斥牙醫，不過確切的理由恐怕連妻子也不知道。

小時候你曾聽二舅說過，卡桑就是因為拔牙而死的。戰爭就要結束那年，卡桑啃地瓜時右後方的一顆臼齒被地瓜皮卡住，硬用木籤把它剔出來以後略微動搖。卡桑並沒有特別關心這顆牙齒，但過不久就常常滲出血絲，並且發出惡臭。看醫生？吃飯都沒錢了還看什麼醫生？她心想拔掉就好，就找了一條棉線綁住牙齒，使勁把牙齒拔掉。沒想到牙齒掉落所留下的血洞不斷冒出血來。一開始咬了一團棉布在嘴裡止血，但血並沒有停，沒多久她的臉色簡直像吃了砒霜。多桑趕緊送卡桑去廟後街的赤腳仙那裡，赤腳仙一開始用草藥想堵住血流，但一刻過去血仍然不斷冒出來，他一看情況不對，硬把他們打發回家。但人還沒走到家就昏倒在板車上，一到家竟然就死了。

就是因為拔掉臼齒造成的那個小洞導致流血過多死去的，爸和二舅對終於回到家，卻連卡桑最後一面也沒見上的你說。

從此你就對看牙醫產生了很大的排斥。由於是二房，卡桑死了以後葬在離屋子百步左右的竹林子裡，連墓碑都沒有立，並且在幾十年後再也找不到確切的位置，一直到現在，你帶著小孩回鄉掃墓的時候，都把紙錢朝整片竹林灑。

除了那顆牙，愈來愈嚴重的耳鳴，也讓你已經幾乎聽不到老鄰居扯大嗓門發言的聲音了。你從少年時代開始耳鳴，但一開始只是偶爾出現，像桌上鬧鐘答答答跳動秒針的雜音，並不害事。但中年以後漸漸像用食指敲在桌上的聲音，到現在，簡直就像鬱悶的夏日午後暴雨，砰砰擊打在海面上的聲音了。唯一不同的是，耳鳴不像暴雨很快就歇息，有時甚至持續整個晚上，干擾了睡眠。醫生檢查的結果是，早年內耳被噪音傷害，才會持續出現耳鳴，而耳鳴又造成重聽，特別是左耳，九十分貝以下幾無反應，距離耳聾只差一步。「應該要戴上助聽器安全些。」醫生是這麼說的。

戴助聽器？花那個錢幹什麼？反正也不害事。此刻你坐在椅子上，斜著頭嘗試去辨識那些想穿過各種阻礙，進到你耳朵的聲音。當妻子說了老半天話你卻沒聽到，她因此開玩笑罵你「臭耳郎」的時候，你心裡認為不是自己聽不到聲音，而是聽到太多聲音，因此無法清楚地分出哪一個聲音是現實的，哪一個是夢境或是記憶裡的。

自從兒子都搬離商場以後，你一天花最多時間的活動就是坐在騎樓的椅子上，和偶爾來往的老鄰居打打招呼，打個瞌睡或作白日夢，想東想西或什麼都不想，只在吃飯的時候跟妻子閒聊幾句。說是閒聊其實也不是，因為妻子的話你很少聽得見，而你講話時妻子也總是在講著話。

有時你會想，身體既沒有在五十年前的戰爭中「散華」，就已經註定在這樣的日子默默地前進下成為老葉、枯枝，毫無美感地發出腐朽的氣味。不用站在鏡子前面，你也曉得自己的腹部因為缺乏運動而屯積了過多的脂肪，皮膚的皺褶裡始終像是有什麼污垢藏在那裡，連陰囊都萎縮到孩童時代的大小。而前年健康檢查的時候，醫生說自己身體裡那些看不見的血管都變脆變硬了。現在的你，即使死去也沒辦法死得很特別、美麗。

比較糟糕的是這一年來記憶力變差到無以復加的地步。從去年開始，你已經有六次把鑰匙插在門上忘了拔下的記錄，兩次被妻子撿到，四次被看車的老李撿到。有時會走到商場的公廁和茶古仔聊幾句就忘記自己剛剛上廁所了沒有。還有幾次你想把烏梅酒加到陽春麵裡卻加成了醋（為了不被妻子發現，你盡量很自然地喝了下去）。唯一沒有退化的可能就是修電器的技術吧，那些電路板的結構，那些電流、電阻的微細差異，那些機械運作還活在你的腦袋裡，上了保險。聽說在青春期學習到的能力特別不易衰老，反而會因為年紀的關係而讓經驗發揮更大的能力，這麼說也許有些道理。你看即使商場就要拆了，那張修理電器的招牌，仍舊掛在門口，仍然有人為了這個招牌找到這裡來。

許多客人都是因為你的慎重與經驗來光顧的。說起來你最喜歡修的電器是已經跟不上時代的收音機，只是現在已經沒有人會把收音機拿來修了，只有少數蒐藏者會專程把當古董保存的機器拿來修理。以收音機而言，你覺得最值得信賴的牌子還是松下。外殼堅固耐用不用說，頻道的接收也相當準確。但說到偏好，卻是米國的HEATHKIT。這是個有歷史，不過真正知道的人並不多的牌子。你曾經一面問兒子一面查字典把客人送的一本雜誌裡關於HEATHKIT的歷史介紹翻譯出來。現在想起來，在日本時上美語課，教師還誇過你是上得最認真的。

HEATHKIT是在世紀初，由一個叫Edward Bayard Heath的人所創辦的，這間公司其實本來是造飛機的。第一件產品是在一九二六年出售的飛機套件。一九三一年，Heath在一次試飛中失事身亡，四年後被Howard E. Anthony買走。HEATHKIT在二戰期間，仍然經營飛機及零件等業務，但到了終戰以後，美國已經不需要那麼多的民間公司來支援飛機生產，於是便改經營電子業務。第一件產品是「O-1」示波器，後來才開始生產收音機。奇妙的是，第二個老闆Anthony在一九五四年也死於飛機失事。之後HEATHKIT的收音機雖然一度賣得很好，但終究競爭不過日系品牌，現在已經不再生產了。你手上還留著十幾台HEATHKIT的機器，有一種四波段的收音機，會有一個波段可以專門接收航海的訊息，由於機件做得很紮實（不愧是生產飛機零件的公司），到現在都還可以很清楚地接收。

你一直認為，美國和日本製造的東西通常有根本上的不同，美國講究豪華、功能齊備，有那麼一點略帶浮誇的味道，不過該發揮功能的時候就會發揮。日本的東西則是簡潔、乾淨，很難光從外表看出內在的意志力，但就是缺少了一點幽默感。台灣的東西剛好兼有這兩者，但都不是很道地，或者說缺少這兩者比較中肯一些。純粹模仿的東西太多，雖然偶爾可以做出超越美國跟日本的東西，但卻又缺乏想像力。尤其台灣年輕一輩的技師，多半都是抱持著把工作做好就好了的心態，手法雖然高明，但好像只要做到「你做的我也會做」的程度就自我滿足了。這和他少年時受過的訓練截然不同。

相對於收音機，你對電視機就帶有奇怪的厭惡情緒，從以前你就常說「電視機將講話的人的表情攏演出來，按呢有啥麼意思？」你懷念街坊鄰居搬著板凳坐在店門口聽廣播的時代，每個人聽到廣播員聲音的表情都不一樣，那表情似乎在暗示著每個人的差異性。

你記得曾被徵召去新公園放送局當建築工人的多桑說過，台灣開始有「放送台」那年，就是你出生的那年。當時第一放送台用日本語，第二放送台才用台灣語。不過，一直到去日本之前，你還從來沒有真正地聽過收音機，因為日本人對廣播收聽行為採取付費登記的制度，要付錢才能聽廣播的，你們村子沒有人有這種閒錢買權利。即使在日本時代結束之前，台灣已經有十萬戶可以收聽廣播電台，但彼時日本戰敗時放送的「天皇玉音」，也是村幹事用廟口的喇叭放出來的。

你永遠都記得，站在宿舍前的廣場，所聽到的那個「現人神」的聲音。而你也永遠記得，在平岡的宿舍裡，第一次目睹收音機放出聲音的驚訝心情。

那個記憶實在太過鮮明，當各種聲音吱吱嘎嘎地從那台小機器裡放送出來的時候，你驚嚇得有點激動。難道我們看不見的空中，真的存在著各式各樣的聲音嗎？

回台灣以後你有一度曾經考慮留在家鄉種田，但你心裡曉得這已經不是種田的時代了。何況卡桑死了，多桑再娶，後母與大嫂對你都不友善，家裡似乎也沒什麼好留戀的。秋天到來的時候，你綁了十幾把掃帚，帶上從日本帶回來的七百元，一路賣一路走到台北。就在西門町附近的電器行，找到一個姓張的師傅收你做「師仔」。一開始張師傅（其實只是一個三十歲出頭的電器工）還裝出個師傅派頭，白天得幫忙煮飯，晚上還要幫他用扇子搧風，但很快地張師傅就發現，關於機器這東西，你比他天分高太多了。很多他修不好的毛病，你摸一摸就能找出癥結。張師傅因此樂得清閒，店裡的工作逐漸轉到你的身上。彼時買收音機要申請執照費，每台收音機都要有一張執照，徵收銀元十元，每年換發一次。十元可不是個小數目，即使是台北城，真正聽得起收音機的人還是不多。但你已經看出收音機，或者說，電器這行未來的發展無限，「未來，這途一定賺錢啦」。

你清清楚楚地記得彼時竹仔厝一天雨就漏水，店裡隨時都有幾十台的收音機或嘰嘰喳喳或一聲不響地放在待修的櫃子角落，它們是不能淋到雨的。因此你得幫收音機撐傘，甚至要學會撐著傘修機器，雨水打在傘上滴滴答答，手上的起子卻不曾停下。

說起竹仔厝，恐怕很多商場第二代都不知道了，他們多半是在商場建好以後才出生的，在不會漏雨、風吹不進來的水泥商場出生的。但在商場建成之前，從各處到城裡謀生的人，最早是各自胡亂在這裡搭建起竹仔厝，做起生意。這些人有的是從鄉下放棄田地北上的，有的是在其他地方做生意失敗的，有些是國民黨帶來台灣的軍人⋯⋯因此有人講日語、福州話、山東話，甚至阿美族話⋯⋯。「竹仔厝」就是一個語言複雜的世界。大家都逃難、貧窮太久了，即使一時之間還沒有辦法用同一種語言講話，但透過鄰居彼此你一句我一句的猜謎，每個人似乎每種語言都會了一點。雖然彼時收音機裡傳來的已是對你而言極為艱難的「國語」，但你的印象中，竹仔厝沒有人能講標準的國語，大家講的都像二樓廣東仔賣的「雜菜麵」那樣的「雜菜話」。

彼時竹仔厝與竹仔厝之間的遮雨棚，隨時都坐滿下象棋，玩四色牌的街坊鄰居。黃昏時大夥坐到張師傅店門口，聽整排剛修好的收音機吱吱嘎嘎播新聞。電台主播用誇張的高音喊著聽不太懂，徒存音樂性起伏的口號，每戶的女人通常也在這時升火炒起空心菜或地瓜葉，香氣瀰漫整條街。

後來台灣經濟起飛了，政府既要消滅病媒蚊也得要消滅貧窮，為了城市的整潔理由不得不想辦法處理這些竹仔厝。經過了一些所謂都市發展學者的意見討論，終於決定要建商場。商場建好的那時候，大家可是一點也不看好，可是沒想到商場一蓋好，人潮就像被捕蟲燈誘惑過來的昆蟲一般聚集。商場的頭家一時驚嚇得不知道怎麼應付那麼多顧客，只好拚命生孩子來增加人手。

彼時啊，點心世界的師傅揉麵糰揉到手發軟，牛肉麵店一天要進五十斤腱子肉，用白色塑膠偽裝成象牙的擺飾品賣得極好，合成皮當成小牛皮也非常暢銷，就連路邊擦皮鞋的一天都要擦掉一罐鞋油，彼時啊，就算是用橡皮筋當作麵條也賣得出去吧。

耳鳴又來了，台上麥克風好像故障了，有一個工作人員上去修理，老鄰居有的人滿臉疲憊，坐在椅子上睡著了。過去猛力一拍耳朵耳鳴就會停止，但你拍了幾下還是沒有效果，有的工作人員看著你一臉好奇。自己已經老到沒辦法拒絕耳鳴也沒辦法再拒絕回憶，身體的衰弱帶動意志的衰弱，回憶與耳鳴都有了自己的意志，完全不聽指揮，連精神都沒辦法集中超過五分鐘，一旦集中力散去，就會讓一些東西跑進來。你老了，它們蓬勃了。

不過現在的你衰老到可以坐著面對這些記憶。你已經看清楚你人生中迷人或悲傷的重點，原本不曉得有什麼故事可以跟孩子講，但現在知道了。你覺得自己的一生不過等待這樣的時間來臨，之前的生活不過是為了這一刻的啟齒，為了清喉嚨。你想跟其他的爸爸一樣對孩子說，我以前的時候啊……

我以前的時候。只是沉默性格使你做不成一個會說故事的爸爸，孩子們懼怕你的嚴肅，從來不敢向你要故事。何況他們現在已經大了，不需要故事了，一切都到了離開的時間。而對鄰居來說你一直是一個安靜、認真的電器師傅，有如植物。街坊只會跟你安靜地點頭，他們已經習慣不跟你攀談，「別去吵，師傅在修理機器。」他們對孩子這樣說。

你發現，即使是妻子珍子，也說不上幾句話了。因為她說的你聽不見，你說的她聽不懂，畢竟她沒有和你經歷過那段時間，她從青春的時候嫁給你，人生唯一的志願就是養孩子。也許把它寫下來吧，但字認得有限，你的腦袋已經被一種語言占據，你少年時的憤怒、恐慌、愛情與悲傷都是用那樣的文法、句型與修辭，很難用現在電視上用的語言去回憶。因此現在你只能坐在這裡，等著隨耳鳴而來的記憶爬過來，騷擾它的現在。

會場的爭議已經持續三個小時了，似乎還陷入各自發言的膠著之中。你乾脆閉上眼，再回到年輕時候的商場。彼時午後與晚餐你最喜歡坐在門口修收音機，聽不太準時，又有那麼一點準時的火車聲。你甚至記得鐵路局幾年幾月幾日改了班表，哪班車曾經經過商場時撞了人，哪班車哪年退休，甚至哪班車今天的狀況好，哪班車今天的狀況壞，這些都從聲音就可以聽得出來的。鋼鐵打的車輪其實是會磨損的，哐啷哐啷哐啷哐啷會變成哐啷啷哐啷啷，那是每輛火車的標籤。累了就坐在凳子上吸著長壽，然後捻熄菸頭，再面對那些機器，每台機器都有自己的個性，它們也有自己想被修好，或不願意被修好的時候。有時候你調到頻道與頻道之間時，好像會收到一些像海風一樣神秘遙遠的聲音，你偏著頭，仔細辨識那些音波的原形，音波的話語。有時也會聽到有點衰老的砲火聲，螺旋槳漸漸加速的啪啪聲，奔跑的腳步聲，五〇機鎗彈鑽過風的縫隙的咻咻聲。在那些熟悉、陌生、遙遠而重複的聲音裡，你想像海的一陣波浪從很遠很遠的地方湧來，將一切輕輕托起，像是時間的一聳肩，繼續以不變的節奏將一切朝看不清楚的地方推去。

13

睡眠異常發生後不久，我在台北附近的郊山上，租了一間四坪半左右的套房。我帶上山的東西並不多，除了筆記型電腦，一些書，還有一輛基本款的Louis Garneau。我所租的房子，就在正在被所謂的文化界與歷史界討論存廢的美軍宿舍附近。財團急著想把這地方改建成高級住宅區，讓城市的有錢人和窮人分得更清楚一點。不過我租的地方和那些經過幾十年仍具有某種韻律感的建築物不同，是當地居民建給大學生租的房間，建築本身與附近的巷道都極為醜陋。說實在，能在這麼美麗的山上建出這麼醜的房子並不簡單，一定要有某種自毀的決心才行。但台灣到處都可以看到這樣的情形。我一直認為這個島嶼曾經有過幾十年的美感喪失期，現在雖然有跨越這種情況的徵兆，但醜陋已經造成，島的居民一定要花更久的時間來拆除它，或者接受它。

郊山的幾條山路，只要是假日就有很多人騎單車。雖然這個國家的經濟低迷已經很久了，還是很多人騎著Colnago或Cannondale這些接近一輛轎車價錢的單車上山，實在是令人感到奇怪而且嫉妒。不過還好在台灣，這兩種車已經變得跟雙B一樣，被挺著大肚子的車主變成缺乏品味的象徵，我用這點說服自己平心靜氣看待自己買不起這樣價錢單車的事實。說起來車子跟衣服一樣，一旦被不對的人買到，對它們的存在也是一種傷害。

除了閱讀、騎單車，我在山上最重要的活動就是照顧沙子幫我弄的一缸水草。聽我提起奇怪的「病情」，沙子鼓勵我在租處養一缸水草。

「就算搬到山上住，總要找點事做吧。種水草跟看風景完全不同喔，種水草要全神貫注在每一個部分的細節上，一點都疏忽不得。說不定那樣的過程對你的睡眠怪病有幫助。」

我覺得沙子並不是關心我的睡眠怪病，只是純粹想要我種植物。他是一個看到別人願意種植物就感到開心的人，關於這點實在有點奇怪。我記得大學的時候住在宿舍裡，當時大家買盆栽都是一時興起或為了騙女孩子，常忘了澆水，因為植物也不會呻吟或求救，所以掛了也沒人注意。沙子一旦發現宿舍裡有人的盆栽快掛了，就默默地取走，一直照顧到健康再歸還。他就那樣默默地幫我們每個人跟女友逛街時信手買來的盆栽澆水施肥，不知情的同學還一面對女友吹噓「都不用澆水也能活耶」，一面把手伸進胸罩裡。

不過對水族我並不陌生。有陣子我非常熱中養孔雀魚，光是黃尾禮服（我想應該為讀者說明一下，那是一種孔雀魚品種）就養了七、八缸，不過當時最喜歡的是莫斯科藍，這是一種從顏色到名字都很有魅力的孔雀魚。但水草的種植就不太了解了，因為水草缸會使水質趨向酸性，對偏好鹼性水的孔雀魚不太好，所以我當時都沒有種水草。

我搬到山上的第二天沙子就專程從三重開車載來一套兩尺缸（我的租處太小了，只能放二尺缸），接連幾天，他一下班就往我這裡跑，從調理水的KH值、PH值，以及二氧化碳的溶解量，慢慢把缸子帶到較穩定的狀況才交代給我。有時他來的時候我睡意來襲，直到一覺睡起，發現沙子還在我的缸子前面細心調整，靜靜地望著水草出神。

「人要模仿大自然是非常困難的事，即使只是一個兩尺大的魚缸。單單是光譜的分配與融氧量、二氧化碳含量的些微更動，就可能造成水草的灼傷或呼吸困難。事實上很多水草都不是沉水型的，水中葉可能是為了渡過雨季而演化出來的葉子，但現在人們為了觀賞，用強光和高二氧化碳來創造出野外不可能出現的生命型態。以我幫你弄的這缸草來說，轂精在野外的葉型和沉水的時候其實不太一樣。說莫名其妙也真的是莫名其妙，但是看著一種沉默的生物在你的手上逐漸長大、開花，會讓你覺得有一種奇怪的滿足感。」沙子說。

「那為什麼要用那麼多根燈管？不是很浪費電嗎？」

「人造的燈管都只能模擬某種特定波長、色溫的光，但自然界的光其實是千變萬化的，所以現在的光也許適合這些水生植物的生存，卻不利於另一些草的生存。另外我也利用定時器讓四支燈管在五點左右開始一支一支熄滅，這樣才會有天色漸漸暗掉的感覺。」

經過沙子調整後的水草缸這幾天開始在開燈兩小時後冒出氧氣，從他的缸子移植來的轂精草、黃花狸藻、水車前在兩周後都長得非常蓬勃，他又在我缸裡放了五條大肚魚和一些體型很小的匙蝦，儼然形成一個微小的生態系。看著這些生物在我的小房間裡活下來，開始讓我覺得不那麼寂寞。

由於曾經有接近睡意來的時候睡倒路邊的經驗，因此到山上住後我會算準每天的睡眠時間，提前待在房間等待睡意來襲。草缸弄好以後，我常常就在草缸前趴著看魚，不知不覺像中了緩緩擺動的水草的催眠而睡著。

至於每周一次下山去宗醫師那裡接受睡眠觀察以及回饋治療，成了我一星期中最不自在的時間。畢竟自己都不曾看過自己睡覺的樣子，突然要讓別人看著你睡覺，情緒一時適應不過來。進診所後我會被帶到一間漆成淺藍色的房間（據說這種顏色的房間最容易入睡），宗醫師的男助手會把電極頭貼在我的頭皮上，而我則躺在淺藍色的床單上等待睡意，電極頭上的電線連接著記錄筆，會在滚筒紙上留下我的腦電波圖。宗醫師的男助手叫做阿里曼，好像是布農族人，就像我之前提到過的，他的眼神總是帶著憂鬱的氣質。

每回睡醒時，阿里曼就進來研究室幫我把身上跟頭上的線路移除，據他說是因為可以從我的腦波圖清楚地看到我醒過來沒有。阿里曼進來不久後宗醫師也會進到睡眠觀察室。我的睡眠赤裸裸的，我的睡眠姿勢與腦波，幾時進入睡眠狀態幾時脫離睡眠狀態都被人掌控得清清楚楚。宗醫師進房間後的第一句話總是：「剛剛作夢了嗎?夢到什麼?」

「沒有，什麼都沒有夢到。」

我問他到現在都沒有夢是不是代表我的腦袋出現問題?他說倒也不是。「現在的研究對夢境是這樣解釋的：在睡眠行為裡面，身體所有的感官都處於關閉的狀態，但是腦幹還在活動。

腦幹產生的脈衝會刺激大腦，去執行平常的功能。但這個時候你的視覺啦、嗅覺啦、聽覺啦都沒有運作，所以身體對外界的反應和大腦接受的指令變成兩回事。我記得跟你說過，所謂的夢，是大腦因為腦幹刺激所產生的敘述性的影像。當你醒過來的時候，感官對現實世界重新掌握，就會回過頭去審視那些腦幹刺激所產生的夢境。」

我盯著宗醫師看，想從他似乎可以隱藏情緒的眼鏡下的眼睛裡看出一些什麼。「沒有夢有兩種可能性：第一是腦幹在睡眠時停止發出刺激，第二是睡醒的那瞬間記憶與感官沒有即時發生作用，於是很快就忘了有做夢這件事。第二種狀態並不少見，因為有些人在睡眠時胺類傳導物質的濃度太低，所以短期記憶沒辦法轉變成長期記憶，很快就會把夢忘記。所以在這種狀況下，夢是存在的，只是不被記住而已，跟被我們忘記的人生經歷沒有什麼兩樣。」

「這個問題可能外行了點。關於沒有夢境這件事，到底跟潛意識之間是不是有什麼關聯？」我讀過佛洛伊德的一些書，對他的一些說法耿耿於懷，所以忍不住開了個玩笑，「是不是跟我小時候的性啟蒙有關？」

宗醫師對我的玩笑沒有明顯的反應，或者說他把我的玩笑當作認真的。「佛洛伊德很多地方都錯了，夢見貓可不一定代表母親。夢遠比他想像的複雜。我們很難從混亂的夢境裡解釋出清楚的理由，是因為夢本身大部分跟真實無關，而是大量的情緒跟象徵符號。簡單地說，根本不是佛洛伊德想像的那樣，夢是藏在某個地方，躲過大腦審核的情緒跟隱藏記憶……。雖然這麼說有點殘酷，雖然有人喜歡解夢，但對我來說夢就是夢，是一些電波脈衝的反應。」

「那為什麼你還要觀察我的睡眠？」

「我做的不是文學性的解釋喔，我是科學研究者。聆聽夢境就像觀察電波脈衝一樣，還是有可能發現一些什麼的，比方現在有很多學者就認為可以在夢境裡找到生理性的問題，或精神上的問題。現代心理醫學是可能從生理性問題來解決心理問題的。這樣講好了，我想抓出你為什麼會陷入circadian rhythm，跟這段時間沒有夢境的原因。」不知道為什麼，我似乎可以感覺得到宗醫師對我的「無夢」感到困擾，沒有夢又不曉得原因的話，再怎麼有科學知識也就沒有解釋的依靠。另一方面我似乎又深深怕他從我的腦電波圖裡解讀出什麼，那種不安愈來愈強烈，如果連夢境都不能藏匿些什麼，我們還有什麼地方可以藏匿的呢？

「所以基本上，目前還看不出問題在哪裡？」

「就目前的觀察來看，你的睡眠從外表觀察所得知的唯一問題，就是有時候會有apnea的狀況。」

窒息？

「不，apnea應該翻做『睡眠呼吸中止』。一般來說呼吸會重新啟動，並不是特別嚴重問題，很多人都有，不過通常會發生在比較胖的人身上。你的情況比較特殊，你的體重正常，但睡眠呼吸中止時間卻出乎意料之外的久，幾乎就要超過正常的心肺能力。但是我好奇的是，在

apnea的時候你的睡眠裡發生了什麼事。也許那個時候有夢，只是因為呼吸的停頓而使得你醒來時也不容易回想到底夢見了什麼，我想那說不定是一個關鍵。」

Apnea。老實說有點擔心自己一個人在山上，睡著睡著就apnea，再也沒有啟動。並不是猝不及防的死亡令我感到害怕，我擔心的是更瑣碎一點的小事。比方說沙子提醒我的，萬一突然掛了，電腦的硬碟沒有整理一下，被來收屍的長輩或阿莉思發現硬碟裡一大堆色情圖片怎麼辦？或者是死去了之後水草缸的系統失控（比方說二氧化碳耗盡了），裡面的草、魚，和蝦都隨著我一起死去，豈不冤枉。沙子說，我對他們來說，角色很接近神的。

沙子最後一次和我在山上見面是八月初的時候，他說他準備辭掉廣告公司的工作，到宜蘭的一間水草養殖場種水草。「種水草？」我沒想到沙子能那麼輕易地放棄他的創意指導的職位，但他似乎對這樣的決定很滿意，「種水草才是我這輩子最想做的事。」

沙子走了以後我接到老朱的電話，他要我寫寫紅樓戲院整建的報導，「最好是從它的歷史寫起，順便訪問一下附近的居民。」我考慮了一下後接下這篇稿。我想起小時候大哥就曾經差點在紅樓戲院前面的噴水池溺死，我第一次看色情片也是在紅樓戲院裡，那天票房慘淡，我還在裡面遇到看車老李，那時我很為他慶幸他還有一隻手沒斷。但這些是不能寫到報導裡的，不過如果寫紅樓戲院不能寫這樣的東西，那要我寫紅樓戲院還有什麼意義？

接完老朱的電話以後我接到我媽的電話，她問我最近一切好不好，我跟她說一切都很好，我問她好不好，她說膝關節最近很痛，如果坐太久會站不起來，問我晚上要不要回家吃飯？我說不行，現在我好睏。

我努力地想上一個夢是什麼時候做的，可太睏了，就是想不起來。

14

現在回想起來，我開始不跟爸說話，應該是在高三的時候，那個時候，我面對我家族裡的所有人，甚至是我住的那棟商場大部分的人，都有一種無可言喻的疲勞感和輕微的憎恨。

多數人都認為自己是深愛著家人，也鼓勵大家跟鄰居和諧相處，這是我們從小的教育就灌輸的觀念。但你難道從來沒有產生過懷疑？難道你那些為數龐大的親戚之中，不會有沒有理由就互相厭惡，甚至希望不要有血緣關係的人出現？鄰居就不用說了，那些住在你家一牆之隔的人，很可能剛好是你最討厭的那種類型，但他就偏偏搬到你家隔壁住了下來，每天還裝親切地跟你打招呼。那時我對某些信教的朋友採取不信任的態度，因為他們每次禱告就說謊，你怎麼可能愛所有的陌生人？這事連菩薩都做不到。

小的時候每回有親戚來，我們這些小孩常被爸媽叫出來見客，我總是在還沒有看到親戚的臉孔之前，就會直覺地嗅到自己並不喜歡這個人的味道，身體產生一種往反方向躲的力量。但直覺已經遲鈍化的媽（爸那邊的親戚幾乎從來不到我家，我有時甚至懷疑爸是不是有親戚），還很生氣地責備我沒有禮貌。當然，也有很多孩子是看到任何人都可以甜膩親切地應答，我長大以後一直認為這樣的小孩以後長大要不就非常深沉，要不就非常缺乏自我，我向來討厭這樣的孩子。

認真說來我的家族和商場的鄰居原本都是老實的莊稼漢，這樣的人通常應該都具備有可愛的本質。他們多半是在台灣經濟起飛的那個年頭，搭著每站都停的火車，帶著簡單得不得了的包袱和理想來到都市。當然，這裡所謂「理想」的意思是，如果賺錢也算是一種理想的話。那種可愛的本質直到他們到台北後學了手藝都還保有著，但就像青春一樣，總有一天會消失……他們在這個以誇張的速度成長的城市，終於變成了每天工作超過十二小時的生意人——從裁縫師傅變成西裝店頭家，從鞋匠變成鞋店老闆，從麵攤小弟變成飯館頭家。不曉得從什麼時候開始，我有一點點不相信這些叔叔伯伯，舅舅阿姨，以及老鄰居們。也許是因為我發現他們在變成老闆以後把餛飩愈包愈小（或在餛飩湯裡有意無意地少放一顆餛飩），把合成皮鞋當作小羊皮賣，偷偷把客人要的純棉衣服拿到後面掉包成一件化學尼龍做的，然後笑嘻嘻地要客人下次再來。

但我也同時打從心底喜愛他們這些小奸小惡的本質，我喜歡他們在賺錢時昧著一丁點良心時那種興奮、滿足，油光滿面的表情。我自己從小就是這樣的人，想辦法騙爸爸作業簿一本五塊（其實是四塊），並且毫無愧意地把那一塊拿去買涼菸糖吃掉。我還記得每年寒假我就跟鄰居賣鞋吳伯伯的小孩一起到天橋上賣鞋墊賺點小錢，把合成皮鞋墊當成豬皮賣，把豬皮當成羊皮賣，把十吋長的鞋帶當成十二吋賣。沒生意的時候我們坐著發呆，也常看到二樓賣酸梅湯的老闆娘用自來水咕嚕咕嚕灌進裝酸梅湯的桶子裡。我還是會跟賣酸梅湯的買酸梅湯，因為我也賣她其實只有十吋長很容易斷的鞋帶。一切交易都是公平的。

我肯定相信我自己臉上也常出現那種欺騙之後的興奮表情，我是商人之子，從小我就知道怎麼在班上賺取同學跟老師的歡迎。不過也許是因為這樣，我才會開始討厭他們。

也可能是商場還有另一種人存在的緣故。比方說做西裝的唐師傅。唐師傅的店是開在很少商店的三樓，就在我家住家的隔壁的隔壁。我小的時候有一陣子喜歡蒐集會綁在西裝布料上的一種塑膠牌（有的為了強調是羊毛布料還會做成一隻綿羊），為了蒐集各種字體、形狀的塑膠牌，一有空我就往唐師傅家跑。唐師傅既沒有老婆也沒有孩子（至少在我印象中是沒有的），因此那時他非常喜歡我去看他做衣服。唐師傅家的冰箱在當時來說非常特別，有一個大人高，而且右邊那扇門上有兩個出水口，就像現在三商巧福的飲料機一樣，只要用杯子一推冰水就會嘩啦嘩啦流出來，家裡有這樣的東西真叫人羨慕。當我去唐師傅家的時候，他總是會拿一個玻璃杯給我，然後我自己去倒一杯冰水，就坐在那個高腳凳子上，看唐師傅用小粉餅打版，然後用利得不得了的剪刀剪版裁布。我還記得唐師傅裁布時用的是一組三把的小刀，刀鋒各自朝不同的方向，好像一種厲害的武器。一般人可能不知道，西裝雖然是一件的樣子，但大概是由七、八片的布料所組成的，包括前身、背部、袖子上下、反折，還有領子、口袋等等。唐師傅先把這些按版裁好，然後再兜縫起來。每縫一道線，他會馬上用掛在一旁的熨斗燙平，讓布料安定下來，也壓一壓縫邊。就我的記憶裡，唐師傅不像商場其他師傅後來裁布都用裁斷機，他始終堅持手工。另一件讓我印象深刻的事是，唐師傅會在西裝的袖口附近的襯裡簽名。我不認得他簽了什麼，但那個動作確實是意味著這件衣服是我做的這樣的意思。不知道為什麼，那個動作至今讓我覺得很是莊嚴。我從小學畫畫就不在畫紙背後寫名字，堅持寫在正面，我的美術老師氣死了。

而親戚裡我唯一喜歡的是我的小阿姨。她是一個眼睛深邃、熱情，還帶著點農婦氣息的小個子女人，在我們家隔壁棟商場二樓開豆漿店。小時候我爸管我們管得很嚴，他怕我迷路，是決計不讓我的活動範圍超過我們家這棟商場的。但如果他要我去買一根油條跟熱豆漿的時候，我就被特許從天橋走到另一棟樓。小阿姨在做豆漿時會把頭髮挽起來，露出像麵糰的脖子。我特別喜歡看她擰豆漿、揉麵糰，捏小籠包，那種慎重其事，很把準備吃這些食物的人當一回事的樣子。豆漿店裡往往只有我的小阿姨，至於我的姨丈，肯定是跟茶古仔、尖嘴仔打四色牌去了。他們一開始都是無害的賭徒，都因為打牌的時候喝太多啤酒坐太久而在中年以後一起罹患高血壓和痔瘡，但是有極少數終於會不知所以地欠下大筆賭債，靠打太太解悶，甚至終於破了產，或送了命或送了家人的命，我姨丈就是其中的一個。

小學四年級的時候，有一天晚上討債的人開玩笑似地在阿姨家門口點了火，他們想姨丈一定會聞到煙味而下來跟他們打一架，但可能因為太專心而忘記了商場的住家是沒有後門的，也不曉得那天阿姨他們全家那麼早睡，而且睡得那麼熟，於是我的小阿姨就和兩個女兒死在火場裡。不過姨丈幸運地逃了出來。那是我第一次面對死亡，我記得我站在焦黑的鐵捲門前面是如此震驚，需要我媽握住我的手才能站穩，不過那是另一個故事了。

高中快畢業的時候我第一次聽說商場可能會拆掉。那時我爸媽為了讓我避開那些書讀得不太理想，但已經進入青春期對男生極有魅力的商場女孩，硬是要我住到過河那頭的新房子去。我另一些兒時玩伴像是蚊仔、扁頭則因為已經預知考不上大學，正準備接手家裡在商場的事業。那時我偶爾回到商場去，商場天花板的日光燈老是一閃一閃地，我的老玩伴們由於太早開始學習欺騙顧客的技巧而顯得早熟，他們現在坐在騎樓下打著瞌睡，好像他們已經度過了美好、完整的一生。我有時很想把他們從昏睡中叫醒，但又不知道叫醒他們要做些什麼。

那時我很肯定自己不會成為一個商人，至少會成為一個詩人或作家，因此把我爸給我的補習費全都拿去買了書，藏在書架的後排，前排擺滿了各式各樣的參考書，做為掩護。不過當時我壓根沒想到自己後來會變成記者。據說前一陣子有個民調，記者是現在正當職業裡驕傲感最低的行業，至於詩人仍然不算是個職業，沒有放在問卷調查的選項裡。當時我想當詩人的想法想必很讓我母親傷心，我父親憤怒的。

我的父親是一個沉默的人，但他的行動力很強，在身體還算健康的時候非常強悍。他認為寫詩是女孩子家做的事，他把我寫滿詩句的書包剪成一條一條的碎布，把我為牠們寫過詩的好幾籠鳥一籠一籠放掉，把藏在書架後排的小說一本一本撕掉。他教訓孩子的最重要一個信條就是不讓我們解釋，無論是對或錯，有理由或是沒理由，不准解釋就不准解釋。

那時他們管得我愈厲害，我反抗的情緒也愈高昂，不過反抗的對象卻是我的母親。原因很簡單，雖然我想反抗的是我父親，但我當時的個子遠比我父親小，零用錢又是我父親支付的，反抗他顯然是不智之舉。相對之下我母親就容易對付得多，她頂多是唸我，聽到我頂嘴以後跑到廚房裡哭而已。我想你一定會了解，事實上青春期的孩子往往在話頭離開嘴唇的那一瞬間就後悔了。我有時候會對父親和母親用他們過時的標準來要求我氣得渾身發抖，希望他們一起死掉算了，有時又聽到母親的哭泣聲覺得乾脆自己死掉算了，那種既後悔又氣憤的情緒像幽靈一樣糾纏著我，讓我的青春期過得很不快樂。我覺得自己被一個全無想像力的男人和女人所生，以致於活在一個全無想像力的生活裡。

我對每個交涉不深的陌生人都非常和氣，多數人對我的初步印象都認為我是一個好脾氣的人，但唯獨對我爸媽沒辦法，我時常一回家就莫名其妙對我媽生氣。本來我跟我爸已經話很少了，上了高中以後我又漸漸敢挑戰他，以致於我們之間的關係愈來愈差。大學聯考後那個夏天開始，我和父親幾乎沒有再說過什麼話，我開始住在外面，愈來愈少回到商場。我想我當時一定自以為讀了大學就變成另外一種人，不想再回到那個大夥都隨地吐痰，廁所沒水也若無其事地上大號的商場去。

退伍以後我開始在各個雜誌間遊走擔任編輯，一邊不跟任何人說偷偷寫起小說。為了省下房租，我搬回家裡的空房間住，媽因此常常會特地從商場跑回來為我準備午餐。有時候正在寫稿子，或報導呈現難產的時候，我非常非常非常討厭媽喊我吃飯，因為那樣的聲音會硬生生把我的思緒掐斷，並且整天再也接不上來。但因為媽是以某種善意的前提來做菜的，我如果發脾氣會變成非常沒有合理性，於是只好忍耐下來吃完飯，然後接受「今天又完全寫不出來」的事實。偶爾（相較於國高中那個年紀的頻率）還是會忍不住頂嘴，說出了相當刻薄的話：「拜託，妳煮得又沒有比較好吃，我出去買便當就好啦」。

聽到這話媽的眼神顯然非常受傷，她坐在椅子上紅了一會眼，就去幫我洗衣服了。說實話，我愈感覺到媽對我獨一無二的愛，我就愈想逃離。我開始恨她愛我，恨那些她專程為我而做的事，就像是她的生命是要為我付出而存在的一樣，讓我覺得有非常沉重的虧欠感。活在愛的虧欠中讓我憤怒，我總是覺得感激對她的愛而言是不夠的，但又不想真的向她的慷慨與偉大道謝。而我最不能接受的是我媽在提到我們這些孩子的人生時總是帶著醋意的，我知道她恨我們不必曬太陽、不必跟別人低聲下氣、不必經過有一餐沒一餐的日子。「汝太好命！」媽對我的教養是「命運好也是該詛咒的」，她恨我們命好也就等於她愛我們命好，她愛我們命好就是在恨自己的命不好。她的一輩子太過平常，一切都已預定，從小開始就沒有人真正注意聽她說話，漸漸變成自己也不注意聽別人說話，然後變成自言自語，腿力不繼，靜脈曲張，關節退化。直到商場拆除的時候，她身體的所有地方幾乎都已經扭傷、碎裂、敞開、發炎，五臟六腑糾纏在一起。也許那時候她才開始曉得，愛孩子也會讓自己變得傷痕累累。

不過商場拆除後，我對母親的態度卻開始改變。那時我看到她一夜之間衰老，突然醒悟她原是活在一個青春短暫的時代，是爸的存在維持住她不那麼快衰老的。她的人生也很少自己下決定，有一部分是爸替她決定的，而更大的另一部分則是由代理神旨意的乩童替她決定。

無論是要不要出門旅行，可不可以探望一個生病的老鄰居，孩子的聯考應該如何選填志願，得了糖尿病應該去哪一家醫院門診，都是乩童……或者說乩童所傳達的神的旨意替她下的決定……有的時候是開漳聖王，有的時候是陳靖姑，有時候是三太子。我媽常說她要不是活在那個時代的話會怎樣怎樣，但其實她已經活在那個時代，所以她注定怯於為自己下決定。

大概是從那時候開始，我比較能夠安靜地聽媽講她過去的故事，那些我原本一聽就會不耐煩走開的故事。不過說實話，那些故事遠比過去我在教科書上讀到的歷史還要迷人、有趣、悲哀而神秘，雖然我還不太懂裡頭有些什麼樣的東西跟我是關聯的。我也必須承認曾經有一度我是以獵奇，或偷故事的心態聽我媽講故事。我曾經把她說的一個故事寫成了小說，還得了個文學獎。領獎那天我到台上講了一些言不及義的感謝之辭，喜孜孜地拿著獎金跟獎牌回家。我還記得那天媽坐在我爸自己釘的一張搖椅上，靜脈曲張的胖腿懸空，頭無力地垂在一旁沉睡著，簡直就像死去一樣，我嚇了一跳，趕緊搖她的肩膀，喊她的名字，一直等到她醒來時，我才鬆一口氣。

不過已經有好長一段時間我寫不出任何我母親講的故事了。因為那些故事被我寫出來以後怎麼讀怎麼彆扭怎麼造作，我發現自己不在故事裡，我其實不真懂媽故事裡想要說的那麼一點，沒有心機的，純屬於她人生的重要關節。想通了這點，我決定安安份份地做我的記者，不要再想什麼當小說家詩人一類的事，記者只需要專注在偷別人故事這件事上就行了，裡頭有什麼都無關緊要。誰都知道記者的同情心是假的，而作家還要為了表現所謂「深度」，偷了故事還要裝作流下兩滴悲憫或了解的眼淚，即使故事的主人是你的父親母親。

15

我開始當我母親聽眾以後，發現她的故事大致可以分成兩類，一類是含有教訓意味的故事，最常見的是她說完故事後會轉到勸誡我不要亂說話或亂寫報導這個話題上，有時還會在這類故事的結尾加上一句，「不愛烏白講烏白寫，無日本人就會來將汝抓去灌水」。我懷疑我母親說那些故事都是為了提醒自己、嚇唬自己，以免忘記自己充滿恐慌的少女時代。另一類則是關於神蹟或神秘事件的。這類故事我特別有興趣，因為我自己是一個無神論者，所以特別喜歡找出這類所謂神蹟的破綻。不過這樣的分類不大準確，因為多數故事是這兩類的綜合：要嘛就是教訓裡頭帶有神蹟，要嘛是神蹟裡頭隱涵著教訓。

她說故事時常不記得事件發生的正確時間，以致於那些故事都像飄浮在記憶中，沒有日期，沒有確切的過程與結尾。她曾提到她最早目睹的一個神蹟，第一次說是在她七歲的時候，第二次則說沒那麼小，大概是九歲。在這段故事裡，我母親的年齡大致在七到十歲之間游移，換算成西元則是一九四一年到一九四四年之間。

這個故事對我母親的家族史來說很重要，因為故事只要有一點差錯，我就不會是在二十歲那年才被通知阿公喝醉酒，淹死在門口那池漁塭裡。

我母親說阿公在她只有我哥小兒子這麼大……不，更小的時候，險險走了一趟鬼門關。阿公為了要獲得一點穀子的報酬而答應讓人在家裡藏了幾袋米糧。在那個日本狗統治的時代，尤其是正逐漸嗅到失敗的軍隊正需要大量的米糧來維持即將腐敗的戰鬥力的時候，藏一袋米糧就跟搶一袋金子的罪沒什麼兩樣。日本人自己很喜歡搶劫，但對其他民族的搶劫都視為罪行，而且判刑判得很重。據我媽說，藏米，即使是一包，被「大人」（日本警察）抓到絕對是有死無活。但那時阿公就是答應了朋友這個可以分到幾斤米的差事，把稻穀藏在家裡一個非常非常隱密的地方。

直到我第七次聽到這個故事的時候，我母親還是沒辦法回答我阿公那間四壁蕭然的房子裡怎麼會有那麼一個地方可以藏稻穀？她有時說米就藏在豬舍旁工具間所挖的一個小地窖裡，有時說是藏在鴨寮旁邊的木板房，有時說是藏在阿公的床底下，「就是有所在藏就是囉」，有時她被我問到生氣地這麼說。當說到藏米的時候，她還是忍不住嚥了一口口水，眼神充滿期待，她說彼時若有機會吃到米飯是多麼稀奇的事情啊。

從小我爸從來不准我們養寵物，所以第一次我聽到媽說那時阿公養了一隻黃狗，感到非常羨慕。據說那條黃狗沒有名字，我阿公或家裡的人叫那隻狗就叫「喂」。只要朝門外叫一聲喂，不論跑到多遠的地方牠都會飛奔回家。因為跟我阿公特別親，那隻叫「喂」的黃狗光看眼色就知道他想要幹嘛，連我阿公想要戴斗笠牠都知道，會趕緊跑去咬斗笠來，阿公要去釣魚，就去咬釣竿來。我說這簡直是神犬了，如果現在就可以上電視了不是嗎。

「說起來是伊隻叫喂的狗救了汝阿公，汝阿公的厝連門攏關未緊，伊款的門有啥麼路用？那擋得住日本警察？」我母親說。

「大人」查稻穀來了。也不知道是誰去投訴「大人」的，幸虧那隻叫喂的狗在吃完晚飯不久吠了起來，一開始是朝正大路吠，接著朝我阿公家右邊的一條小巷仔吠，隨即轉向水埤那個方向吠，簡直像在指示「大人」的方位跟人數一樣。

「虧得有伊隻狗喔，飼伊無了米。汝阿嬤在門縫間看到三個『大人』，細聲向厝內說：穿黃衫的來囉。」

那晚日本警察狠狠地踹開我阿公家大門前幾秒鐘，我阿公在阿嬤和一群女兒的掩護下打算跳上屋頂藏身。奈何爬上已經枯水的磚井還差大概兩個頭的距離。我阿公急了，喝一聲往牆頭跳上去卻掉了下來，磨破了手皮，把牙磕出了血，同時頭也撞出一大塊瘀青。

「伊時陣汝阿公猶原是少年勇健喔，但是壁尚高，猶原是跳袂企哩。」我媽用稍稍太過激動，太孩子氣的聲音說。就在聽到大門被砰砰踹開的同時，在我印象中總是強悍又魯莽的阿公尿了褲子。

我媽說誰不怕呢?誰不怕「大人」呢?被「大人」抓去不只是有死無生，而且是凌遲艱苦。隔壁木匠阿成師伊後生阿水仔因為偷了一尾魚被「大人」抓去灌水。像豬公那樣綁在單棍上，用大魚池裡濁黃的水（我小時候去過阿公家，知道那池子裡的魚都是用豬屎餵的），撬開他的嘴一直灌一直灌，差不多九十斤重的阿水仔，被灌到一百五十斤，灌到褲腰繩斷去，皮膚鼓鼓脹脹白泡泡地像姑娘仔一樣。「大人」走了以後阿水仔被他父母領回去，他父親用雙掌抵住他的肚子向上頂硬是讓他吐出了三桶黑水，四隻黑鯽仔和八隻水雞。躺在地上的阿水仔不曉得是恐懼還是什麼的皺成一團。阿成師舉起三柱香要祈求王爺駕臨救命，香熄了三次，點都點不著。

「死囉？」

「死囉。」

眼看有死無生，這關可能跳不過去，阿公突然想起早上到市場遇到跛腳仙的事。據我母親說，那天早上我阿公擔著前一天捕來的幾尾魚到市場，那個在市場口賣菜粿有時兼批八字、取姓名的跛腳阿德仔拉住我阿公，神秘兮兮地把他拉到一旁，要他想辦法弄一份祭禮，「將汝的一領內衫，要鼻得到味的喔，掛在厝後壁的樹頭頂，往北行九步，呼家己的名三擺，看這個劫數閃會過未。」阿公問是什麼事？跛腳德仔說他也不知道，知道也不能說，只說要讓我阿公的一個魂附在這件衣服上，把劫引渡過去。這跛腳仙年輕時好賭，曾經在潦倒的時候受了我阿公的接濟，後來隨一位師傅學了術數，平時卻以賣菜粿營生，我阿公料他說的不是空話，賣了魚以後便急急回家。但去哪裡弄一塊豬肉？阿公正想明天到親戚家問問看能不能弄到一塊豬肉，狗聲就呋了。

「大人」已然進逼，但牆還是跳不過去。這時奇蹟出現了。幾乎筋疲力盡的阿公突然聽到耳畔有個悅耳的女子聲音說：「跳！」他隨著聲音縱身一跳，竟然就像貓拉長了身子，海鳥展開了雙翼，輕飄飄地躍上三米多高的屋頂。我阿嬤和她的女兒們張大著嘴看著月光下如鳥的阿公，參差唉呀了幾聲。

就在我阿公跳上（我母親是用「飛上」這兩個字，不過我覺得太誇張）屋頂的那瞬間，月光被突如其來的一大片烏雲遮住了大半，世界像停電一樣黯淡了下去。「大人」進來，用三盞手電筒搜遍了房子找不到阿公也找不著米糧，踢了我阿嬤幾腳，憤憤然離去。

隔天清早雞還未啼，藏身在屋頂暗處的阿公看「大人」已經離開了，在我阿嬤及女兒們的掩護下，躲到海邊的林投林裡。那一個月我阿公的生活跟「暗公鳥」差不多，他藏身在林投林裡，每一吋皮膚都被林投葉割裂，晚上才敢出來取走阿嬤放在林投林邊的食物。有一回遇到一個「大人」到林投林裡小便，我阿公以為行蹤被發現了，又躲到他農閒時討海的竹筏上，漂流了一個月沒有靠岸，那一個月我阿公的生活跟魚仔差不多，全身的汗被曬成鹽，皮膚一小塊一小塊裂開，就像魚的鱗片一樣。但是危險終究是過去了。我阿公的幾個好友想盡了辦法打通「大人」的關節，兩個月後我阿公終於回到岸上。

但我阿公是怎麼跳上那面牆的？據我媽說，當她們正不知道要怎麼辦時，月光下突然出現一個極美麗的女子，她說那種美麗是現在所有的電影明星都比不上的那種美麗。那女子輕輕用袖口一拂，我阿公就像鳥一樣飛了上去。她們抬起頭，月光變得像太陽一樣金光刺目，紡織娘與田雞沙沙沙嘎嘎嘎地熱烈鳴叫，把阿公撞破三片瓦的聲音都掩蓋了過去。這事一點不假，隔天屋頂的三片破瓦都還在，總不會我阿嬷和七個女兒都看錯了罷？

等風聲過去，逃過一劫後的阿公特地去海邊的王爺廟裡上了香，順便問事。乩童問及我阿公推他上牆那女子的容貌，隨即斷言那必定是觀世音菩薩顯靈。彼時日本政府已經要求村民把家裡祭拜的神像和祖先公媽廢棄，改奉祀日本天照大神神符，附近就只剩下鎮上那間香火鼎盛的觀音廟和海邊王爺廟供奉的金、吉、姚三府王爺，因為信眾太多暫時留下來安撫民眾。我阿公把那陣子討海得來的錢買了一點豬肉，帶著七個女兒，赤腳走了三十幾里路到鎮上謝恩。我母親親眼目睹了觀音的神蹟，看見阿公對觀音的衷心感激，因此也就衷心感激了。

「這就是我這呢信觀音菩薩的原因啊。」已經超過七十歲的母親到現在還是這麼說。

我聽著母親少女時代的故事，忍不住問我母親知不知道那時還未相識的爸在哪裡？我媽一副唱歌仔戲的口氣說：

「哪會知影？彼時可是一個戰爭的時代啊。」

16

眼前的視線像被雨打模糊的車窗，睡意如連綿不斷的稻田展開，落日久久不落，魚血般的潮水逐漸淹漫，我感到異常堅硬的勃起並聽到震耳的劈啪聲。三郎別閉上眼三郎，三郎別閉上眼三郎。我睜開眼問，戰爭結束了嗎?戰爭結束了嗎?

在夢境回來的第二天，我寫到這裡，睡意像一群白鳥從遠方靜靜飛來。

17

洞穴的深處是一個村子。村子的建築十分整齊，大部分是用石頭或紮實的木頭建成的，無論是用哪一種材料，特別引人注目的是屋頂都像是以光為材料做成的。這種光的屋頂使得洞穴裡的村子不致於看不見東西，並且散發一種純真的氣息。

村子四周是河流，河流的水像綿綿不絕的眼淚或欲望，使得站在村子的邊緣會有一種飄浮感，地面不是很穩定。河的那頭隱隱可以看到數量非常多的隧道，這是因為河流反射了屋頂的光才可以看見。隧道看起來幽遠、漫長，不知道通往什麼地方。

村落的所有住民，從五官來看似乎統統都是少年，沒有老人也沒有女人，在一幢幢整齊的建築裡，每扇窗、桌子前都坐著一個少年。少年一看就知道是少年，那些像是還未成形又即將成形，充分具有可塑性的五官，無論各個角度都瞞不了人。

村子裡的少年不論膚色，都有一種專注的臉孔，顯現出著迷……或者說期待的樣子，望向洞穴的開口。（如果你要說那是天空的話也可以。）

我問Z為什麼沒有少女？他說少女在隧道連接的另一個洞穴的村子裡。

村子裡有各種少年，有鼻子塌陷四肢細弱的少年，坐在路旁給行人休息的椅子上；有穿著骯髒殘破的工作服胸口有著像是血漬的少年；有用一條完整的手臂抓住一條斷掉的手臂的少年；有輪廓深邃很像我一個排灣族好友的少年，靠著消防栓（夢裡的村落也會失火嗎），以免用一條腿站著會不平衡跌倒。有五官帶著點女孩子氣的少年，用掉落的電線當跳繩跳，他的腿齊膝斷去，以致於跳法十分特別。有帶著憂鬱神色的少年專注踢著路上的什麼，直到消失在前面的街角，仔細一想那好像是一枚手榴彈或是頭顱。

村子好像一直都下著雨，雨並不大，只是落在臉上會凝成肉眼看不清的雨珠那樣的量。雨使這裡的白天變短，雨水順著蟬聲和樹葉的尖端流下來，落在各種姿態、神情、膚色的少年臉上。或許是因為雨水豐富的關係，這裡的植物遍佈，甚至長在少年的身上。斷臂少年斷臂的地方長出紫色與白色的蕈類，穿著工作服的少年在血漬的地方開出一朵奇妙卻沒有顏色的花，把消防栓當作腿的少年從胯下伸出爬藤，爬藤的葉子是掌狀的，像一個個翻起的手掌朝向天空。

植物怎麼會長在人的身上？

Z說如果一直思念某個地方的話，身上就會長出那個地方的植物。何況人也可以是很多東西的土壤，只是我們不曉得而已。我的眼光掠過Z的臉孔，直到現在我其實還沒能真正看清Z的臉孔。Z長得一點都不特別，就是一個有著健康膚色，輪廓深邃，有著孩子氣笑容的青年而已。唯一不同的是他有一對像是萎縮的，發育不良的鸛鳥的翅膀，以及一雙說不出哪裡怪異的眼睛。

靠在消防栓上的少年唱起歌來，那歌聲一開始聽似乎有些哀傷，但仔細一聽又充滿希望，一開始聽好像金屬切入木頭的噪音，但仔細一聽又像小鳥靈魂的飛行。我看著他的眼睛，他的眼睛我好像認得。

少年的歌聲傳到四條河交錯的邊緣，流水緩慢下來，雨停格在空中，樹暫時拒絕與藤蔓交談。其他的少年們一開始安靜地傾聽著，眼神望著洞穴的出口，不久便以各個不同，少年將轉為成人的嗓音唱和起來。那合聲的歌聲高出原音數萬倍，像會到達星空一樣發著光往上升，更可以看出洞穴的深不可測。

我說原來地底下有這麼大的一個黑洞啊。

Z拍拍翅膀。我發現我無法形容Z的眼睛的色彩，那色彩過度繁複以致於我無法歸類，就像有二極體光波流過一樣，那眼就像一雙外形擬態單眼的複眼。他說，所以地殼遠比人們想像的脆弱。

雖然從這裡往上根本望不到什麼，但是每一個少年仍然將他們的頭抬起，望向洞穴的開口。而由於洞穴如此之深，我發現洞穴裡也有獨自運轉的太陽、月亮與星辰。

他們在看什麼，期待什麼呢?歌聲又將上升到哪裡去呢?

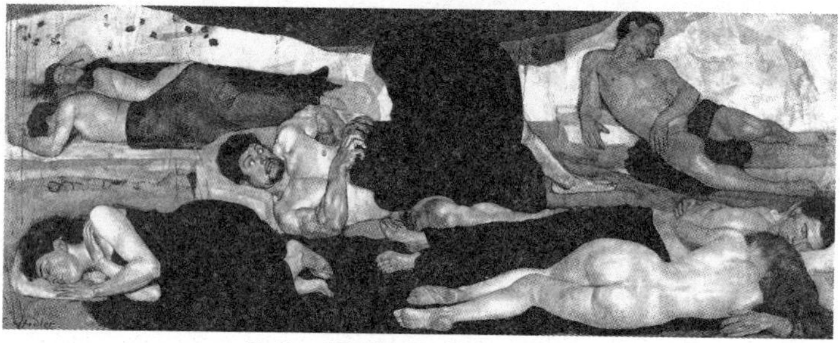

Ferdinand Hodler, *The Night*, 1889-1890

夜，安息吧，在這些靜靜睡眠的人當中，有一部分，在明天將無法甦醒。

最早寫於Ferdinand Hodler《夜晚》畫框上的銘文

18

房舍是木造建築，空氣中似乎可以嗅得到木頭的紋理、濕黏的裂縫，和落下粉屑的氣味。牆是用較結實的角木釘出一格一格的支架，再釘上實木板，每隔一段距離就有一扇上下兩層推拉式的窗戶，窗戶外邊還有一個木造陽台。從外面看上去，一幢一幢結構、大小乍看之下似乎都相同的寮舍，充滿秩序地散布在這片平原上，間或伸出高大、指向天空的煙囪，頗有一種森然、靜謐的氛圍。

每八至十個少年分配在同一個房間裡，他們正躺在床上打著蚊子，搔著白蝨咬出的腫塊。即使全身發癢，但少年三郎還是覺得這裡比那個不斷搖晃，悶熱的船艙要好太多。只是不曉得什麼原因，住進這個房間後三郎便開始失眠。透過窗戶，清醒的三郎可以看到屋外的煙囪隱隱約約的影子，屋內則充滿溼溼重重的空氣，讓人覺得這裡充滿憂傷與敵意。

只有特別敏感性格才具有的直覺告訴三郎，不止自己這一「室」，整「寮」的每個少年都清醒著，有的躲在黑暗的毯子裡不曉得在想些什麼，有的則正偷偷吃著從台灣帶來的餅或糖粉，發出像老鼠一樣窸窣的咀嚼聲。屋外不知什麼地方的水滴有節奏地滴落，在寂靜中傳來審慎、清澈而有節奏性的聲響，偶爾可以聽到舍監巡邏後離開的腳踏車咿啞聲。風聲一陣過去了，然後又一陣過去。三郎閉著眼睛聽這些聲音從陌生的空氣穿過陌生的窗戶落到陌生的地板上，榻榻米逐漸被某種沉重的東西壓出凹陷的形狀。三郎至此才相信自己已經離開那個島嶼十分遙遠，而「明天」好像開始變得模糊起來。失眠的三郎睜著眼睛，發現自己正處於一種前所未有的清醒狀態，但當時他還不知道這種狀態其實來得更早——從坐上那艘開往北方的船開始，純真的熟睡狀態已從此離他而去。

突然間三郎被一個突如其來的尖嘯聲弄得緊張起來，他以為是晨起的哨子聲。但應該不是，是不知道什麼鳥或什麼蟲的叫聲，哨子聲更尖厲、遙遠、更令人心慌些，而這聲音比較像是什麼動物發出的，含有些微悲傷的痛苦聲音。三郎在確認了之後，全身的肌肉才又放鬆下來。這裡通常會在該起床的五分鐘前吹第一次哨子，這個聲音是「不准起床」的意思，按規定是不能有起床的準備動作。第二響的時候就是「趕快起床」，一時之間尚在假寐或不願起床的少年都會激動地跳起來，因為必須在規定的五分鐘內，折疊好毯子和墊被，然後穿好衣服，跑到運動場，集合、點名。那時會有另一個拉得更長的哨子聲出現，在那聲音之後才到的人就必須罰跑運動場，或接受「海軍制裁」。剛來的時候，同是來自台灣的小隊長宮田最常以「海軍制裁」來教訓少年們，其中一種方式是讓遲到的兩人以拳頭互摑臉頰，直到他喊停為止。隊上比較柔弱的像是清水跟阿海，就曾經在互摑中哭了出來，但一旦哭出來制裁就會持續下去，因此還是忍耐點比較聰明。

但現在那聲音不是哨子聲，應該是不知道什麼鳥還是什麼蟲的叫聲。在家鄉晚上也有類似的叫聲，但三郎很細心地聽出其中的不同，這裡的這種不知道什麼生物的叫聲比較冰涼一些、尾音拉長了一些。

因為搭上了船，所以才會在這裡晚上睡不著聽到這樣的聲音，船真是不得了的東西。三郎想起自己在甲板上曾經想像巨大的運輸船是海裡一頭鯨，也許有時海底那些真正的鯨會用牠的鰭接觸她鋼鐵的、佈滿藤壺的船腹。

當船載滿少年往北航行的時候，聯合艦隊已經失去了太平洋的控制權，米國的潛艇開始威脅到日本航行在太平洋上所有艦隻。帶隊的伊藤少尉一再跟少年們提到邪惡米軍潛艇的威脅性，三郎因此想像或許船艦交會時都會傳遞哪些船艦已經被潛艦擊沉的消息，並且默哀，就像家鄉有人死去的時候，親人彼此致意那樣。（你知道嗎？高千穗丸已經沉了，高砂丸也沉了，還有還有，你記得大洋丸嗎？聽說也已經沉了哩！）

這艘運輸船本來是一艘知名的客船，搭載過許多有名的人物，但因為戰爭的關係，船被徵召改裝成戰事運輸船。即使船上還有網球場與游泳池，但是相異於過去平安順遂的行程，現在它必須開始面對機砲、炸彈，以及魚雷。海的味道從戰爭開始也變得不同了，過去海充滿螃蟹味、章魚味、鯖魚群味、礁石味、海底火山味，但戰爭開始以後海就出現了硝火與屍臭味，把其他的味道壓了下去。海雖然那麼大，但好像每一條船可以走的路線都在戰爭，在戰爭時期，即使是船也沒有輕鬆的權利，船也要面臨生死、運氣與恐懼。這使得三郎想起在海上航行時，船身往往會突如其來地一顫，就好像船對黑黯的海底存有一種過分敏感的反應似的。

三郎躺在榻榻米上，有時也會突然抽動一下，像被某種不存在的物事所驚嚇。但要等到許多年後三郎的妻子生了第一個孩子，他才聽長輩說孩子晚上睡眠時腿部抽動，是因為正在長高的緣故。

正在長高的少年們，聚集在這個地方，每天清晨在哨音中清醒過來，先進行「甲板掃除」，再用早膳。之後少年們就唱著軍歌，在舍監、寮長、寮母的監看下，朝剛落成的實習工廠步行出發。三郎非常喜歡這段步行的時間，他帶著一種特別的想像去走，就好像走在一個陌生的森林裡，穿過一個漫長的洞穴後，家鄉那幢熟悉的平房就會在那裡等著他。

訓練課程一開始的時候較多樣，有國語、英語、物理、工業數學、圖學、體育、訓育、公民、地理，但教材其實在內涵上都相當一致，和在岡山訓練所接觸的差不多。三郎花了許多的心思在國語和英語上，特別是國語，三郎原本的表達跟發音雖然沒有太大的問題，漢字卻認得不多。每回多上一堂課，三郎就覺得自己接近天皇一些些。

課程中又以實習課最重，主要是針對鏨鐵板、錘釘、接焊、鈑金、鑽孔這些基本動作訓練，有時也會有機械維修或機械原理的課程。實習課是壓力最大的課，少年們被嚴格要求熟悉單調而一致的基本動作。把鐵錘舉起來，嗶，把鐵鎚對準目標錘下去，嗶，把鐵錘舉起來瞄準，嗶，對準那個打擊點錘下去。實習過程中少年們會一組一組地換工作，直到所有的少年都熟悉每一個環節為止。未來，他們將有的是為了鎖緊螺栓而存在的，有的是為了握緊鐵錘而存在的，有的是為了在合金板上打出準確的洞而存在的。雖然實習課單調乏味，但卻讓三郎感受到一種強烈的存在感，這讓三郎感到安心，彷彿發現自己可以為某種他所不了解的巨大物事做出貢獻似的。

不過，如果貢獻不包括疼痛就好了。在練習以鐵錘鏨斷鐵板的基本動作時，如果不小心沒能準確地擊中鏨子的末端，就很容易滑掉而打中虎口或拇指。今天練習時由於還沒能準確掌握鐵錘的重量和揮擊的點，好幾次三郎重重地擊中自己的拇指。就像所有打傷手指的少年一樣，三郎會偷偷用手指摸摸冰涼的耳垂以減輕疼痛，並若無其事地趕上進度。

這個身體主要是天皇的，接下來才是自己的。三郎如此複誦著隊長講的話，好像疼痛就因此減輕了一些。但天皇長得到底是什麼樣子呢？他的聲音像誰呢？他都吃些什麼，每天做些什麼呢？

三郎試圖看穿窗外的黑暗，但今晚恰好沒有月亮，否則從窗戶看出去說不定可以看到那幾門鐵色的高砲。那些以某種堅定、帶點驕傲姿態毫不疲倦以四十五度角指著天空的高砲，曾經讓初到的少年興起了某種莫名所以的榮耀情緒。

幾天來三郎和同班的大田秀男已經漸漸成為熟稔的好友，秀男比三郎矮一些，不說話的時候比三郎更像日本人一些。直到四十幾年後，三郎都還記得秀男的「海軍頭」底下，沒有一點男子氣，帶點苦惱情狀的眉毛。但這樣外表底下的秀男在許多方面都比自己專注而堅定，讓三郎特別佩服的是，即使不熟悉的工作，秀男都能很快地上手。

秀男和三郎來到日本的情形不同，他本來是自願入伍加入海軍的飛行預科練習生，如果入選，說不定可以參與「特攻」的。面試的時候，日本軍官問他說怕不怕死？大田秀男君以超乎自己年紀的冷靜聲音回答不怕，但其實秀男那時還不太清楚所謂的死是怎麼一回事。雖然來日本的前一個月，秀男看過他外公在空襲時被困在起火的屋子裡，因此被燒得焦黑的身體，就那樣被舅舅們包上草蓆埋進田地旁邊的土坑裡，但一旁觀看的他還是不能確定死是什麼。如果只是身體焦黑，不再有知覺地躺在土坑裡，那麼死其實說不上可怕。或許也是因為他親眼看過外公活著的時候受的苦，反而覺得死是一種美好的歸屬。

不過秀男年紀太小，而且沒有通過適性檢查，終究沒有當上飛行員，被轉派到工廠來。到工廠的秀男似乎因此比三郎更知道少年們未來將做些什麼，他用故鄉的語言告訴三郎說，咱會做戰鬥機，這寡飛機後擺會打沉米國仔的船，打落米國的飛機。咱會做雷電、月光。

每天離開工廠回到宿舍，三郎和同組的秀男會趁著集合的空檔到宿舍旁，把拇指泡在清涼的泉水裡消腫。那應該是從某座山發源的溪流，所分支出來的細小山泉，天旱時會消失，天雨時就出現。喝了幾口，秀男說泉水的味道很像他家附近那座小山頭的溪流，三郎則跟秀男提起他第一次含到冰塊的心情。

那天三郎拿著掃帚到城裡賣，運氣很不錯，一個日本婦女跟他買了兩支。回來的時候他站在賣魚的凸目仔攤子前面，被各種魚的眼睛吸引住。魚躺在攤子上，嘴和鰓有節奏地動著，好像準備說故事似的。凸目仔用鐵鉤把一塊透明的東西拖過來，敲成碎塊，再把桶子裡，還用剩餘的精力掙扎著的魚放上去。三郎看著被鐵鉤敲下的，一塊拇指大小的冰屑，問凸目仔：可以給我一塊嗎？凸目仔丟了一塊手掌大小的冰給三郎，三郎撿起那個透明的東西，發現原來世界上有這種奇妙的東西。

——這是啥？

——冰角啦。凸目仔回答。三郎背著剩下的掃帚跑到他跟大姐約好的地方，興奮地把摀在手裡的冰塊給大姐看。大姐看到三郎像是抓著某種會逃跑小動物的手裡空無一物，只有濕濕涼涼的一灘水。她問：

——啥米？

——冰角啊。冰角汝無知影？三郎愉快地回答，他伸出舌頭，把融化的冰塊珍重地舔乾淨。

這裡的水很像冰角三郎這麼想。每天起床，三郎和其他少年一起穿上太過寬鬆的工作服。打開宿舍大門，就會看到白色的煙孤獨地往天空上飄。日出國的太陽好像反而不如家鄉的太陽強烈，入秋以後天氣很快地轉冷，不久便落下第一場雪。南國來的少年們第一次看到雪，有了雪的記憶跟體驗。就從那時開始，三郎才真正體驗到北國與南國的差別。下雪的那天是清晨用完早餐的時候，少年們走出食堂，一片片薄薄的雪片輕飄飄地落下，三郎伸出手，雪片在他的手上溶解為透明的水滴。這是「初雪」，不是「冰角」。而初雪之後真正的寒冷就來了。

寒冷懷著任性的憤怒，猛烈侵襲南國來的少年們。從秋天到冬天，一直都是連續陰暗寒冷的日子。夜晚即使蓋著異常沉重的軍毯，也無法感到暖意，三郎只有和秀男靠在一起睡來取暖，這時候他會特別想起自己需要一雙能夠輕輕摸他頭髮，讓他安心入睡的女人的手。三郎和秀男在毯子裡呼吸彼此吐出的溫暖氣息，慢慢地從腳尖到髮根都有了暖意。

清晨集合的時候，星空還未完全消失在地平線。遠方山間的落葉植物此刻都已轉紅，少年們穿著所能找到的所有衣服，不斷呵氣來暖和手指，但寒冷還是使他們漸漸表情僵硬。

如果光從神情來看，已經很難說他們是少年了。

19

直到我在宗醫師那裡進行了睡眠觀察一段時間之後，夢才回來。

在完全沒有做夢的心理預感或準備下，安靜、像死去一樣的無夢的睡眠從此消失。接下來我的每一次睡眠（無論是多麼短的睡眠），都充滿了各式各樣不可理解的夢境。但那時我已經有好一陣子沒有做夢的經驗了，因此夢境顯得太新，以致於醒來的一瞬間我無法辨認出是一個新的夢，還以為那是很久以前就曾經做過的夢。

在夢境回來那次睡眠觀察後，宗醫師照例問我剛剛有沒有做夢，我遲疑了一下說沒有。我不曉得宗醫師是否從我的腦波看出我剛剛其實是有做夢的，我帶著挑戰的心情盯著宗醫師的眼睛，想知道他對我的睡眠狀態到底了解多深。他是除了阿莉思以外，另一個看著我睡眠的人，不知道為什麼我想知道，一個人可不可能真的了解另一個人腦袋裡的東西。

「如果做了夢一定要告訴我，因為從什麼時間點開始做夢的，也許也非常關鍵。」他以刻意放鬆的態度這麼說。

我幾乎就跟他說剛剛我才做了夢，而且這些日子我不斷做夢。這些夢忘記的速度非常快，比方說結束睡眠觀察以後，搭公車回到山上時夢境的記憶就幾乎完全消失了。但如果真像宗醫師所說的那樣，反芻夢境具有很大意義的話，我覺得有把它們記下來的必要。因此除了在睡眠觀察時做的夢，我開始在床邊的小桌子上放了一支鋼筆一支鉛筆和一本圖畫紙做成的筆記本，一旦醒來我就開始「寫」夢，如果是沒辦法寫下的夢境，就用簡單的線條畫來表現夢的場景。我看著那些被我寫下的夢境，卻感到一種強烈的陌生感。那真的是「我的夢境」嗎？還是我潛入了一個陌生的世界裡，所窺看到的別人的夢境？而我不斷回想，夢境回來的時候，究竟生活裡出現了什麼決定性的事件？

阿莉思仍然會在休假的時候拖著疲累的身軀來找我，但她的休假隨著愈來愈受電視台主管的重視而漸漸減少。現在的新聞台就像7-11，他們必須供應大眾各式各樣的重複的新聞，而且還要煞有介事地欺騙觀眾說是「本台獨家報導」。最近阿莉思來的時候都顯得非常疲憊，她的臉因為上妝太久而顯得僵硬。有時一來就躺在地板上，不久便沉沉地睡去；有時則靜靜地看著我整理水草缸，或翻看我帶上山來的一些書——多半是關於二戰與睡眠的書。我們變得很少交談。

電腦音響隨機響著我在聽的音樂，現在正在播的就是Chet Baker的"Deep in A Dream"。雖然是很糟的喇叭，但音樂的本質還在，是一種很容易讓人陷入憂鬱夢境的節奏。阿莉思坐到我旁邊，輕輕地撫摸了我的耳朵，那隻手伸到我的妄想裡，安靜地把我拉回來。我跟她說昨天宗醫師分析的我的狀況。阿莉思靜靜聽著看著遠方，她看著遠方的時候憂傷與恍惚的側影，讓我很容易擔心她在擔心什麼。有的時候我直覺阿莉思跟母親一樣太過寵我，但有的時候我又覺得阿莉思正在遠離我。但哪一個才是準確的直覺呢？

「我們生個孩子怎麼樣？」阿莉思說。

我一時之間不知道怎麼回答。阿莉思發現了在Chet Baker聲音的縫隙裡有貓的叫聲，趕緊去開了窗。阿莉思喜歡貓。窗外那棵巨大的龍眼樹正在開花，每天吸引了各種蒼蠅蜜蜂和鳥，也吸引捕鳥的貓。有一種紅頭蒼蠅飛行的聲音實在很大，牠們在龍眼成熟的時候圍繞在墜落的龍眼上形成厚厚一層黑毯，一有風吹草動就響起翅膀讓人心煩。一隻黑貓正從樹底用俐落且有效的姿勢爬上樹，牠從延伸到我窗口的枝幹的另一端，用輕盈、墊著絨毛的四隻腳，將尾巴彎成問號走過來。

阿莉思把這隻每天從龍眼樹爬到我窗台的貓叫做Hitomi，因為牠有一雙隨時在對你傾訴，好像無論牠做了什麼都值得原諒，令人心疼的眼睛。我說我母親的日文名字也叫Hitomi，她說真的嗎，那我們還可以叫牠Hitomi嗎？我說當然可以，本來就有很多人跟貓同名。

我們就像一般的情侶一樣，一開始會以熱烈做愛來探索對方陌生又富吸引力的身體，然後在做愛的休息空檔會開始鉅細靡遺地詢問對方家裡的種種，但通常那種瀰漫著強烈體味的記憶並不會很清楚，於是彼此會一再確認。一般情侶會在真正見到對方的親人一段時間之後不再詢問這些問題，其中一部分也許會選擇結婚，另一部分就會漸漸減少做愛和分享家族記憶，直到發現另一個情人為止。不過我和阿莉思不同，我們在一起非常久的時間，既沒有去見對方的家人，也沒有停止熱烈地做愛。我們仍然持續用抽象的語言，在交談中彼此想像著對方家人的樣子。

「怎麼很少聽你談到你父親？」她好像放棄了上一個問句。

我要怎麼跟阿莉思談我父親呢？我父親從來不說他自己的事，他是一個連自己兄弟父母都不談的人，我記憶中幾乎沒有聽過他說故事或者往事。我是在一個沒有故事的童年裡長大的，對於我父親的故事我無法陳述，只能想像，我甚至沒有動過念頭要問我的父親。

小時候我常常莫名其妙撞到頭，比方說沒有注意到那個地方其實已經比我的身高矮，就突如其然站起來撞到，或是低著頭走路，以致於莫名其妙撞上路旁的突出物。我和鄰居小孩在商場的樓梯間比賽誰跳的階梯多的時候，也跌破了幾次頭。可能是因為這樣，我的頭型仔細一摸就知道非常不圓，但頭型不圓是不是經常撞到頭這個原因所導致的其實我不太肯定。（阿莉思摸了摸我的頭）我的身高算矮的，但商場三樓住處的閣樓天花板，比幾乎是全班最矮的我還要矮。由於實在太常撞到頭了，我爸非常擔心我因此變笨，花了很大的工夫，把閣樓的天花板包上一層泡棉，就連通往閣樓的那個方形的小通道也包上泡棉。前年我去採訪國軍僅有的四艘潛艇中的一艘，印象中好像叫海獅號，（這個名字怎麼聽起來有點像海洋館的展示船的感覺？）進去以後就發現那些狹窄的寢室實在眼熟。

我想起我們商場的閣樓。雖然那閣樓狹窄的程度要比潛艇好一些，嗯，大約兩坪大的地方，睡了五個人，但整個來說兩者實在很接近，在很小的空間裡除了睡人，還掛了各式各樣的東西。原來潛艇的士兵就睡在這樣的空間裡，潛入幾千呎深的海底。（潛水艇能潛多深？）這我倒不清楚，因為帶我們參觀的軍官說是機密。

我爸是一個所有東西都盡量自己做的人，包括家裡的櫃子、貨架、甚至是我們的床。一方面這可能是一種樂趣，更重要的是為了節省。我爸是一個很少花錢的人，我猜想是因為他曾經度過一個沒有財產的年代，在那時候他們必須要投入全部的力量才能保有一點財產，因此他盡量把自己變成一個毫無需求的人。那沒有問題，比較糟糕的是他把這種毫無需求的生活型態強加在我們身上。

如果從地緣來分，商場大致可以分成兩種人，一種是從鄉下遷到台北，準備幹些什麼事業或者是找活路的人，一種是從中國大陸跟著國民黨來到這裡，卻沒有住到眷村或得到政府分地而得以種田的人。這兩種人都是靠手藝跟運氣到都市謀生，但說真的他們對人生並沒有什麼了不起的理想或是期待，就是一天度過一天而已。因此如果你在當時路過商場，會覺得商場瀰漫著一種百無聊賴的氣息。商場的人們從這頭踱步到那頭，下午的時候就躺在騎樓的涼椅上睡午覺，等著晚上來到。

我父親倒有一些生活習慣讓我印象深刻。比方說他會把一張張十元的紙鈔捲成像菸卷一樣大小，整齊擺放在錢櫃抽屜的奶粉鐵罐裡，而不是一疊一疊地放。他痛恨七點以後起床的人，當然包括我們兄弟。聽說即使在我大姐尚未出生，那個貧窮到下午才能靠一兩個顧客籌出買菜錢的年代，我父親只要一離開家門口，就一定換上皮鞋——雖然是從隔壁的隔壁那間德記鞋行買來，最便宜的豬皮皮鞋，但鞋頭一定是擦得十分亮。另外，他還會隨身帶手帕，而且每天換洗，不像商場其他中年男人總在鼻涕快流出來時，用一隻指頭堵住鼻孔，然後用力把鼻涕擤到地上。妳聽起來可能沒什麼特別的，但要知道我們住的地方叫中華商場，那裡最重要的特色就是邋遢。後來我曾經聽到叔父對我爸這些舉止下了一個簡單的評價：恁老爸就是結一個日本紳士派頭。

像所有經歷過日本時代的人一樣，我爸不說打火機，說「lai-ta」；不說螺絲起子，說「lo-lai-ba」，他不叫我媽「阿珍」而叫「Hitomi」。小時候他教我唸「一、二、三、四」，唸的是「一幾、溺、三、夕」，以致於後來我上小學時，覺得自己唸書的腔調很奇怪。另外，他教我們英文的時候用的是「萬國音標」，雖然我哥的年代用的也是萬國音標，但我上國中時就改成KK音標了。我爸拿著我的英文課本，說音標也可以改來改去，真是沒有道理。

我爸是很疼我。嗯，跟我哥哥姊姊比較起來，我爸確實是特別疼我的。到現在我還記得，五歲的時候有一個俄羅斯的馬戲團來表演，由於票價太貴，我爸只帶了我去。現在還有印象的是黑猩猩的表演，牠們演了一齣好笑的默劇（廢話，當然是默劇）。當牠們的動作看起來跟人很像的時候，往往會引起觀眾大笑。比方說雄猩猩穿著西裝抽著菸看電視，或是雌猩猩穿著不合身的洋裝打洋傘，小猩猩背書包上學之類的。由於很難要求牠們的動作優雅，演媽媽的那隻猩猩的內褲都被看見了。表演結束後我爸帶我到後台的獸籠參觀，演爸爸的猩猩脫下衣服，坐在籠子的角落，眼睛望著籠外的遠方，好像很疲倦地想著什麼事，演媽媽的猩猩則在一旁梳理牠的毛髮，演小猩猩的那隻則在籠子外跟一批批的觀眾合照。那一刻我覺得脫下衣服的猩猩比剛剛更像人。

不過我爸並不是一個溺愛孩子的人，他對我們的日常生活要求非常嚴格，把短暫給我們的自由當作恩賜。他給我的童年留下了一種全然支配的印象，不像商場大部分的居民對待子女是一種放任式的教養，反正孩子放出去，肚子餓的時候就會回來。他會把一天的時間畫分成各種區段，要求我們一定要照這樣的生活節奏作息，他監視我們所做的一切，以致於我們家裡沒有一個房間或抽屜有「真正的鎖」，他絕不能容忍我們放學後在路上多耽擱一刻，因為他連我們放學步行的時間也計算在內。也許因為如此，訓練出我動物般的直覺。我能在他開門的前一秒鐘迅速將黃色刊物與武俠小說換成課本，並且神態自若地停止自慰。到高中為止，他還會默默地檢查我的日記、信件，或一切作業以外所寫下的筆記。雖然沒有確切的證據，但到現在我都還是想像他非常謹慎地拆開我的信，然後再重新黏上，並且對他所讀到的一切在合法容忍範圍內的文字暫時保持沉默。我唯一的證據是我向寄信給我的高中同學求證過，他用膠水黏信，可是我收到的信卻都是漿糊黏的。我爸不用膠水，他自己煮糯米做漿糊。

還有一件特別的事是，我不知道他是基於好學還是什麼原因，他會跟我們一起讀書。他對「寫字」這件事異常認真，甚至買跟我一樣的作業簿，跟著我抄學校的課文，寫測驗卷。從他留下來的作業簿看，我爸用硬筆寫中文相當漂亮，特別是鉤的地方非常有力，寫自修考卷的分數也相當不錯。

我爸一直覺得我不像男人，至少我一直覺得爸認為我是懦弱、沒用的人。其實從小我並不怕爸甩我巴掌或抽打我的屁股，我比較怕的是他的沉默，他常在我們做錯事的時候保持沉默，然後面無表情地拿一把椅子坐在旁邊看著我們。那時我完全不敢看他的眼睛，他的眼神會讓你即使沒有做錯事都會感到羞愧，好像我讓他蒙羞。我哥和我一樣怕我爸，小時候如果在商場廁所的一頭看到父親遠遠地走過來，我跟哥一定選擇繞另外一邊路回去。我們都知道他那麼疼我，可我是那麼怕他。

跟充滿說故事欲望的我母親不同，我可能從來沒有聽過我父親說故事書以外的故事，也就是那些關於他自己的故事。我甚至不知道我爸年輕的時候，或者童年的時候發生了什麼事，從哪裡來，曾經去過什麼地方。他在我的記憶裡一開始就是中年。妳還記得我爸生我的時候已經四十四歲了吧？即便是我媽，好像也很少聽過父親提起結婚之前的事，每回我們問媽爸小時候怎樣怎樣，她總是隨意地講一講，然後說：其實我也不知道。我爸像關得緊緊的蚌殼，以致於現在我有時候回憶起我爸的的時候，發現自己很難回想起什麼。說實在這點讓我感覺罪惡。

我爸一直是這個家庭全然的統治者，沉默的統治者，他不用命令我們就了解他的命令。我第一次公然地違背我爸的命令是大學的時候，有一次電視製作的課我帶阿德和沙子回家拍片，我家頂樓有一個可以看到隔壁屋頂的景很適合劇情。當我們調好攝影機，阿德剛點上菸，沙子要在一旁擦刀子的時候我爸出現了，他搶走沙子的刀子，熄掉阿德的菸，然後過來給我一巴掌。我就是從那個時候離開家搬到外面住的，從那時候開始我有好長的一段時間沒有跟爸講話。

不過不講話這件事外人看不太出來，因為我們全家，包括鄰居那時都已經很少跟我爸講話。我爸很年輕的時候就重聽，六十歲以後重聽變得更形嚴重，幾乎可以算是聾了。他很少對聲音作出反應，比方說很少接電話，從不使用鬧鐘，聽我媽講話的時候一看就知道他的心神已經跑到很遠的地方，好像他是一個船員或飛行員，焦點放在遙遠的地平線。爸生活在他的沉默世界裡。但我很確定他還聽得到一些聲音，因為他在修理收音機時會陷入一種極度專注的狀態裡，如果妳看到妳會相信他連電路板上通過的電流都聽得一清二楚。但後來他身體變差了，就像所有的老年人一樣，有高血壓、糖尿病與白內障那些毛病。據我媽說，他還有一個不算會致命的毛病，就是夢遊。他在半夜時會起來掃地、開收音機，有時候甚至會跑到倉庫裡待到天亮。說是倉庫，其實只有一坪半的大小，那是他的「工作室」，沒有特別允許，爸不准任何人進去。我媽確定那時他不是清醒的狀態，因為我爸夢遊時眼睛都睜得比平常大。

商場拆掉的前一年，爸因為肝硬化而引起的食道靜脈瘤而住院。可能是因為年輕的時候操勞過度，肝功能因此受損了吧。一旦肝硬化，體重就掉得極快。不過，或許正如我媽所說，在醫院和乩童的努力之下，他從鬼門關走了一趟又回來。

那時我和哥哥姊姊都離開商場的家了，總覺得媽說「伊身體無要緊啦無要緊啦」的語氣裡，有某種自己都不確認的疑惑。雖然我們多次建議爸乾脆搬離商場那個不適當的養病環境，畢竟有誰可以住在鐵路旁邊，在超過八十分貝的噪音與來往不停的汽機車陣中養病？但他就是不答應。他說老顧客會找不到他，他絕對不離開商場。有時候我和大哥回家看他，和他一起坐在外面的凳子上，扯到無話可說，心裡一直盤算著要找什麼藉口離開，而他也好像知道我們想離開。

我們都知道爸有話想說，但是也都不想聽他講話，好像是為了報復他小時候不跟我們講故事似的。

阿莉思沒有接話。一開始她還搭腔，但漸漸就變得安靜，或許她知道沉默會使我吐露更多的事。我知道她的直覺敏銳，比睡眠監視器更加準確，她微閉著眼，像在感受什麼似的，用手輕輕撫摸我的陰莖。我也閉著眼輕輕舔了她的耳朵。在舔她的耳朵時常常不是嚐到了什麼，而像是聽到了什麼。Hitomi吃完她的午餐，搖了搖尾巴的問號，毫不留戀地跳出窗外。

然後睡眠來臨，像遠處海面上的一星火花，突然逼近目前。

20

多年後當三郎的兒子抱怨冬天太冷不想上學時，三郎總是想起高座。他在心裡想，你們可知道真正叫冷的冬天？那個冷啊……。他打從心底看不起台灣的冬天，也不希望冬天把兒子訓練得軟弱，他不准兒子戴手套，嚴厲斥責並趕他們出門。

但現在的他非常討厭要他們不能縮著脖子的小隊長，討厭在寒冷中唱軍歌，討厭拿著幾乎結冰的抹布做甲板掃除，討厭穿著怎麼晾都濕濕冷冷的衣服，討厭要走那麼長的路到工廠。

一開始到工廠工作的時候是有休假的，偶爾一次的假期雖然不多，但已使得少年們有喘息的時間。有一回休假三郎和秀男以及一群同僚從宿舍走到大和站搭電車，去了江之島。但少年們並不太參與水上活動，他們最喜歡的活動是到江之島街上的相館拍照。多年之後三郎還是非常想念那種拍照過程，每個被拍照的人花非常長的時間整理衣服擺姿勢，攝影師架起腳架，調整光圈跟快門，裝上軟片，把頭埋在黑布裡像在思考什麼。這種拍照的方式似乎帶有某種儀式性。三郎六十歲生日的時候他的女兒送了他一台拍立得相機，啪嚓一聲相片就會跑出來，相紙上的影像一會兒就會顯像出來。雖然看著影像逐漸出現也會有某種緊張感，但好像把過去拍照後等待沖洗出來的輕微痛苦與期待的心情簡化了，那種感覺太不真實，反而好像褻瀆了拍照這種神聖行為似的。

外出時的三郎也對那些日本神社印象深刻。站在雨天的木造神社裡，像是被一種被浸濕的木造樂器包圍，雨被巨大的木柱木樑木簷吸收時會發出歎息般的聲音，再逐一落在碎石路上。朝拜的人們穿著木屐，踩在石頭上的聲音就像擊磬一樣。那些聲音跟著三郎回到島國，雨天的時候，三郎會想起那樣的木造神社，特別是神社在假日時的參拜人群中，會有許多女眷，看著梳著廂髮頭的少女跟著母親慢慢走在石子路上，空中飛旋著燕子，那種靜美的情境讓三郎難忘。

但那些神社，許多在不久後被大火燒得剩下骨架，三郎在戰後等待送返前去了名古屋的名寺真福寺，但寺已成殘垣。德川家康時代所建的大悲閣及五重塔已經被戰火所燬，古木雖然在被砍伐時已死過一次，但被燒夷彈燒得焦黑的木柱才終於真正地毫無生意。

訓練告一個段落後，通過檢測的少年們，進行了「適性調查」，這是一種針對性格與身體狀況的綜合性調查，就好像測試某種機器一樣，從頭髮到腳尖，視力、聽力、嗅覺、手腳的靈敏度、腰力、體格都列入檢查，最終每個少年會被判定出適合從事某種工作，並被分配到不同的崗位。通過適性調查的少年一批一批地被分發到各處的工廠，加入製造飛機的各條生產線。誠被分發到群馬縣的中島小泉飛機製造廠，健雄被派到茨城縣霞之浦，阿輝到長崎縣的大村，而秀男則準備出發到名古屋的三菱重工。少年們做好不計算投資報酬率生產飛機的準備，到各處的工廠領取了一個屬於自己的號碼，在黑暗的廠房裡，準備投入重複著過度熟練，不知將會延續到何時的動作。

留在空C廠的三郎因此覺得有一種寂寞感。他懷念和秀男一起練習用空氣壓縮鎚將鉚釘釘進鋁板的日子。在裁切好的鋁板上，一個人用震耳欲聾的空氣壓縮鎚打鉚釘帽錠，另一個則在另一側頂住鋁板，並且用手確認鉚釘的平滑與結實。這樣的工作需要相互信賴的二人組。三郎和秀男打的鉚釘平整而沒有縫隙，每打一枚鉚釘都讓他們兩人感到一種成就與快意。但是長時間操作空氣鎚的結果是除了有節奏的空氣爆擊聲外，完全都聽不到其他的聲音，就好像耳聾了一樣，有時甚至連口令都聽不見。不過熟稔的二人組總是可以相互感受到鋁板另一頭的心意。

但現在秀男要到名古屋了。

不過慶幸的是三郎在適性測驗後被小野技士看上，開始教導他修理飛機上各種機械系統的技巧。由於飛行時氣流的震動與氣溫的變化，機械系統很容易出現異常，而一旦出現異常就很容易發生危險，因此這是和組裝飛機同樣重要的任務。三郎是少數幾個被賦予這項任務的少年工，他後來並且獲准加入見習工養成班，學習更精密的技術。這讓三郎的優越感油然而生，略略沖淡了寂寥感。

在一點都不像新年的新年前，「敵機來襲，全體躲避」的警報訊號已經是耳熟能詳的聲音，少年們從一開始聽到時不知所措的緊張感，漸漸被像老鼠一樣直覺尋找逃避洞口的反射動作取代。面臨轟炸之前，三郎就曾多次想像過轟炸機投彈的情形，他聽空C廠的長官描述過太多次巨大、黑暗、彷彿帶著一個軍火庫炸藥的B-29。據說它所攜帶的高爆彈頭足以讓地面出現一個讓成人躺進去的巨大窟窿。面臨第一次轟炸時，三郎躲在震顫不已的防空洞裡想像著外面的情景，然而不用多久，他就親眼目睹了B-29。

那天近黃昏快要收隊進餐廳的時候，在操場上活動的少年們看見遠方出現一批豆子大的機隊，視感如此之遠，因此可以推測那些飛機是在難以想像的高空飛行。飛機臨空之前防空器的蜂鳴聲已經響起，讓聽到的人心跳加速，黏稠的唾液堵在喉頭。小隊長們帶頭往防空洞跑，三郎一度想慢一點進防空洞把B-29看得更仔細些，但很快地第一批炸彈已經落下。

這時土地突如其來地往前跑動，粉塵與石頭四散，三郎覺得剛在工廠聽多了機械聲而鈍化的耳朵突然變得異常敏銳，彷彿聽得到自己血管轟隆隆流動的聲音。在進防空洞前三郎回頭望了一眼，遠方海岸的天空出現了另一批B-29，銀白色的反光機翼像刀子閃閃發亮，而第一批機隊已經投過彈，正以單機隊形掠過上空。這時膝蓋感受到另一波震動，然後沙土如浪潮般湧上來，衝擊了他的腳踝、肩膀與臉孔。如果不是小川兵曹把他一把拉進防空洞裡，也許三郎的記憶就會停留在那裡，而不會繼續聽到B-29離開時，音爆聲傳到防空洞裡所產生的奇妙回聲。那聲音像從防空洞的底下不知道多深的地方所傳來的，彷彿那裡躲了一群正在哭泣的人。

直到夜裡B-29才完全消失，人們從防空洞出來，除了火燄與風的聲音以外，四周是令人感到顫慄的寂靜。這時天空並不完全是黑色的，而是紫紅色的，三郎仍然覺得自己的聽覺變得格外敏銳，可以聽到一切可以聽到的聲音，甚至可以聽到平常聽不到的聲音。在隊長與舍長的召集分工下，紛紛從防空洞出來的少年與附近的民眾都投入了救火的工作。有些房舍、樹木、泥土仍在燃燒，少年們用沾濕的粗大繩索打擊火燄，被擊中的火會抖動一下朝揮擊的方向突然伸長，接著才好像受了傷似的慢慢熄滅。不過B-29的高空投彈似乎並不那麼精確，工廠建築的主體大致完好，小川兵曹說幸虧是雲幫了大忙。

——不過，米國的下一步會是無分別空襲嗎？

其實無分別空襲已經開始。起初東京、名古屋、橫濱的飛機製造廠與發動機廠才是B-29的主要目標，但現在B-29似乎已經決定全面性毀滅這片所謂神的土地。民眾的祈禱雖然沒有引來神風把B-29機隊吹走，但偶爾祈求壞天氣的願望會實現。如果是壞天氣，B-29出現的機率就很低，即使出現了投彈量也會大幅降低或喪失準度。

歷經幾次轟炸的經驗後，三郎發現炸彈的聲音比炸彈本身的威力更大，炸彈可以摧毀肉體、房舍，燒掉森林跟工廠，但炸彈的聲音會摧毀希望。有些少年勉強表現出盲目的男子氣概，拒絕在夜間空襲警報的時候離開宿舍躲到防空洞裡，但不管有沒有躲避起來的少年聽到時遠時近的爆炸聲的一瞬間，都會浮現類似的念頭：說不定炸彈下次就會落到旁邊，把我整個困在火燄裡。因此，即使因為某種懵懂的膽量或者跟同伴的賭注而沒有躲到防空洞裡，少年們還是會在聽到炸彈爆裂聲時覺得血液凝結。

目睹轟炸的經驗多了，再加上隊裡的長官談的都是B-29，少年們開始了解B-29，並且了解自己就是為了製造出可以對抗B-29的飛機而在這裡的。B-29可以飛到二萬五千呎以上的高空，這是高射砲無法擊中的距離，因此必須要有更快、火力更強的飛機才能攔下它。能和B-29作戰的機型並不多，「月光」、「銀河」和「雷電」是現在戰場上急需的機種，得盡快送到戰場才行。三郎所在的空C廠就是專門組裝「雷電」的工廠，而厚木基地則是「雷電」試飛的重要基地。

不久三郎聽到名古屋與東京遭受燒夷彈轟炸的消息。春天剛來不久，三郎跟著小川兵曹到東京外辦，電車雖然已恢復運作，但破掉的車窗卻沒有修補，車裡也顯得十分骯髒。有些鐵軌呈現奇異的扭曲，因此車廂變得容易搖晃。搭車的人多數像是戴著靜默的面具，有一個老人用平板的聲音對著窗外不知道在說些什麼。沒有遭難的人或沒有傾倒的建築在這個城市顯得非常孤獨，行人好像對世界失去了好奇感，偶爾吹過的一陣風因為帶來了焦味更加強這種頹圮的氛圍。當車子經過東京市郊的時候，有不少傾卸車正在朝著一些挖得極深的洞穴裡傾倒些什麼，由於畫面只是短暫掠過，並不是看得很清楚。三郎在腦子裡反覆回想那樣的畫面，終於忍不住問了小川兵曹那些傾卸車在倒的是什麼。

——屍體。燒焦的屍體。

由於建築物多半已燒燬，從車窗看出去的視野變得極廣。三郎看到遠方的富士山依然潔白、神聖、充滿意志力地站立在那裡。但這已經和幾周前的東京毫不相似了，簡直像被神遺棄了一樣。三郎想起少年們流傳說故鄉也正被美軍空襲的消息，我的故鄉也正受著這樣的空襲，那些炸藥會深深地鑽入土壤，把可以長出稻米番薯的土地翻過來。

神的土地無邊無際，而神究竟是在哪裡，看顧著祂的土地呢？

21

哈普少尉坐在「溫室」（Green-house）裡，看著前方機隊已結束寬鬆編隊，改採轟炸編隊的飛行。銀色的機隊在雲層中時隱時現，前方雲層被數百架B-29的機翼與螺旋槳切割開來，形成一種奇異詭秘的視感。哈普透過雲層的縫隙，與被切割成數個幾何形狀的「溫室」視野看到海岸極不明顯、片段的輪廓。

穿過這個雲區，城市即將顯現。

距離起飛已經超過六個小時，哈普為了打起精神，開始想像城市即將在轟炸後冒起的黑色煙霧，天空染黑的樣子。米契爾將軍說的沒錯，東方的城市是極易被空襲破壞的城市，因為建築材料是木頭跟紙，那些巧匠手下過於精緻的雕飾、珍貴的百年古木，以及躲在這樣的建築物下，不願離開自己財產的人民——不管是被日本轟炸的中國人或被美國轟炸的日本人都一樣，很容易和他們的房子一起被燒夷彈所引燃的火燄吞沒。

B-29如此沉重、巨大，以致於可以裝載燒燬數百年歷史與數千人命運的炸彈。哈普少尉領航的這架超級空中堡壘還搭載了M-69，和M-47不盡相同，這是兩種燃燒節奏完全不同的燒夷彈。這次「流浪男孩」(Rover Boys Express)和友機的任務是將數萬噸的燒夷彈「準確地」投入三五七號目標——那裡正是東京西北郊的中島飛機工廠武藏廠。情報推估日軍的高砲火網還有一定戰鬥力，但應該不致太過密集，況且B-29擁有強大的五〇機鎗與二〇機砲塔。「你們放心，日軍能與B-29對抗的戰鬥機數量其實有限。」這是李梅將軍的看法，但對哈普少尉來說，每一次任務都沉重無比。由於B-29奉命可以對日本本土進行燒夷彈的無分別轟炸，因此每回任務中，軍方或平民建築一律都可投彈，換句話說，轟炸現階段的任務，已經轉變為一面針對軍事目標，同時摧毀城市和城市的信心。少尉感到每一個機組人員必定都在腦海裡想像著轟炸後這城市的景象，或者在反覆思考李梅將軍的那句話：「每一次轟炸，都是你們在神的感召下對天職的獻身」。

此時的天空就跟其他任何陷入戰火城市的天空一樣，蒼白、寂靜，而且沒有希望，但卻不是沒有人煙——坐在「溫室」裡的傑克上尉清楚地知道，平民仍住在這些在轟炸排程表上「等待」被炸的城市裡生活，許多家庭也許剛用過不太豐盛的餐點，或許此刻有人正工作完，獲得短暫的休息而正在睡眠中，他們身旁放著滅火工具，手肘上枕著孩子。

而哈普少尉等會兒就要下令投彈手格雷斯少尉在神的感召下投下M-69。這種改良型的燒夷彈，將設定在二千呎的高空引爆，將彈著面如網般撒向城市，三十八枚次爆炸物則會在爆裂後將凝固汽油噴灑到建築物的牆壁上，造成寬五百呎、長二千五百呎的燃燒區域。這樣的面積還要乘上數千、數萬倍。B-29機群將分區分批投下燒夷彈，加上風勢的助長，可以預期將會產生一片華麗壯觀的火海。火燄是有生命的東西，四處求生的火燄將會熱烈地把這些建築一一燒燬，不管是寺廟、商場、工廠、住家或是娼寮。

如果這樣做戰爭會早點結束的話。

哈普少尉仔細觀察是否有「Jack」（這是美軍對三菱J2M「雷電」局地機的暱稱）、「Nick」（這是美軍對川崎二式Ki-45「屠龍」的暱稱）或「Irving」（這是美軍對中島J1N1-S「月光」局地機的暱稱）升空，但並沒有發現，天空安靜得像沉睡的獅子。

事實上少尉並非像表面上看來如此冷靜。雖然這架被稱為超級堡壘的巨鳥有五〇機鎗跟二〇機砲護衛，但在這樣的高空飛行，幾枚炸彈碎片若角度準確地被吸入引擎，飛機就有失速的可能性。

「你們的任務是飛進敵人的心臟，像寄送禮物一樣投下炸彈，然後回來好好睡個覺。」李梅將軍是這麼說的。

但恐懼還是像寄生蟲一樣隱藏在哈普和「溫室」裡每一個機員的心底，他們不只擔心敵人，也擔心突然有一具引擎過熱起火，或多飛了一些航程而導致油量不足，讓他們永遠無法回到基地……不，故鄉去。哈普的好友雷在前一次行動中被擊落，至今生死不明，而就在幾天前，另一位好友漢彌爾頓中尉的B-29在回航塞班島基地時失蹤，其餘機員無一生還，推測是引擎故障所造成的。每趟任務總有一些飛機被擊落，但更不能預期的是突如其來的氣候變化，或莫名所以的機械故障。在超過萬呎的高空，你在最接近上帝的地方，只有上帝知道你發生了什麼困難。然而，上帝知道了又能怎麼辦呢？

戰爭是一回事，戰死是另一回事。如果燒毀日本所有的城市能讓戰爭早點結束的話，就燒毀它們吧，神所做的安排一切都是好的，每趟任務都是祂安排的使命。哈普想起數萬哩外家鄉的樅樹，小溪，一頭金髮既寂寞又容易傷感的姑娘阿莉思，那間有點潮濕的屋子，屋子裡有一個做得相當好的暖爐，哈普的母親沒有這個暖爐可不行。哈普調整了一下坐姿，長時間飛行讓他的身體都僵硬了，手心有一點汗水。

哈普少尉不敢輕忽，有時他會不敢相信日本軍的作戰意志，或者說是懷疑日軍的行為是否正常。中途島戰役後日軍開始節節敗退，美軍已經開始攻擊太平洋上的島嶼，步步進逼本土，而現在B-29機隊又給日本的居民帶來惡夢般的恐懼……這個國家怎麼還能繼續為一些莫名其妙的理由戰鬥下去呢？他最不能理解的是，日軍至今仍缺少能對抗B-29的戰機，因此有時會遇到一些戰鬥機直接撞擊過來，就像「神風」或「回天」對海軍艦隊進行的愚蠢攻擊一樣。他們在撞擊目標之前難道一點都沒有想起什麼嗎？沒有想起家人、愛人，或者孩子？哈普少尉為這個問題想到有點煩躁，在比一瞬間更短的時間內，他發現自己確實憎恨這個時代。

但自己確實就活在這個自己所憎恨的時代，而且還活著。因為活著，所以現在受過嚴格訓練，帶領著「流浪者」全體機員的哈普必須準確地執行命令，運用那些像呼吸一樣根深柢固聯結的反應與技巧，轟炸三五七區：先找出瞄準點，把整個飛機對準目標，再把飛機拉平，仔細觀察瞄準儀的交叉點，投下炸彈。

如果這樣做戰爭會早點結束的話。

他在腦裡確認了一遍本機所設定的目標物，然後從「溫室」的防彈玻璃的凝結狀況判斷天候。轟炸城市航道上最重要的路標富士山已從哈普的眼前掠過，他沒有注意到山頂有沒有積雪，太暗了。這座神山被認為是守護日本的神祇居住之地，讓哈普想起雷所提起的，飛越中印邊界的經驗。據雷說遠在一百五十哩外就可以清楚看到埃佛勒斯峰與周遭群峰，那是視線裡唯一高過機隊的巨人們，有時飛行那個區段時會出現瞬間狂風，那是一種能將神掃落雲端的急速暴風。雷說，一點不誇張，那樣的山確實會讓人以為有神居住。但富士山有沒有？哈普沒看清楚。

此刻雖然有些低空層雲，但這樣的氣候對轟炸機而言還算可以，正吹著順風。目標城市已經完全顯現出來了，那麼大的一塊地方，有那麼多人活動的建築物，現在是飛行地圖上被分割成數百個幾何圖形的戰略轟炸區。

這時雲層打開了一個縫隙，光線神啟似地落到城市上，讓她發出一種幸福的亮光。飛機已經準備進入轟炸航路，在進入轟炸航路前哈普必須盡快找出瞄準點，讓「諾登轟炸儀」能在飛機拉回水平時保持精確。禮物來了。在那一瞬間，不知道是視覺錯覺還是怎的，他覺得城市在視線中顫抖了幾下。哈普幾乎可以清清楚楚地看到一幢幢的建築、街道，以及透過氣流傳上來的，城市與人群惡夢般的恐懼，那恐懼似乎具有實體性，B-29因此微微地晃動了一下。

不，那是沉默的日軍高砲突然鳴放所產生的氣流。在哈普一閃神的稍後幾秒，日軍的對空砲火像突然驚醒似地從某個不確定的方向射向空中，節慶般在天空裡形成紊亂的光軌，幾幾乎乎帶給哈普一種美的感動。這時機身持續地顫抖了幾下，似乎被一些殘碎的彈片所擊中，但哈普告訴自己說B-29是空中無懈可擊的堡壘，那樣的傷害不會讓B-29停下來的。確然如此，「流浪者」仍然穩穩地跟隨著機隊，但領航的哈普少尉和雷達員並沒有發現空中已非僅只B-29在飛行，有某種異於大鳥的引擎聲，在雲層中引起了不同頻率的震動，那聲音帶著一種侵略性的謹慎，以致於連雲都沒有發現。

在進入投彈航道之前，哈普少尉摸了摸胸前的十字架，迅速地做了短暫的祈禱，但可能是因為時間太短，而且手心微微出汗的緣故，他並沒有來得及把祈禱的內容口齒清楚、文法確切無誤地陳述一遍，只匆匆地在嘴邊說了一句「阿門」，這時他同時聽到了機身發出不祥的巨大聲響，就像神在回答他一樣。

22

觀世音靜靜地坐在雲間，合掌坐於岩石上，身後遂現圓光火燄。這時祂聽見凡間傳來億萬音聲中有人正讀到《法華經・普門品》中那段關於佛與無盡意菩薩的對話：

——佛說：善男子，若有無量百千萬億眾生受諸苦惱，聞是觀世音菩薩，一心稱名，觀世音菩薩即時觀其音聲，皆得解脫。

祂從來沒想到佛對祂的神通有這麼大的誤解。人們自從讀了《觀音經》，遂相信祂能除火難、水難、刀難、風難、鬼難、囚難、賊難，並且能解被稱為「三毒難」的淫欲、恚嗔、愚癡。誤解最大的是信眾甚至相信祂能滿足求男求女的祈願。但事實上，生男生女是連神都無法預言的事，甚至是屬於神的律法中被限制不能預言或改變的事。祂的信徒甚且相信祂能應化為佛身、緣覺身、獨覺身、聲聞身、梵王身、帝釋身、自在天身、大自在天身、天大將軍身、毗沙門身、小王身、長者身、居士身、宰官身、婆羅門身、比丘身、比丘尼身、優婆塞身、長者婦女身、居士婦女身、宰官婦女身、婆羅門婦女身、童男身、童女身、天身、龍身、夜叉身、乾闥婆身、阿修羅身、迦樓羅身、緊那羅身、摩侯羅伽身、人非人身、執金剛神身、四天王身、四天王國太子身、女主身、人身以及非人身。祂的形容被畫在紙上、花瓶上、牆上，用芬芳堅硬的檜木，有異香的檀木雕出各種形容，以致於祂有時是楊柳觀音，有時是龍頭觀音，有時是持經觀音，有時是圓光觀音，有時是白衣觀音，有時是蓮臥觀音，有時是瀧見觀音，有時是施藥觀音，有時是魚籃觀音，有時是德王觀音，有時是水月觀音，有時是一葉觀音，有時是青頸觀音，有時是威德觀音，有時是延命觀音，有時是眾寶觀音，有時是岩戶觀音，有時是能靜觀音，有時是阿耨觀音，有時是阿摩提觀音，有時是葉衣觀音，有時是琉璃觀音，有時是多羅尊觀音，有時是蛤蠣觀音，有時是六時觀音，有時是普悲觀音，有時是馬郎婦觀音，有時是合掌觀音，有時是一如觀音，有時是不二觀音，有時是持蓮觀音……

觀音有時看著自己隨經文變化的應化身，感到一絲絲地不解與無奈。世間善男子善女子並不知道，觀世音縱使確能觀遍世間音聲、苦難，卻未必能許諾解脫。當眾善男子善女子「一心稱念觀世音菩薩聖號」，祈求祂以各種化身出現拯救他們時，卻忘了當祂展現神通，應化為人身時也就有了人身的淫欲、恚嗔、愚癡三毒；應化為婆羅門婦女身時，就有了婆羅門婦女身的諸煩惱；而當祂欲應化為拯救者時，也必將成為被拯救者。

觀音居住的地方在天際的天際。彼處廣大寂寞，幾乎沒有其他神祇會到來，因為眾神相信觀音自有能力解決一切問題。何況眾神皆有神通，無論在何處，必都能聽到彼此的祝願與說法，神的溝通沒有距離的問題。

而法力無邊卻偶爾感到寂寞的觀音獨立面對這廣大的邊境，只能動念想像，讓山有時變成海，海化為冰河，冰河融成岩漿，岩漿蒸發成雨。法雨以其節奏不均勻地落在大地，因此有的地方乾旱有的地方洪水有的地方豐收有的地方歉收，因此有人詛咒有人稱頌有人哭泣有人祈求。

菩薩珍視世人的祈求，但祂並不能實現祈求，只能收藏祈求。這是因為凡人的願望多半相互干擾、矛盾，隱含著傷害性。祂幾乎很難同時實現兩個人、兩個家族、兩個民族、兩個國家的願望，而不傷害其中一個；而菩薩如此慈悲，祂無法珍視一個祈求而傷害其他祈求，以致於祂決定珍藏所有以祂為名或不以祂為名的祈求。

此時菩薩端坐於雲之上，靜靜地觀看凡間，彷彿恆河沙數的祈求隨著一陣陣音爆與熱氣流直上天庭。祂將祈求與雲和硝煙細心地分離，珍重地收藏起來，在那一瞬的一瞬的祈求裡，有轟炸機飛行員的祈求，有跨上高射砲台士兵的祈求，有躲進防空洞的女人、少年、嬰兒的祈求，有森林裡巨木的祈求，有甫爆裂的燒夷彈的祈求，有已支撐神社數百年的樑柱的祈求……有以上帝之名的祈求、有以天照大神之名的祈求，有以八百萬之神之名的祈求，有以觀世音之名的祈求……。那些祈求如此真切誠懇，彷彿呻吟，以致於觀世音幾乎要為之落下淚來。（但菩薩不能落淚，因為菩薩不能落淚。）

然而就在觀世音收攝心神的一念之間，百法界三千世間已然變動流逝，森林已被焚燬，水族已被震死，高砲擊落了轟炸機而轟炸機炸燬了高砲，神社的樑柱倒塌壓垮神像與參拜者，人們用浸濕的繩子熄滅火苗火苗變成大火將人燒成焦炭，孩童變成孤兒孤兒變成屍體，母親失去兒女兒女失去父親，軍醫院的年輕護士把一條一條透明的塑膠管裝上針頭插進那些已經沒有活力的血管裡，復又拔了出來……

彼時地面與觀世音的心底，同時出現了一個一個通往無人可知的深處的巨大凹陷。

23

那個星光燦爛的夜晚將永遠留在那些目擊者的記憶中。當第一批燒夷彈著地後，煙霧陡起，並被火光映成一片粉紅。B-29穿過濃煙，超低空飛行在逐漸蔓延的火場中心上空。幾乎是在市中心的正上方，一架B-29轟然爆炸，猶如一道曳光彈畫過我們眼前。大火挾著煙霧沖天而起，火紅的天空映襯著黑暗中的議會大廈塔樓。整個城市亮如旭日，上空瀰漫著濃煙、黑色灰燼和大風吹起的點點火星。那天夜晚，我們感到整個東京都將化為灰燼……

一九四五年三月東京廣播電台的一段廣播

24

無分別空襲開始之後，防空掩體的挖掘就變成少年們的主要工作。無論如何機器必須疏散到安全的地方，在空襲的時候能保全工廠的生產力是打倒米國極重要的關鍵。工廠計畫在附近挖出一些既可以提供軍人與平民皆能躲避的隧道，最好還能儲存工料，在長期轟炸時仍能在裡面持續生產。長官訓令每個小隊都分成三組執行工作：第一組挖掘土方，第二組則是以泥鍬將土方堆上盛土車，第三組則將盛土車推至坑外倒棄，做成掩體。每天洞穴的挖掘進度大概是二至三公尺，少年們遂每天在黑暗中，將黑暗的坑道往黑暗裡更推進一些。坑道分布在宿舍附近的森林旁，好幾條隧道在黑暗的地底交錯在一起，就像是蟻穴一樣。「一旦米軍登陸的話，這裡也可以成為戰壕。」小川兵曹這麼說。

每天都有不同的空襲消息，米國的格拉曼跟B-29，已經不再是不能證實的傳言，而是常常會在上空看到的鳥群。站在高處望向東京灣那頭，常常一片火海。受到頻繁轟炸的影響，工廠正常的生產時間逐漸減少，工人與少年待在防空洞裡的時間愈來愈長。久而久之，少年們面對空襲已經不再那麼緊張，他們坐在防空洞口，像看電影一樣看著天空以及遠方的轟炸。被火光映成深紅色的天空偶爾會出現一種奇異、灼白的光芒，就好像天空被燒破了一個洞，高於他們所生存的這個世界的另一個天空，因而裸露出來似的。

不久三郎聽說名古屋的三菱重工遭受轟炸損失慘重。三郎開始擔心秀男，並且嘗試打聽秀男的消息，但眾說紛紜，很難分辨真假。有的消息說皇軍每次空襲都至少擊落數十架B-29，有的說從台灣起飛的特攻隊已經阻止了米國海軍的進逼，有人說空襲將會愈來愈弱，現在只是米軍的迴光返照，有人說空襲會愈來愈強，但這是皇軍的戰略，皇軍將會誘使米軍登陸，在本土決戰一舉殲滅他們。各種或實或虛的戰報在少年們之間流傳，每個人都彷彿秘密消息的權威，彷彿皇軍可以一面敗戰一面取勝，一面讓整個東京陷入火海一面讓B-29無一架回歸。但有一件事是不可改變的事實，那就是本來伙食不佳的高座廠的伙食確實愈來愈差，連米食都愈來愈少見，常常都是令人難以下嚥的蘿蔔葉或豆餅。據說是米軍在下關海峽布了雷，因此船隻運補困難所導致的。日本本地的糧食早已不足，需要從朝鮮或中國運補，聽說有時甚至會從朝鮮丟下裝米的木桶，任其漂流到內地後撈起取用。這樣一來，米當然大部分都流入海裡餵了魚。

即使在半饑餓的狀態下，防空工事與工廠作業仍要持續進行，每個人都專注於自己所挖的這個坑道的進度。三郎注意到附近坑道也有許多看起來頂多比少年們年長一、兩歲的朝鮮人在挖掘。大抵台灣人看朝鮮人和朝鮮人看台灣人一樣，雖然都是東方臉孔，卻總是可以直覺眼前這個人不是和自己同樣血統的種族。三郎第一次看見那隊朝鮮人時就知道他們不是日本人也不是台灣人。朝鮮人排成兩列，背著壕溝鏟和十字鎬，表情與腳步都像是在辦喪事。有一回挖掘的空檔少年們坐在樹下休息，觀察著沉默的朝鮮人從地底下，一車一車把土方推上來，三郎發現朝鮮人走路的方式很奇特，會自然地外八。由於頭上和身上都布滿灰塵，從土坑裡推土出來的朝鮮人看起來簡直像是被活埋過似的。過一會兒不曉得怎麼回事，推土出來的隊伍起了一點騷動，一個身形比帶隊軍官稍高一點的朝鮮人用力把車子一推，任其撞到堆積在樹林旁的土方上。這時帶隊的矮個子兵曹飛奔上前拿起壕溝鐽，往那個朝鮮人的頭上敲去，發出很大「吭」地一聲。朝鮮人的腦袋稍稍晃動了一下，露出有點不知道發生了什麼事似的表情，不太聚焦地望我們這邊看了一看。接著他就好像看到什麼好吃的東西一樣，嘴邊流出唾沫來。這時那個矮個子兵曹又一鐽從他的後腦勺拍過去。

跟上一鐽不同，這鐽拍下去後朝鮮人整個像是故意要撞地上似地往前倒地，揚起了一陣煙塵，矮個子兵曹也沒開口也沒喘氣，又舉起鐽子連續往倒在地上的朝鮮人的背補了幾鐽。直到這時矮個子兵曹才大口大口喘起氣來，汗珠也一粒一粒在額頭上冒了出來。

其餘朝鮮人都面無表情地看著這一幕，仍舊很鎮定地像一群綿羊往坑道裡走，靜靜地消失在地面上。三郎坐的土堆的位置看不到倒在地上朝鮮人的臉，只看到血慢慢地，好像一朵花似地從他腦袋後嫣然開放。就在三郎以為那傢伙已經死了的時候，他竟然像早晨路邊的醉漢一樣撐著身體站起來。表情看不太清楚，被血、汗水以及黃色塵土混成的泥塊遮住了。朝鮮人拿起矮個子兵曹丟在地上的，沾了自己血液的鐽子，走到樹林旁把鐽子放進推車裡，竟然比剛才更有氣力似的，活潑潑地鑽入洞穴裡。

回程的時候，少年工們都在讚歎那個朝鮮人的強韌生命力，「不過那個兵曹也真不含糊，那幾下打得真響亮啊。」阿海興奮地這麼說。晚餐的時候疲憊的少年們坐在餐廳裡扒著飯，三郎那一小隊的成員異常專心而安靜扒著帶著臭味的飯。三郎想著自己的臉到底跟日本人的臉的輪廓的差別在哪裡，也想著自己的臉跟朝鮮人的臉的輪廓的差異，卻怎麼樣也無法明確地指出來。

三郎回想在地底作業時，黑暗中將鐽子插入堅硬的土層中，有時會剛好鐽中蚯蚓，因此鐽子的尖端漸漸被蚯蚓斷掉的身體和泥沙包覆而變得鈍化，這時就要用鞋子把那些黏稠的泥土一一剝掉。在那樣的黑暗中三郎想，那朝鮮人的臉，到底和日本人還有我的臉差異在哪裡呢？

當天晚餐後不久B-29又發動夜襲，空襲時三郎正從「雪隱」（廁所）出來，這個位置恰好是距離防空坑很遠的地方。三郎眼看B-29已經近到像鉛筆一般大，遂趕緊滾到一旁超過人高的芒草叢裡，躺伏下來，依照防空的要訣用雙手遮住耳朵與眼睛。如果注定死在這裡的話，就這樣吧。他騰出一隻手想摸摸觀音的護身符，但想起就寢前吊在床邊了。於是他乾脆放棄用手遮眼、耳，改成臉朝上躺著。至少也要知道是怎麼死的吧，三郎想。

從芒草留下的天空看上去的夜空被B-29放出的照明彈照得一派明亮，三郎清楚地看到飛過去的一架B-29，竟然已經有一個小臂的長度，甚至連轟炸機的三葉螺蛇槳，以及打開黑暗匣子的巨大機腹都可以看得一清二楚。如果我有一挺機鎗一定能把剛剛那架B-29打下來啊。三郎這麼想。一陣一陣巡曳空中的B-29投下了一種母子燒夷彈，燒夷彈在目視可及的高空中爆炸，先裂成好幾十個子彈，再裂成數十顆長筒形炸彈，四散墜落到地面。「如果看著炸彈當你的上空投下來，它就會飛到你前面才爆炸。」他想起課堂上教官教的躲避空襲要領，判斷這些炸彈將不會掉到這裡。

正當這麼想的時候他發現一架B-29被探照燈捕捉到，四面八方高砲陣地的探照燈瞬間加入，起初光線紊亂無秩序，但漸漸疊合為一，照得B-29發出一種絕望的亮光。就著那條聚焦的光束，地面部隊的信號彈、曳光彈以及高射砲彈迅速地在空中交織成火網，簡直就像某種為了死亡與毀滅的節慶所施放的花火一樣。三郎被這樣充滿活力的火燄祭典吸引，呼吸急促地忘記了恐懼。

他想起以前在故鄉跟姐姐躺在菅芒地望向天空的情形。姐姐啊，米國的飛機從海的那邊飛到我這裡了呢。這時一架本就燃燒冒著黑煙的B-29再次被交織的砲火擊中，大鳥搖晃了一下，樹上的烏鴉和隨風狂擺的草莖都安靜了下來，一團翠綠的光線在天空劃過。不久大鳥尾部冒著黑煙，在空中靜靜地解體，優雅地往三郎的右手邊墜落。那瞬間某個碎片似乎還希望跟另一個碎片連接在一起，但它們蜷曲、發出高溫的紅光，隨即四散分離。

25

每當三郎回想起他的少年時期，總覺得那段時間他被改變了什麼、植入了什麼，或者失去了什麼。直到晚年，他都在回想那種不太確定的未來，不太確定的身分，以及不太確定的哀傷。他非常清楚此刻自己人生最重要的人物就是家人：他的妻子，兩個男孩，一個女孩。但這個答案其實是一個簡化的答案。所謂活下來的意義到底在哪裡呢？如果拿這話問平岡君，他會怎麼回答呢？

浴室設在餐廳與廚房之間，裡頭是兩個很大的水泥製的浴槽，一個冷水一個熱水，大約是同時可以跳進去十幾二十個少年那樣大小，而熱水是由外頭的蒸汽鍋爐所製造的，那些巨大的煙囱，正是為了排放燃燒煤炭所產生的大量廢氣而設計的。冬季的寒冷，加上從宿舍到工廠的那段路對少年們來說是極大的折磨。那段土路是富士山火山灰堆積的土層，這種黝黑的土層像是一片為回程少年所設下的考驗路障。天晴的時候路上的砂礫會被風揚起，刮得皮膚傷痕累累，天雨的時候路變得非常泥濘，每踩一步就要陷到泥裡好幾寸。由於那是收隊時必經之路，因此回到宿舍後每個少年的臉上都蒙上一層厚厚的油垢、汗水和塵土，鞋裡裝滿砂石，鞋底沾滿泥巴。如果這時從少年們身邊經過，會聞到一股青春期特有的氣味，並不像成年男性那麼令人作嘔，只是一種略帶甜膩，類似水果腐敗的氣味。

只有當入浴時間少年們暫時脫去那套不合身軍服時，我們才赫然發現，原來少年們確實還是少年。少年們將脫下的衣服暫時擺放在儲物格裡，重新以少年的肉體裸身進入浴室，甜腐的氣味在浴間和水蒸氣混融在一起，發出高熱讓少年們凍僵的臉紅潤起來。少年毫不做作地觀察著在霧氣中閃現彼此的肉體，有的少年會以這個年紀的少年應有的猥褻態度摸別人一把，抓別人一下或刻意撞上別人的身體，但那是被認可的，天真的猥褻。有些少年可能會為莫名其妙的原因勃起，他們彼此嘲弄，但那也是被認可的，天真的勃起。

平岡君總是在少年們入浴時分從第五員工宿舍出來，做夕食後的散步。如果當時你在那裡，將會看到平岡君準時出現，以富有節奏感的步伐走在步道上，眼神好像帶著某種哀傷注視著不確定的定點。平岡有一雙濃眉，據說濃眉的人有性格偏執的傾向。他和人面對面講話時眼睛大多數時候專注有神，不過也常常會陷入出神的情境。和秀男一樣，平岡君的臉也是屬於長形的，這種臉形的人看起來特別有一種優雅的堅毅感，而且非常適合戴帽子或理平頭。不過秀男的眉毛是比較纖弱卻引人注目的線條，眼睛深度帶著少年才有的憂愁與自豪。他們兩人的一個共同點，就是整體給人的印象是蒼白與虛弱，雖然是不同品質的蒼白與虛弱：秀男是還未成年的暫時性的蒼白，但平岡則不是，那是另一種難以令人理解的，純粹蒼白的蒼白。

比較起來，三郎覺得自己的長相太過普通，不，甚至是不好的。額頭太寬，臉部輪廓也顯得粗野，連自己照鏡子的時候也覺得眼神太過僵硬而表面，唯一的優點就是身體的比例協調，即使是未完全發育的肉體，從鏡子上看起來也有一種均勻的平衡感。

平岡是東大法學部的學生，被勤勞動員徵召後，因身體不適轉而擔任宿舍圖書館職員。圖書館職員似乎工作量不大，因此平岡多數時候都在讀書或出神，但偶爾也會參與少年們挖掘防空洞的工作。雖然彼時日本以軍人為尊，但平岡君的姿態與談吐，讓三郎產生了一種特別的欽慕之感。這在別人的眼光看來，也許是帶著矯作的貴族氣息，但對三郎而言，卻很被那樣的氣質所吸引。由於平岡君比多數少年大五到六歲，又不像軍人或技士、寮長對少年們的生活與工作會有嚴格要求，因此少年們都把平岡君當作兄長一樣親近。平岡對少年們態度頗為和善，特別是他有一種能力，能讓每一個接近他的人都認為他對自己特別的好。三郎也是這麼覺得，理由是因為平岡君曾讓三郎到他的房間參觀。他的桌子上並不像一般軍人或軍屬會擺著親人的照片，而是擺了一個書架，書架上排列著齊齊整整，書皮帶有高貴色澤的一排書。近松門左衛門、鶴屋南北、泉鏡花、小泉八雲、泰戈爾和內耳瓦（Gerard de Nerval），三郎默記了這些人的名字。多年以後他甚且還記得那書桌上擺的那個白瓷花瓶，裡頭插著一枝宿舍旁可以剪到的夏薊。

如果遇到可能不會有空襲的陰雨天，或許平岡君會在休息時間為少年們講故事。少年們坐在宿舍前的窗台上，或坐在簷下，晃著雙腳，托著下巴，眼神專注，有那麼一點短暫的時間，會讓人誤以為戰爭已經結束。基於某種理由，三郎常常能獲得平岡君前面的位置，從那個角度三郎的視線因此剛好落在平岡君修長的手指上。那雙似乎有著某種信念的雙手，有著極乾淨，像能準確掐住什麼似的指甲。三郎覺得那雙手在說故事時扮演著關鍵性的角色，因為平岡君在講故事時會無意識地讓手指扮演加強語氣的功能，或作為指示聽故事的少年哪裡該注意的信號，指頭揮舞時，總讓聽故事的少年們有被施咒的感覺。此外，三郎發現平岡君有在沉默出神時啃指甲的習慣，也許因為如此，日後三郎也常在心神不寧、陷入思考時會無意識地啃咬起指甲——偏硬的指甲被門牙啃斷時會輕輕地發出喀的一聲，那瞬間會讓三郎以為聽到了什麼東西的錯覺。但三郎啃過的指甲顯然不夠漂亮整齊……，平岡的指甲就像是用利剪剪過，然後又用銼刀修過，簡直像藝術品一樣。

平岡君說故事的開場白就是眼神靜定地看著遠方。他有時講的是日本的神怪異聞，但三郎更喜歡他講的一些他自己想出來的故事。那些故事有一種能夠吸引人安靜下來，想起某些事情或者忘記某些事的力量。三郎記得那些故事裡有極為相似的氣味，和戰爭末期，三郎走在工廠外面的水泥步道、上草柳附近的森林，乃至於走在被燒燬的東京街頭所嗅到的焦慮絕望的氣味非常接近。

即使遺忘當中也還會有倖存的，雖然三郎忘了絕大部分的故事，但直到晚年三郎都還記得其中的兩個，第一個是關於夢神與死神的故事。

希臘人相信地下有幽冥之國，就像日本人相信有地獄一樣。他們稱冥王為Hades Hades之後，則是Persephone繼任冥王。人死了以後靈魂都要住在幽冥之國，作息就跟活著時候沒有兩樣，唯一不同的是，靈魂活在這裡好像缺乏意志力，做什麼事情都無法專注，它們只是飄來飄去，眼睛望著天空，等待下輩子來臨，但下輩子又不是預期何時來臨就會來臨的。

活著的人絕對無法找到幽冥之國，因為從人間到那裡有數條黑色的惡川所阻。要通過那些惡川，唯一的辦法就是找Kharon，他是專門把人的靈魂渡送過惡川到幽冥之國的擺渡人。要到幽冥之國必須在舌頭下面，含著一個Obolos作為渡資，渡資是單程的，因為你知道，往幽冥之國的旅程永遠是往而不返的。幽冥之國中有地獄，是專門懲罰叛神者的地方。但是關於死後賞罰的規則，其實不能算有很久的歷史，據說是從西曆五世紀前才開始的。善惡的賞罰一開始是在生前就執行，意思就是凡人在人世間的罪惡，會由人生的過程實現報復，賞罰的權力由神掌控。只有殺害自己父母兄弟的人，才會由怨鬼Erinys來實現報應。這些人死了以後會轉為凶神，他們身上長出黑色的翼，頭上蟠著蛇，而且一律是女性。

在幽冥之國，死神Thanatos，夢神Hypnos，一起住在那裡。

這個故事三郎一開始記不太清楚，因為大部分神的名字都不是很好記，但他一再請平岡君重複講述這個故事，並且把那些神祇的名字唸給他聽，而由他寫下來。對三郎來說，這個故事的迷人之處，在於平岡君唸出這些鬼神的名字時候那種獨特的音節，以及故事裡不可理解的神秘感。

——Hypnos是什麼意思？

——意思就是夢的傳遞者。

——死神長什麼樣子呢？

——沒有人看過死神，但幾百年前畫家在畫Thanatos的時候，常常把他塑造成神情愉悅，年輕俊美的少年。因為死神讓人遠離疾病、憂傷、痛苦這些現世中的災難，帶來永恆的福音。死神是美的化身。

——那為什麼死神跟夢神會住在一起？

——那是因為夢神與死神是夜晚的雙胞胎兒子呀。難道你不覺得，當一個人睡著的時候，跟死亡非常接近嗎？接近夢的狀態，也就是接近死的狀態。活著的人，只能藉由夢來模擬，或者了解死的狀態。死的美好，只有在夢裡差可比擬。

對三郎這種在農村長大，每天在幫父母維持一家溫飽的少年來說，這些說法實在太有魅力，太離奇，太……少年三郎不知道如何形容那樣的感覺。他覺得眼前這個男人並不像他到日本後遇到的那些執行命令一絲不苟的軍官，或擁有精密技術的機械技師，平岡君似乎是另一種人，對三郎來說，是前所未見的一種人。

平岡君有時候會問起關於三郎卡桑與家裡的事，但三郎發現當他敘述完那個會背著他在稻田裡割稻的卡桑後，兩個人都會陷入一種奇異的沉默。好像是三郎和卡桑的親密傷害了他一樣。這時的三郎，也會發現自己被自己的回憶傷害了。

平岡君有一個黑色，上頭有許多旋鈕的盒子，那就是收音機。收音機在不同的時間會發出不同的聲音，有時是軍樂有時是口號，有時則是皇軍戰功的消息。其中讓三郎感到饒富魅力的是英語的廣播，據說這些英語廣播不是給日本國民聽的，而是對著海洋放送，播給美軍聽的。英語廣播是女性的聲音，雖然有時候可以聽出是不同的聲音，但這些聲音都有一種奇妙的，像海妖一樣的魅惑力量。（對了，關於海妖的故事，平岡君也曾講過。）其中有一個聲音特別迷人，雖然三郎一點都聽不懂英語，但他也能敏感地感到那聲音裡混雜著疲勞、絕望……甚至帶點性感的氣味。

三郎在聽廣播時有時會想起南國的雲，在田埂上慢吞吞的水牛，用杓子不斷在鍋子裡攪拌著像水一樣番薯稀飯的母親，以及眨著哀傷眼神的石頭。說起來不合理，但聽到英文的廣播確實讓三郎想家。三郎曾問平岡君說這個收音機能不能收到南國的消息？平岡說那裡太遠了，電波可能傳不到，但電台確實有時候會報導一些台灣的戰報。

——戰報怎麼說？

——說從台灣派出去的特攻隊對米軍造成重大傷害呢。

有時候平岡君為少年們說故事的時候，會叫少年們教他台灣話，他的發音常引來少年的嘲笑。而在廚房幫工的阿海則會招待大家從廚房偷來的米和菜做成的炒菜飯。因為沒有油，阿海是用庫房的機油炒的。用機油炒出的菜飯有一種難以言喻的奇妙香味，少年們都吃得津津有味，唯獨平岡不吃。阿海雖然覺得自己的好意被拒絕而有受傷的感覺，但其他少年卻因為可以分配到多一口的菜飯而感到高興。

就在吃著這樣的菜飯的時候，平岡說起「蘭陵王」的故事。

這是一個中國的故事。北齊時代的蘭陵王是常帶著溫和神情的美男子，同時也是英勇的武士。但一旦上陣殺敵的時候，他太過溫和的臉孔總是讓敵軍不覺得害怕，因此他想到了一個辦法。每回上陣的時候，他總是戴上一個威猛、醜怪的面具。他率領五百個騎兵，在金墉城下大敗了周軍，周軍一看到蘭陵王的面具就聞風喪膽。然而，敵人畏懼的是他的驍勇跟形象恐怖的假面具，他優雅的臉孔卻一點也沒有受到損害，永遠被完璧似的保護著。

——重點是那個面具。平岡君對著少年說，你們還正處在臉孔還沒有受到損害的年紀，這段時間值得珍重。

在聽故事的時候，雖然從未聽過那個曲子，但三郎卻好像真切地聽到了平岡君所形容的「蘭陵王」曲聲，一開始是一種低沉、柔靡的節奏，但不久轉為激烈的殺伐之音，在那個想像的聲音裡，三郎見到了前所未見過的沙漠、草原，以及大河。

——你看過人吹橫笛嗎？你們家鄉應該有人吹橫笛吧？平岡問。

——沒看過。三郎搖搖頭。

——聽說練橫笛如果吐氣太久，將會看到幽靈。

——那你會不會吹橫笛？

——會。

——那你看到過幽靈嗎？

——還沒有。據說看過一次就要變成成人，不過，我還沒有看過。

26

黃昏醒來的時候，我發現電腦未關，睡著前留下的檔案，隨著我動一動滑鼠又在黑螢幕上復活過來。由於是坐在椅子上睡的，因此頭枕在右手肘上，睡醒時右手有清楚的一塊紅色印子，額頭上應該也有。左眼可能是被手壓迫到還是什麼原因，一時之間看得不是很清楚，桌上翻開讀到一半的小說，字體都變成一行清楚一行模糊，像是影印沒有影印好的樣子。睡著時一定連動都沒有動過，才會讓眼球壓迫得這麼厲害，看起來眼睛的視感要等一下子才會恢復，右手跟右腳也因為血液不流通，而產生了強烈的麻痺感，好像有針在刺一樣。

我抬起頭往窗外看，好像看到龍眼樹下有一隻黑豹，靜靜地立在那兒，冷酷的眼睛像是朝我這邊看。豹的身體如此黑暗、優雅，和自己真正的影子以及斑駁樹影的線條混淆在一起。突然牠把前爪往前伸長，背臀舉高，伸了一個懶腰後轉過身無聲地往樹林那邊走去。就像牠從不知名的黑暗中來一樣，消失在不知名的黑暗中。

我回想睡著之前在幹什麼，過了一會兒才想起是陪我媽從她的老家回來。

我媽的故鄉是在中部的一個大海港旁的小漁村兼小農村。當然曾經生氣勃勃過，不過也就像台灣的諸多小村落一樣，港灣淤塞後就沒落了，而沒落了之後就留下一條十字街和幾間被指定為古蹟的廟，是一個連政府搞一鄉鎮一特色之類的愚蠢觀光活動時，都不會考慮到的沒落小鎮。但每次只要我一閒下來，我媽就會問我或我哥有沒有興趣載她回去晃一晃，我們非常重視我媽的這個要求，因為她現在唯一的嗜好就是拜拜跟回故鄉看看鄰居親戚。其實媽大部分的親戚都已經遷居台北，那個老家剩下的就是一個平常只有電話連絡的阿姨。她是我媽的兄弟姐妹裡，唯一沒有離開小鎮遷居台北的人。

我媽說在戰爭快要結束的那年，米國的飛機開始頻繁地轟炸台灣。那時炸死的可不分台灣人或日本人，炸彈以一種極隨便又機運的方式選擇結束某個生命。聽到防空警報響起，村民習慣性地往附近的防空洞跑，等到警報解除才出來。很快地小鎮的運作一切如常，好像警報聲就跟小學校裡的鐘聲一樣。那時日本人要求村民要組成隊伍，在空襲後即時救火，以免造成大損害。因此男的就穿上國民服紮綁腿，女的就戴防空頭巾穿裙褲，以這樣的裝扮方便滅火。我媽說那時候田裡挖著挖著常常會挖到各種炸彈或者是飛機的殘骸，村民把這些東西收起來當廢鐵賣，或者敲敲打打製成臉盆、鍋碗、刀子，甚至拿來補船底的洞。

有一次米國的飛機在港口附近炸日軍的船隻，但日本的船和台灣漁夫的船混在一起，轟炸機像是很煩躁地把帶來的炸彈一股腦地投下去。那天是漁民收魚後回港的日子，漁船上並不是空無一人，村子裡的豬屎仔就在其中的一艘船上。（我確實跟我媽求證過，我認為不可能有人叫豬屎，我媽說千真萬確，那個人就叫豬屎仔。）

就在炸彈像驟雨一樣落到港口的時候，海上出現了一個白衣女子，那白衣女子穿著尋常農家裙褂，在洶湧的浪中行走就像踩在草地上一樣輕盈。她的裙襬一放一收，一枚枚炸彈就穩穩當當地收到裙襬裡。

「要不是媽祖婆來撿炸彈，早就不知道被炸成什麼樣子囉。」我媽眼眶泛著淚光這麼說。「而且伊日炸彈炸沉的攏是阿本仔的船，咱莊仔頭的船一隻攏沒沉。」

我邊開著車邊聽著我母親不知道是聽來還是編出來的故事，一面計算著幾點趕回去才來得及趕得上我的「睡眠時間」。

到小鎮的時候正是正午最為炎熱的時分，我刻意避開大街，繞一大圈才轉到我阿姨家。繞圈的原因是現在變成一座狗食工廠的那個位置，以前是我外公的漁塭，但十幾年前一個早晨我外公被鄰居發現溺死在漁塭裡。外公過世後，子孫們勸外婆把那個魚塭賣了。魚塭被新買主填了土建成狗食工廠，我想避開那段路也許會對我媽的情緒好一點。這幾年我外公忌日的時候媽就去請教乩童，得到的都是一樣的話，說我外公在東部的某座道觀裡修行，母親要我和哥帶她去。我們開了四個多小時的車，道觀建在山腰間一處背山面湖的地理上，是一座景觀頗為開闊的正統道觀。母親順著道觀的規矩替我外公辦了簡單的超渡科儀，道士看起來倒是一點都不馬虎。科儀結束的時候有一隻有著嬰孩般眼睛的小黑狗在媽的腳邊磨蹭，等到我們要離開的時候才往一條小路走去。小黑狗走了幾步又回過頭望了一下母親，她說那一定是外公派那隻狗來看看她的。說著說著，眼眶就紅了。

「阿公為啥不愛投胎去做人咧？」我提出心裡的疑問。

我母親轉述乩童的話說，「說是有重要的物件忘記帶」。

人死後究竟能帶上什麼東西呢？投個胎還要帶這個帶那個，豈不是太麻煩了？何況老實說，我並不認為做事一向謹慎得很的外公會忘記帶什麼重要的東西，我甚至覺得他連自己的死都預知了。據說意外發生的前一天，外公穿戴整齊到十幾公里外的市區拍了大頭照，還囑咐老闆如果他沒有來拿，要寄到某某住址。我認為面對死亡時的外公異常冷靜，我不認為他會忘了什麼事沒處理。

上次我見到大姨時已經是三年前了，那時候覺得待在鄉下的她衰老的速度遠比我母親快，不過這幾年我母親也趕上了。姨丈就在三年前中風去世，小孩又都已經北上，現在大姨家可以說是標準的家徒四壁，連機車都停在客廳裡，旁邊就擺了兩張凳子。當她說隨便坐的時候，我一時以為她是要我坐在地上的意思，因為她和媽坐下以後，房子裡並沒有多餘的板凳。大姨說這幾年右腿的傷勢加劇，已經幾乎完全失去感覺。我問是怎麼受傷的，她說那是五十年前的一個小傷。我母親點點頭，顯然她也認為大姨的腳受傷跟那件事有關。

五十年前某天清晨我母親和大姨準備一早先去撿林投葉回家燒灶，彼時整個村子還沉睡在濃濃的霧靄之中，公雞清晨時叫得困倦得失了聲，狗吠了一夜也睡著了。兩個少女背著竹簍，從外公家門口靠右邊那條路走去海邊（沒錯，就是其中一個日本警察包圍我外公家時走的那條路），那是一條較富砂質的小路，因此走起路來聲音頗為響亮。由於天剛亮，霧氣仍重，兩個少女的頭髮因此都濕亮濕亮。她們有好幾片林投林可以選擇，這天我母親選擇了我外公的田再過去的那片。

因為天光還不是很亮，她們低著頭走一段路，再抬起頭來看看四周（某一個年紀的孩子總是神經質地這麼做），又低頭走一段路，再抬起頭來看看四周，偶爾會打一兩個哈欠，流下一些透明而沒有意義的淚水，沒什麼精神聊天，只是安靜地走進那片林投地旁的小路。

突然間我母親和大姨都停下腳步。

在通往林投林小路的盡頭，一個巨大、黝黑的鬼魂靠著樹勉強站起來，用充血、迷茫的雙眼看著她們。這時兩個少女覺得全身發冷，起了雞皮疙瘩。由於距離很近，我母親甚至確切地說自己聞到了那個黑色鬼魂的體臭。她們背起竹簍往回跑，在已經跑回魚池的時候，大姨重重跌了一跤，但連哭都來不及，嚇壞的她趕緊爬起來跟著母親繼續跑回家。那天因為沒揀回林投葉，又說了個看見黑色鬼魂的藉口，外公給了她們一人一個巴掌。

「詳細一想，伊個黑鬼仔親像是站底林投林裡底放尿。」我大姨說。

「放尿?鬼也會放尿?」我說。

「會喲，會吃當然嘛會放。」我母親顯然站在我阿姨那一邊。

我當然不相信那是什麼黑色的鬼魂，肯定是美軍被擊落時跳傘迫降的飛行員。我把我的想法說出來，不料引起母親跟大姨極大的反彈，我阿姨指著那隻已經關節僵直的腳，彷彿我的說法對她的傷腿是一種羞辱。五十幾年後的她還是堅持腿就是那個黑鬼仔（抱歉，這個用詞並不是種族歧視，而是我阿姨的用詞）作祟，要不是王爺顯了神通醫好的話，早就跛了。只不過那時醫好的腿不就好了嗎？怎麼現在又跛了？大姨的判斷是，前幾年村子裡改建王爺廟，可能因為建得不好而使得王爺震怒，害她腳現在才會一點都動彈不得。

「五十年前的傷，沒想到現此時乎我喫也未喫，行也未行，睏也未睏。」大姨用安靜的語調這麼說。

接下來她們各講各的遭遇，卻一點也沒有聽對方講話的意思。半個小時後我主動打斷了她們的說話，因為我預計的回程時間到了。回程時我刻意開車經過濱海道路，問我母親那片林投林在哪裡？母親瞇著眼東指西指，無法確定。我看到她的神情迷迷濛濛，彷彿夢遊。她指著一片建有一間廢棄歐式住屋的廣大空地，說那就是阿公賣掉的田，所以那片林投林一定就在附近。但也許那片林投林已經不在了也說不一定。

「為啥阿公的田地尾仔要賣？」

「就是因為一隻米國飛機落入田裡底啊，尾仔田種出來的稻仔攏有油味，根本就賣不出去，家己吃嘛感覺歹吃。」

據說如果被炸彈炸到還好，頂多就是燒掉了一片，或者是地上被炸出一個大洞，漁塭裡的魚死掉一群。但如果是飛機掉到田裡面的話，那塊田就沒辦法再耕種，如果掉到魚塭裡，魚塭就沒辦法再長魚了，即使魚長大，也會在蒸的時候蒸出油味來。聽說後來的買主是一個炒股致富的鄰居，他也知道地不能種，只是蓋了一間農舍別墅，假期回來住住。但不久小鎮沒落（也有可能是那個買主沒落），房屋因此荒廢。我看著那片田，想著那個流落異鄉的黑鬼，不知道為了什麼緣故，才想到要作祟我大姨的腿（而不是我媽的腿）？我想起了那些照片，那些照片像幽靈一樣，靜靜地從五十年前看著我。

這時候下了雨，我打開雨刷，雨刷可能快壞了，老是擦不乾淨玻璃，留下一道一道水痕。我跟母親說：「媽，我想要去日本，可能會住一段時間。」

媽好像沒有聽到，從後照鏡看她的眼神朦朦朧朧，變得濕潤變得青春。然後突然間她想起了什麼，說：

「那絕對是鬼魂，不是人。」她肯定地這麼說。不久之後，她就隨著車子的搖晃，頭顯得無力地偏向一旁沉沉睡去。

27

三郎睡在榻榻米上，並不是他獨自一人，而是一群人。每個人以不同的姿勢熟睡著。但三郎沒有睡，他看到一條像烏雲一樣不祥的黑布朝他纏繞過來，黑布相當有力，三郎花了一些氣力才從黑布裡掙脫開來。他跑到門外，望著遠方，覺得那裡好像下了雪。不，那不是雪，還不到下雪的時候，還不到下雪的季節。但怎麼會這麼刺眼呢？那裡。他突然醒悟那是光，便朝沒有光的另一邊奔跑起來，跑得肺部發痛，嘴巴充滿腥味。不過這裡可能真的在下雪，地上如此之白，他跑到腳都被凍出血來。遠方稀疏的松樹林冒著煙，一群烏鴉繞飛著，嘎嘎叫著降落到地上，變成眼神冷淡的黑豹。

他轉身再朝反方向繼續跑著，肺部發痛，腳凍出血，嘴裡充滿腥味。然後他發現自己跑進光裡，波光粼粼，金光與黑水碰撞。但仔細一看不是光，而是魚的眼睛，無數隻魚在他的旁邊跳起落下，眼睛與魚鱗發亮得刺眼。突然之間所有的魚閉上眼睛，他彷彿掉進一個洞穴裡。不是魚閉上眼睛，是黑布圍攏上來，不是掉進洞穴，是魚閉上眼睛。

三郎腳抽動了一下醒過來，呼，是夢，還好是夢。他坐在床上，心臟怦怦跳，肺還有點痛。這夢在暗示什麼呢？他重新躺下去，想減輕一點肺的疼痛，這時他聽見床的旁邊有呼吸聲。秀男，是秀男。即使在黑暗中也可以聽出那是秀男的呼吸，他覺得心安。秀男拉了拉他的軍毯，是秀男幫他脫離夢境的。

——你不是在名古屋嗎？

——對啊，要不要到外面走走？

這天夜裡月光很好，空氣飄動著一股青草的味道，樹葉上彷彿刷了一層桐油，閃閃發亮，秀男身上彷彿也擦了桐油，閃閃發亮，三郎身上也擦了桐油，閃閃發亮。三郎跟著秀男走著走著，又突然覺得沒有月光。

——名古屋那邊怎麼樣了？

——都燒起來了，整個城都燒起來了。我跟你說我有一把刀。是撿到的，是真正的刀喔，藏在我家附近那間廟旁老茄苳樹的樹幹裡。我跟你說過那間廟，對吧？就右邊那棵樹的中間那裡有一個洞，樹有一部分是空心的，刀在裡面，你回台灣以後可以去找。找到我就把它送給你。你會不會冷？

——有一點。

——戴上帽子啊，戴上帽子。我也有點冷。你看我心跳很慢。秀男把三郎的手放到他的手的脈搏上，心跳確實很慢，像等稻子結穗那麼慢。三郎看著看著發現秀男的手原來是透明的，幾乎看得見血管的流動。

——你的手怎麼那麼濕啊，怎麼那麼透明。

——有嗎？我跟你說，我媽喜歡吃甜的。對了，這包砂糖給你，我從台灣帶來的，都捨不得吃。唉呀。我忘了跟你講我掉了一根門牙，糟糕，那顆可是成齒哩。

——不用啦，你留著吃啊。你有沒有把牙齒丟在床底？丟在床底的話說不定會再長，而且會長得很直。

——不、不。你留著。你是不是跟我說過你有一隻烏龜叫石頭？

——對。

——如果可以的話回去的時候把牠放掉好不好？

——好。

——好。你看這可是鯨骨喔，鯨骨喔。

——你怎麼會有鯨骨？

——你忘記囉，一起去江之島的時候我們在海邊撿到的啊。對了，最近平岡君有沒有說什麼故事？

——有啊，有好幾個故事，你想聽的話我說給你聽。

——沒關係，沒時間了。對了，你要不要看我的肚子？

——好啊。

月光又出來了，今天的月光一閃一閃。秀男的肚子看起來跟自己的沒什麼兩樣，但仔細一看那個白白的肚子上有微細的裂紋，像會呼吸一樣扭動著。那個裂紋愈來愈深，接著秀男好像被硬生生摔壞的一個瓷碗，慢慢地分離成幾塊，分裂的速度很慢很慢，就像稻子結穗那麼慢。

三郎往後退了幾步，他戴上帽子，但覺得冷。裂開的秀男的靈魂一開始有點遲疑、慌亂、搖搖晃晃，就像剛開始學步的孩子被放到陌生的草地上，但不久他似乎掌握到了飛行的訣竅，開始變得靈巧。靈魂旋轉起來，以一種獨特的舞步。三郎往四周一看，無數靈魂正都跳起舞來，秀男加入了他們，靈魂長得如此相像，三郎認不出他是哪一個。他們在土地上漫無秩序地飛行著，漸漸像冬天呵出來散掉的熱氣，消失在紅色的天空中。

突然一聲巨響，三郎從夢中醒來，鄰床的阿海拉著他的袖子對他說，空襲，快，空襲了。

28

我想把準備去日本的事跟阿莉思討論看看。我在想阿莉思是不是會願意跟我一起去？我有點希望她去又有點不希望她去。

阿莉思在我還是個窮學生的時候就愛上我，她是一個極為敏感的女孩，她的敏感彎曲多折，能深入我情緒的岩縫。我記得那時候我們都希望以後能做一個稱職的記者，專門揭發社會的不公義事件，得個什麼新聞報導獎之類的。但我很快就發現了這是不可能的事，或者說，這類的事根本不是記者該做的事。記者的用處並不在於揭發不公義的事件，而是把事件報導出來而已，那些事件包括不公義的事件、公義的事件、骯髒的事件與神聖的事件。這可不是普通的記者能體悟到的道理，而是像我這種做過平面與電子媒體，邊緣與主流媒體，做過政治、社會記者乃至於狗仔這樣的新聞工作者才能了解到的。這就是所謂記者的專業，我們在這樣的專業下賺錢、罵人、被罵、變老、組織家庭、生小孩，等待無法勃起與貸款還完那天的到來。

我想起自己還是記者時候的一些事。有一年一家航空公司的客機飛往洛杉磯時爆炸墜燬，我接到通知後立刻和一組工作人員一起開車前往失事地點，開車的是攝影師小鮑，一路上我一直催促他加快油門，這或許是一場大災難，死了上百人，說不定可以連續兩、三天，寫上好幾欄的報導。在前往現場的途中我和小鮑聽著電台播放的音樂，搖頭晃腦地打著節拍。我看著車窗裡反射的我的臉孔，發現這麼多人的痛苦似乎並沒有令我感到悲傷，我煩惱的是競爭者、別家報社的記者，會不會比自己動作更快更老練，會不會已經抵達現場，蒐集到了第一手的消息，把該訪問的人都抓去訪問過了。我開始焦慮地看著那些跟我們開同一個方向，而且打算超到我們前方的車子。他們都是要去現場，為了看墜機吧。

不過到了現場以後，我幾乎認為我無法在當天寫那篇報導，任何人都無法在那樣的情況下寫出一篇「正常的」報導才對。即使最後我還是寫出了報導。

發生睡眠問題這段時間裡我大量地閱讀二戰的戰爭史，裡頭當然包含各國記者的報告：有中國記者、滿洲記者、韓國記者、日本記者、英國記者、美國記者……，看起來像描述同一件事的報導，有時卻像在看不同事件似的。比方說在日本戰爭史上被稱為英雄的零戰，在美國的戰爭史上當然是完全不同的評價。而拿日軍所報導的擊落對方戰機的數量，跟美軍擁有的戰機數量一比，我們很清楚的知道那裡面充滿著謊言，哪有那麼多飛機可以被擊落？在離開現場之外，我們很難判知哪一篇文章更接近事實一點。我這幾年的工作經驗告訴我，寫報導時「真相」這個概念並不是那麼重要，重要的是新聞性，新聞性就是真相，痛楚就是真相。

也因為這樣的想法，這幾年我幾乎放棄在新聞界出人頭地的努力了，我覺得自己只是報導痛楚來獲得生活費的一種人而已，努力讓自己變成那樣的人肯定不會讓自己變得快樂。但阿莉思顯然不是這麼想，這幾年她異常努力，希望有一天能坐上播報台（她沒有說出來，但我感覺得到）。阿莉思臉蛋好口齒清晰，能當上主播一點也不奇怪，我和她在看法上的衝突，是在對新聞這回事的判斷上。此外，當她的工作表現愈好，而跟我說某某人準備提拔她到哪一個部門哪一個節目的時候，我的心底就出現一種自私的妒意，這種妒意讓我刻意冷淡地對待她興高采烈的談話。

我的皮夾裡擺著一張阿莉思還沒有認識我之前的照片，雖然是一個還沒有成熟的小女孩，但那時她的未來還是一個神秘的謎團，那個謎團曾經如此吸引我。也許我對她也是如此吧。

早晨我騎著單車到山下的市場準備買這幾天作飯的材料，為了省錢，我都借房東的公用廚房作菜。傳統市場裡到處都是庸俗，嘰嘰喳喳的女人，唯有一個賣魚的，全身沾滿魚鱗，在燈泡的照明下亮晶晶宛如水神一般。我挑選了最便宜的四破魚跟肉魚，據說挑魚時要注意看魚的眼睛，如果清澈透明的話就是新鮮的，但聽說最近魚販會打一種藥物，讓魚的眼睛看起來清澈透明，就好像剛剛才死去一樣。不過我分辨不出來是打了藥物才像剛死去的魚或是真正剛死去的魚，那也不重要，我知道現在不管吃什麼都可能是假的，連雞蛋都有假的。我在付錢時再次偷偷地看了女魚販一眼，她的眼睛澄澈透明。

晚上阿莉思並沒有依約而來，她打電話來說生理痛得很厲害。阿莉思的生理期非常強烈，有的時候她幾乎整天都站不起身來，看醫師也沒用。

「沒想到即使沒有生病，正常來的生理期都會讓人覺得活不下去啊。」

我說我下山去看她，她說不用了，忍耐過明天就好了。她說如果睡眠回復正常的話還是要回去工作吧，還可以趁機換個環境。我說當然。「回去工作」。我認真地思考著自己一個人怎麼消化掉那幾條魚，和「工作」這個詞的意義，心裡彷彿被一種沉重的物事壓住。

「我想去日本一趟，不是，我必須去日本一趟。宗醫師介紹了一個醫師給我。」我不曉得為什麼在阿莉思生理痛的時候提出這個提議，但我在言語中並沒有刻意邀約阿莉思一起去。我們從大學開始就曾經計畫一有機會，就一起去旅行，至於地名則全靠翻字典來隨機選取。我們目前去過里斯本、洛杉磯和哥本哈根，準備等她空閒就去名古屋與格瑞那達。

「那好吧。錢還夠嗎？」

「還夠。」不知道為什麼，我鬆了一口氣，她並沒有提起想跟我一起去，我沒有多想什麼，只想到自己或許本來就期待一次沉默的旅行。獨自面對睡眠的旅行。

當生命與愛都還年輕
他便被奪去生命
以殉教的青春躺在此地

王爾德（Oscar Wilde），〈濟慈之墓〉

29

從窗戶看出去，不遠處就是「野鳥之森」。清晨的野鳥之森不仔細看和我原本住處外面的那片林子沒什麼兩樣，一時之間我誤以為我仍然在同一張床醒來。我換上衣服，到樓下和在修剪植物的淺野太太打了個招呼，就步行進入野鳥之森。

野鳥之森是一個生態型的公園，園內長滿了低海拔的植物，林子裡有一條水路，管理處可能是採取放任公園自由生長的策略，因此日積月累的落葉，讓水路變成一條近乎「沼」的帶狀濕地。除了主要步道，林子裡的路徑都顯出輕微的惡意，彷彿拒絕人進入一樣。即使是主要步道，兩旁只有用就地取材的竹子或木頭圍出的界線，並沒有鋪上石階，因此路上盡是厚厚的落葉。踩在滿是落葉的地上十分舒服，覺得土地極有彈性，而且富有吸引力。我決定這幾天都步行穿過野鳥之森，走到江之島線的大和站。

大和市是一個安靜，感覺像是鶯歌那樣規模的衛星城市，位在神奈川縣的相模灣和橫濱之間，大概是絕大部分的觀光客不可能來到的城市吧。觀光客都留在橫濱港未來21了。但我到這裡的第一天，就被這個城市安靜而無侵略性的印象吸引。只不過遊客所謂的第一印象總是錯覺，這裡其實曾是二戰日本海軍重要的兵工廠與軍用機場所在地。

來大和市有兩個原因，第一是想找到善德寺，二是拜訪宗醫師介紹的白鳥醫師。

初到那天一下電車，我就在車站附近的連鎖店吃了便宜的豬肉蓋飯，這種店最大的好處就是無限供應飲料，以及醋泡過的薑片。吃完飯以後我到案內所翻閱各種觀光地圖，不過善德寺顯然不是個觀光景點，地圖上並沒有標示出它的位置。我將寫著善德寺中文字樣的字條給案內所一位嘴角有一顆大痣的服務人員看，他竟然一時回答不出來（或是聽不懂我的英語），顯得有點窘迫的樣子。由於那顆痣實在太明顯了，他說話時我一直看著它動來動去。

後來我放棄跟有痣男人溝通，直接到街上陸陸續續地問了幾個路人。這裡的人不像東京人那樣冷漠，大家都非常熱心又快速地用我幾乎完全聽不懂的日語解說著。一位上了年紀的婦人的手語顯然極為堅定，我猜她大概是一直重複著：直行什麼之類的指示。我決定就先直行，但不久竟就在這小城鎮的巷道裡迷失。不過因為我的時間充裕，迷路也沒有關係，尤其在日本這樣一個每個街角都有明確路標，電車四通八達的國家，不太可能一直迷路下去，所以迷路並沒有使我心慌。我記得剛剛在步行中曾看到一個立在路口的標誌，甚至把那幾條街廓中每一戶人家的位置都清清楚楚地標示出來，簡直細瑣到了囉嗦的地步。說起來這就是日本這個民族很重要的一種面貌。我記得我曾經看過一個日本電視節目介紹士林夜市時用了「豪邁」這樣的詞，我想，在料理、餐具與公共空間都粗枝大葉的士林夜市裡，確實充滿了各式各樣日本所不了解的「豪邁」的東西。

懷著不急著找到的心情，我用和緩的速度步行了接近一個小時，竟走到了「上和田野鳥之森」。翻開觀光地圖，才發現這裡已經過了「櫻ケ丘站」，快到「高座涉谷站」了。我顯然錯過了善德寺。於是決定往回走，直到一所小學校附近，覺得應該問問路。本想進去一間像是建材加工廠的建築物裡問路，但看到自動販賣機前面恰好有一位卷髮、膚色較深，並不那麼像是日本人的女孩正拿著紙幣在自動販賣機前買香菸，於是決定轉向那個女孩問路。我拿著那張寫得善德寺的紙條，那女孩給了我一個禮貌性又帶著害羞的微笑，領我進去旁邊一間大約只有一公尺半寬的窄小雜貨舖裡。那女孩的眼睛形狀跟大多數的日本人並不相同，有一種煽動性的魅力，好像陌生人碰面時，還要特別說明：「我看誰都是這種眼神，請別想太多」的樣子。

女孩把我的紙條拿給店裡的一個老太太看，當老太太唸著「善德寺」時（那日文發音與中文有某種程度的相似性），她才好像明白「善德寺」這三個中文字指的是「善德寺」。由於我的日文實在不行，因此完全聽不懂老婦人接下來一連串的回話，只能稍稍領會她手勢的意思。我照她的手勢往前走，走到橋下時猶豫是往橋上走或橋下走，回過頭去，看見她們仍然站在原地，那個膚色較深不那麼像日本女孩的女孩，用手勢要我繼續直走左轉。

穿過一處一邊是民宅一邊是高大圍牆（後來我才知道那個方向是高速道路）的路後，我找到了善德寺。

和白鳥醫師見面前的這幾天，我決定就住在野鳥之森旁的家庭式的旅舍中。旅舍是一幢採切妻屋根，橫向長條木造的二層建築。我從以前就喜歡這種素樸、簡潔的建築，有陣子甚至四處拍台灣留下的日據時代木屋，因此一看到它我就決定入住。接待我的店主淺野夫婦，英文能力至少是可溝通的程度，外表看起來是傳統、實在的店主。因為準備至少停留一周，他們給了我不錯的折扣。當然和商務旅館相較仍然稍貴一些，但整體而言卻舒服得多，特別是有潮濕溫暖又容易讓人放鬆的浴室。日本商務旅館的浴廁都非常小，我有時想身高一百八的外國人豈不是都得彎腰洗澡？

旅舍的主建築據淺野先生說是從二戰轟炸下活過來的建物，木造房屋能保持得這樣，顯然下了一番心力。這讓我想起那次報導台灣現存洋樓商行的經驗，拍照時都要很小心地取景，才能得到一張足以騙讀者建築仍然保持得很好的照片。戰後台灣有一度因為經濟發展而瘋狂拆除舊建築，眼看整個台灣都要變成失敗建築範例的島嶼了，最近才又開始注意到老建築的維護或更新。但無奈的是，建築這種東西是拆除後就沒有辦法再復原的，重建或模擬的建築都給人一種沒有經歷過時間淬礪的膚淺之感。

我並沒有特別跟他們說「因為我睡眠的時間很奇怪，所以可能無法在準確的用餐時間用餐」就選擇了外食。只是說了「我會自行處理用餐的問題。謝謝。」就回到我在二樓的和式房間。

第二天睡醒的時間恰好「走」到凌晨一點，並不是一個出門的好時間，於是醒來時我就先留在房間裡上網收發一下mail（沒想到這樣的建築竟然備有網路）。其中一封是某旅遊雜誌的主編，要我順便寫的一篇關於橫濱未來港的報導。裡頭還提到如果我會去湘南的話，可以寫寫灌籃高手裡提到的一些湘南方面的相關報導。我毫不猶豫地把那封信刪掉。並且開始寫mail給阿莉思。寫完後時間尚早，我於是無目的地上網逛逛，讀到了幾則有趣的外電報導，其中一則是這樣的：

【法新社消息】瑞典北部烏瑪大學的心理學教授柏格達的研究發現，牙齒對記憶力來說似乎是很重要的東西。這項記憶力研究的子計畫顯示，從一九八八年開始追蹤的一千九百六十二名年齡在三十五到九十歲之間的研究對象，經過比對在拔牙前與拔牙後的記憶能力時發現，在沒有牙齒時，人們容易遺忘。這項研究計畫的主持人柏格達教授說道：「有些牙齒甚至與特定的記憶聯結，當一個人的犬齒或後臼齒拔掉時，一些記憶也隨之而逝。」

我想起自己從小學五年級掉了以後再也沒有長出來的門牙。報導裡並沒有講記憶為什麼只跟犬齒和後臼齒有關，難道跟門牙無關嗎？那顆牙雖然在高中的時候裝了假牙，但無論如何掉了就是掉了，如果門牙也跟記憶有關的話，我遺失的記憶是關於什麼的呢？

另一則報導則是關於澳洲動物園裡的袋鼠被莫名其妙謀殺了數十隻，把屍體丟在高爾夫球場裡的事。類似這樣的報導如果是真實的話，只能說現實才是最奇怪，而且具有想像力的東西。但從另一方面看，如果這些報導存心騙我們，那我們是幾乎不可能知道的。

我換上衣服，到樓下遇到了準備早餐的淺野太太，跟她打了個招呼，盡量客氣地推辭了她的早餐（我是一個不喜歡跟別人共進早餐的人），帶著我昨天在便利超商買的餅乾步行進入野鳥之森。

30

第二天睡醒的時間是凌晨三點。為了填補天亮之前的空白，我前一天就到附近的書店買了幾本介紹大和市的書，加上隨身所帶的幾本二戰戰史和武器史的書，打發這段時間應該足夠。

大和曾經是一個寂靜的小村落。蘆溝橋事變那年，大和村和涉谷村的人口，都只有六千多人。就在這樣的小村落裡，一九三八年，日本軍方開始著手準備興建具有重要軍事意義的「厚木飛行場」。到二戰末期的一九四三年，厚木海軍航空隊開隊，占地超過四百萬平方公尺的「海軍航空技術廠相模野出張所」（又稱為空C廠）設立，從此這個小村莊，就成了一座供應前方戰事的後勤軍火工廠。戰爭最後一年，美軍轟炸日趨激烈，大和的空軍基地與航空機工廠，自然也受到了B-29的強力轟炸。由於當時美軍開始採用燒夷彈攻擊，被轟炸的區域往往陷入一片火海，連民家也不能倖免。戰爭結束後，麥克阿瑟搭機來接管日本，也是降落在厚木機場的。不過現在的大和看起來戰爭已遠，表面上和戰爭相關的話題，好像只剩下居民抗議航空基地的噪音太大這樣的事件而已。

我當兵時恰好是防空砲兵，因此一直私下對飛機，特別是軍機保持著某種興趣。由於當兵時曾受過「飛機識別」的訓練，因此二戰後的噴射式戰機，大部分我只要看機翼或機身的一小部分，甚至是座艙的型式就能認出來。不過我卻對二戰期間各種螺旋槳式戰機充滿了陌生感。

在閱讀一些關於日本二戰軍機史的書時，有一個人物深深地吸引了我，就是被稱為零戰之父的堀越二郎。轟炸珍珠港的零戰二一型機（A6M2b）、執行神風特攻的五二型機（A6M5），都是從這個年輕卓越的飛行設計師所設計的十二試戰機演化出來的。這些出乎西方國家意料之外的優秀戰機，曾經在戰時帶給西方飛行員極大的死亡陰影。美軍一直不相信工業實力薄弱的日本能設計出零戰這樣的戰機。有一個戰史學家甚至提出這樣的說法：如果沒有堀越的零戰，或許日本的戰爭野心不至於膨脹到這麼巨大也說不定。

零戰的前身是九六式艦載機（A5M），這是日本第一架全金屬低單翼戰鬥機。由於性能卓越，軍方要求堀越設計更強悍，超越當時空中任何戰機的機種。三十四歲的堀越二郎受領任務後，組成了一個二十九人，平均年齡才二十四歲的設計組。這個年輕得有點誇張的組合，大膽地在九六式的基礎上，進一步採取減輕飛機重量的措施。比方說取消保護飛行員的防護鋼板，不採用自封閉式油箱，不必上鉚釘的地方一律不上鉚釘，將三點五毫米的平頭鉚釘縮減到三毫米，在各式構件上鑽出大量小孔等等。說起來，這都是重視飛行員安全的西方飛機設計者不可能採取的冒進措施，但對飛行員的「使用」態度不同（或者是飛行員對自身任務的認知不同），顯然影響了戰機的設計。此外，他們還採用了「日本住友金屬」一種剛剛由五十嵐博士開發的超硬鋁合金作主衍梁。這種超硬鋁合金的抗拉強度是每平方毫米六十至六十六公斤，遠較當時其他飛機上用的抗拉強度只有每平方毫米四十五公斤的硬鋁在疲勞強度上表現優越得多，因此可以大膽地減少截面尺寸，這麼一來，主衍梁就更形輕量化了。以這樣的概念所設計成的戰機，就是被盟軍暱稱為「Zeke」的零式艦載戰鬥機。二戰期間，日本共計生產了一萬架以上的零戰，在戰爭一開始，零戰在空中幾乎找不到敵手。

大戰末期才進入量產的攔截戰機「雷電」（J2M）也是堀越所設計的。雷電以火力與速度做為改進的目標，以期能阻止美軍輕易到日本本土進行轟炸的B-29。雷電的改造包括了全封閉可收放起落架、大口徑機關炮、恆速螺旋槳、杜拉鋁承力構造，氣泡型座艙，以及可拋棄的大型副油箱等等。因為雷電配備的是有強制冷卻風扇的三菱「火星」引擎，使得它可能是當時世界上爬升最快的攔截戰鬥機。但「火星」原本是用於轟炸機的發動機，體積較大，為了減低風阻，雷電的發動機放置位置只好後挪，槳軸也跟著後挪，這麼一來，雷電的外型簡直就像一枚笨重的砲彈。而且這樣的設計還造成了性能上的問題，比方說機體震動、視野不好、降落速度過快以及迴轉性能不佳。為了改進這些缺點，設計團隊不斷思考，卻也拉長了它量產的時間。因此雷電雖然在一九四二年就已經開始試飛原型機，卻在一九四四年二月才正式服役。而這短短兩年間，太平洋的戰情已然逆轉了。

美軍把雷電暱稱為「Jack」，Jack只生產過四百多架，並沒有對戰局產生決定性的影響。但據說美軍在戰後將日本的戰機做了徹底的研究，認為這是一款相當優異的戰機。試飛的美軍使用了辛烷質約一百二十的汽油，充分發揮了雷電高馬力發動機的特質，而當時國力已近枯竭的日本，卻不可能使用這樣高辛烷的汽油。因此雷電在空中，根本無法發揮出雷電般的戰力。而二戰時雷電所駐紮試飛的基地，就是大和的厚木空軍基地。

戰後日本由於受到和平憲法的限制，堀越沒能再投入新的戰機研發，他先是在新三菱重工業總公司擔任技術部次長，一九六一年出任名古屋飛機製造所顧問，一九六二年任日本航空學會會長，一九八二年去世。

由堀越所主導的，二戰日本軍機的突然進化，其實充滿了傳奇性。據說名古屋工廠所生產的零戰，一度甚至是用牛車運送到四十八公里外歧阜縣的各務原機場。因為緩慢的牛車不怕陷到泥濘裡，也較能掌控速度與搖晃的程度，以避免飛機損壞。只不過缺點就是耗時，每一趟運送時間至少要二十四小時。用牛車運輸當然需要大量的牛，以便能替換使用，據說為了解除牛的疲勞，當時有運輸官建議，讓這些牛可以痛飲啤酒。

我坐在窗前，想像著每夜寂靜地穿過名古屋市的數千頭牛車隊。每台車由數頭牛拉動韁繩，車體用油布蓋上，牢牢縛住，看起來就像是一般的笨重貨物。但事實上油布底下是當時世界最先進，飛行速度最快的戰機之一。不論晴雨，牛車都以安靜、緩慢的前進速度，把零戰拉到戰場上。在休息的時候，運輸兵們提著一桶桶的啤酒到牛的面前，牛弓起背，伸出紅紅的舌頭痛飲啤酒，啤酒的泡沫從牠的嘴角流出來，酩酊的牛因此出現了一種迷惘、憂鬱中帶著些許幸福感的眼神。

這也是戰爭的一部分。

說起來武器是戰爭裡最實在的東西，它和死亡人數、損傷人數在所謂的歷史上，都會化成一個數字讓人便於記憶、背誦。戰爭只會創造士兵、烈士、叛國者，但沒有人，沒有成年人、少年人、女人、懷孕的人、富同情心的人、思考的人、安心睡覺的人。我之所以可以坐在這個小房間閱讀、思考，等待天亮，那是因為現在暫時在我的身邊沒有某種形式的戰爭。如果戰爭來臨的話，我也要奮勇殺敵（否則的話應該會被自己的同胞所殺吧），也許鼻樑被打斷、顴骨碎裂、陰囊被骯髒的內褲感染、手肘滿佈撕裂傷，流膿、生蛆，像狗一樣狺狺哀鳴，睡覺時只求找到一個最不疼痛的姿勢。也許我會投降，或成為烈士。也許自殺。如果無目的地自殺，也許還能保有當一個人的機會。但自殺一旦有某些帶著戰爭意涵的目的性，必然也成為戰爭的一種手段。我想起大戰末期，日本使用的「神風」與「回天」（一種由人駕駛的自殺魚雷）戰術，那樣的自殺行為本身就是戰爭的一部分。

總而言之，在戰爭時期，沒有東西是可以自外於戰爭的，即使是牛也不例外。

我混亂毫無目的地想像著，由於沒有經歷過戰爭的緣故，我從書上讀到的文字與圖片所想像的戰爭必然是可笑、片面、不真實的，就像小的時候跟鄰居孩子玩的戰爭遊戲那樣。不過讀到各式各樣對戰爭的描述而沉入想像時，我至少知道了學生時代在歷史課本讀到的戰爭描述，絕對不是戰爭的歷史。不論是哪一個黨派、學者主導的歷史課本，都離真正的戰爭非常遙遠。

我好奇的是，在研發過程中，身體飽受肋膜炎之苦的堀越，是用什麼樣的心情看著自己一手創造的戰機從主導世界到無能反擊，從縱橫天空到只能執行自殺攻擊？我想那位戰史學家的想法錯了，如果沒有堀越，應該會有另一個人出現。戰爭並不是少了一個人就會消失的東西。

我半支著頭閱讀，當察覺到疲勞時天已經亮了。窗台上有一隻蒼白的蝸牛，在露濕成褐色的木窗櫺的邊緣爬動。牠拉出一道濕黏的痕跡，揚起細小的觸角，兩隻角眼左右蠕動像在注視著什麼似的。我換上衣服，出門時遇到了穿上慢跑鞋準備出去運動的淺野先生，跟有著和氣酒渦的淺野先生打了個招呼後，步行進入野鳥之森。

31

少年們有說有笑地走在回程的路上。這森林他們是早已經熟悉的了，這樹、這路、這鳥叫，以及遠方透過來的微微的暗冥之色，都熟悉有如親人。路非常柔軟，像踏在某種生命體的皮膚上似的。黃昏時蟲鳴如洪水，沙沙沙擦擦擦地從四面八方湧來。各種植物的氣味一層又一層互相疊合交錯，被雨水浸泡著，腳一踩下便噗一聲溢出來。少年們都習慣了這樣的氣味。

正當少年們看到遠方宿舍的燈光時，突然傳來隱隱的氣爆聲。不久彷彿鬼魅的警報聲也響起。少年們彼此在黑暗中交換了惶恐的眼神，並快跑起來。但很快聲音便變得十分接近。少年們臥倒在鋪滿落葉柔軟的地面上，這時他們的身體不可避免地被地上的潮濕的落葉堆濡濕而感到窒息的涼意。在接近地面的地方所嗅到的氣味和站著時候並不相同，那氣味稍稍比空氣暖和一些，是一種悲傷不安的溫暖氣味。趴在地上的少年們聽見四處傳來一陣陣悶悶的聲響，在潮濕的落葉堆裡震起一個個水泡，黑暗中的水反射著遠處的光，光像有生命一樣扭動著。趴著的少年們這時聽到一個劇烈的音爆聲過去，並且無目的地灑下了幾無間斷、連續的、滾燙的機鎗擊發聲，他們趕忙再次將臉埋在落葉堆裡，嗅到了從來沒有經驗過的氣味。

經過一段很長的時間後，我們看到一個少年的影子站了起來。他看了一下四周，由於太過黑暗，他沒有辦法發現剛才四散臥倒的任何同伴，也無法看見離他最近的一個少年的手指頭仍像嬰兒般蠕動。

少年喚過一遍同伴的名字後，在意識恍惚中決定往火光的地方走，當他看見黑暗中的微細火光逐漸變大，不禁哭了起來。不多久，那哭聲融入了四周奇妙湧現的各種奇妙聲響，隨著夜風傳送出去。

32

醒來的時候，我躺在醫院的急診室裡，並且錯過了和白鳥醫師的約診。不久馬上有護士過來看我的狀況，替我量血壓、體溫以及察看傷口。她似乎嘗試跟我解釋我的受傷狀況，我看著她皮膚白晰的臉，卻一點都聽不懂她說什麼。不知道為什麼我莫名其妙地問她說：「我的牙齒掉了嗎？」

當醫師和另一位懂得中文的護士來到床邊時，我已經較為清醒，並且想起失去意識前我應該是在野鳥之森。負責翻譯的護士和我一樣姓陳，她簡短地跟我解釋說她是到日本留學後結婚，因此留在日本工作。

陳小姐為我翻譯醫師的話說：「這是急診室的熊本醫師，他說你的頭上有一塊大約三吋長，一吋寬的頭皮因為某種原因被掀掉，因為這個傷口所以流了不少血。同時在後腦也有受撞擊的跡象，這是為什麼你會昏過去的主要原因。但現在那塊掀掉的頭皮已經縫合止血，並不影響你的生命安全，只不過以後可能會有部分區域會長不出毛髮。另一個很奇怪的狀況是，那個傷口是某種燒灼傷，並且已經傷到了真皮層。你記得發生了什麼事嗎？為什麼頭上會有這樣的傷口呢？」

「我不知道。」我最後的記憶是為了拍一對黑色的鳳蝶交尾，而嘗試跳過那條已經沼澤化的水道。

「那你記得昏倒前你人在哪裡嗎？」由於翻譯的緣故，陳小姐必須來回在我和熊本醫師之間轉譯，使得對話似乎產生了時間差。因此我嘗試用英語回答，我猜熊本醫師應該聽得懂。

「記得。在野鳥之森。」

「那這樣就沒錯。確實是一個賞鳥人在野鳥之森發現你的，那就沒有失憶的問題了。你在野鳥之森裡受到攻擊嗎？」熊本醫師說。

「沒有。我記得裡面只有我一個人。我正在看一對交尾的蝴蝶。對了，我的相機呢？」陳小姐到櫃台，把我的相機包拿還給我。

我打開相機的檔案，確定不可能是跳過小溪的時候跌倒的，因為相機裡最後一張照片，檔案就是蝴蝶。蝴蝶停在小溪的另一頭，那是一種體型巨大，全翅漆黑的鳳蝶。但仔細一看並不是全翅漆黑，那黑色的翅翼上，散布得異常細密的綠色與藍色鱗粉，就像星空一樣。兩隻蝶一上一下，好像是要保持平衡或是其他理由，緩緩地拍動著翅膀。也許是拍完這張照片以後，想再次跳過小溪回來時摔傷的？可是我完全沒有摔倒的印象，記憶只到按下快門的時候。

「如果只是片段的記憶喪失是正常的現象，不用擔心。」陳小姐對我這麼說，然後轉過頭去跟熊本醫師講些什麼。可以聽出來她的日文非常好，像日本女性一樣在語尾的時候聲音有柔軟的味道。語言這東西非常奇妙，好像會跟某個地方一起改變一個人的長相，如果在路上遇到陳小姐，我一時之間可能會認不出她是台灣人。

我自己推著點滴架走到洗手間的鏡子前面，不用顧忌原本一頭凌亂的頭髮，就可以看到前額與頭頂之間的血污，因為頭髮已經整個被剃掉了。右耳附近有一道血跡沒有擦乾淨，因此讓我的皮膚感到有些緊繃，好像有人在微微地拉扯著頭皮。不知道是不是聽了醫師的診斷的緣故，我覺得好像真的嗅到傷口有一種焦味。我試著用手按按傷口，痛感不是非常強烈，可能是麻藥未退，或是打的點滴裡含有止痛藥的原因。跑到日本來卻跌破腦袋（或是被打破腦袋），真是倒楣得要命。

我看了一下手錶，晚上九點五十分。走到便斗前，用單手拉開拉鏈。突然直覺有什麼地方不對，於是便再看一次手錶，晚上九點五十分。九點五十分？九點五十分？這個時間睡眠早該來臨了啊。我想起白鳥醫師，想到應該為我錯過約診而致歉。找到公共電話後，我撥打了宗醫師給我的電話，接電話的正是白鳥醫師。

「我是陳，今天本來跟您約了診。因為一些意外的關係，沒辦法準時赴診，真不好意思。」

話筒的那頭傳來非常有磁性的聲音。「這樣啊。沒關係的。你是Kevin介紹來的那位先生吧？這樣吧。明天雖然是休假日，但早上恰好有一個小時的空檔，你是不是有可能在那個時間到我的診所見個面？」白鳥醫師說英文時並沒有日本腔，像被潮水磨成圓形的石頭一樣，堅定又帶著某種誘導性的語調，聽到那樣的聲音讓我覺得心安。

「謝謝，那我就明天早上八點過去。」

掛上電話後，我按了服務鈴跟陳小姐表示要出院。她勸阻無效後替我轉告熊本醫師。當然熊本醫師並不同意，他認為應該留院兩天觀察腦部是否有受損或其他的問題。不過我非常堅持，一方面是我知道日本的醫療費用高得驚人，另一方面是我剛已經跟白鳥醫師約了診，雖然我沒有跟他說自己出了意外，但總不能兩度放人家鴿子。但我也不想跟熊本醫師提起要去見白鳥醫師這件事，只是固執地表示我堅持今天晚上就要出院。一臉無奈的熊本醫師只好核准，並要求我簽署自負責任的同意書，陳小姐一再交待我，明天必須再來換藥，一有異狀請立刻到醫院來。

回到旅舍後，突然看見我頭上戴了彈性繃帶回來，淺野夫婦以非常日本式的禮貌表示關心。我客套性地敷衍他們，說只是在野鳥之森裡跌倒，一點都沒有關係。關心這種東西很奇怪，通常當別人一開口就可以馬上知道是不是禮貌性的問候，這是一點都掩蓋不住的。不過我本來就只是一個旅客而已啊，在這裡一個認識的人都沒有，他們為什麼要真心地關心我呢？

也許是麻醉藥漸退的關係，躺在床上時我的腦袋開始疼痛起來，那是一種我過去從來沒有經驗過的頭痛，好像腦的地基正在塌陷，陷進某種可疑、莫名的深洞裡。我突然有一種想把頭骨敲破，看看裡面是什麼樣子的衝動。但頭骨下的大腦告訴我，人類的前額頭骨是身體上最堅硬的部分之一，要敲破也不是那麼簡單的事。

我吃下鎮痛劑與鎮定劑。將近午夜的時候，睡意漸漸掩過疼痛，像霧一來圍攏上來。這個非定時來臨的睡眠，讓我隱隱地意識到，自己已經走出了黑暗的睡眠洞穴，到另外一個地方去了。

33

見白鳥醫師之前其實我的心情頗為緊張，但白鳥醫師家的庭園讓我放鬆了戒心。大約三百坪的花園不是日式枯山水的庭園風格，也不是西式刻意修剪矯情的草坪，而是某種著意安排中卻呈現出野性的花園。幾株像是櫟樹的喬木是主景，樹上甚至已攀有藤蔓與蕨，除了通往台階的石子路，似乎都刻意保持著生長的自由感。院子的左側還有一個水池，水池上浮著一層淡淡的綠藻與一些浮水性植物（我想起沙子）。這時有一隻綠色的鳥飛過我的眼前，不曉得為什麼，牠的眼神讓我想起阿莉思。

白鳥醫師是屬於那種讓人一眼看到就會覺得心安的長輩，雖然一頭白髮和濃眉很有威嚴，但眉毛下的眼神卻讓人感到親近。相談室的沙發跟宗醫師診所的也大不相同，是白色沒有扶手的圓形座椅，坐下去有一種好像被溫暖的空氣包覆的感覺。牆上則沒有讓我分心的畫。醫師想必已經知道我之前的狀況，因為宗醫師曾徵詢過我的意見，問我是否願意把病歷轉給白鳥醫師，我已經答應。但白鳥醫師還是想確認什麼似的，把他所知道的一一向我詢問一次。

「老實說我在前一陣子已經開始作夢，就在我來日本的一個星期前。」也許是昨天那種自己一個人在一個陌生地遇到事故的孤獨感，我突然覺得自己軟弱了起來。我向白鳥醫師坦白我對宗醫師隱瞞夢境的事，就像個孩子在做了夢隔天早上對父親傾訴夢境一樣，我把這些日子的夢境一股腦地說了出來，瑣碎得連我自己都覺得有點囉唆。把夢說出來以後我覺得身體減輕不少，好像可以馬上站起來跑一百公尺的樣子。我喝了一口桌上的花草茶，發現茶都涼了，突然我想起這是限時一小時的諮詢，於是問：「一小時過去了吧？」

「不，已經經過兩個小時了。」白鳥醫師微笑地說。「我不想打斷你，因為我非常想聽到你的夢境，你的夢境對我而言很有意義。」

我揣測著白鳥醫師的口吻是禮貌性的還是職業性的。

「你的問題並不是一個小時的諮詢就足夠的，我想跟你聊聊天，也想給自己一點時間進入你的夢的氛圍。突然這樣問可能不太禮貌，但請你就當作是一個邀請。今天我恰好準備帶我兒子到多摩動物公園，不曉得你願不願意一塊去？」

我跟白鳥醫師還有白鳥醫師的孩子阿寺坐在休旅車的後座，司機是白鳥醫師的年輕太太。白鳥太太跟白鳥醫師的年紀差很多，一個是將近七十歲，另一個很難判斷實際年齡，不過若從阿寺的年齡推斷，應該至少有三十多歲吧？但這也很難說，美女的年齡本來就很難確認，何況白鳥太太有像二十幾歲現代舞者的骨感身材。也許是基於醫師對病人的保密原則，白鳥先生並沒有在白鳥太太以及阿寺面前提關於夢境的事，而是閒聊似地詢問了我頭上的傷，以及對日本印象如何的話題。我告訴他我來過日本一次，去京都跟奈良觀光，我對京都的都市型態深深著迷，那裡的居民似乎願意放棄某些所謂現代都市的原則活著。我對自己這樣膚淺的說法感到緊張，仔細聽著白鳥醫師的回應。

「據說當時美軍轟炸日本時，還特意不把京都列入轟炸對象，以免把那些建築燒燬了。」白鳥醫師說。

「是嗎？」

「但神奈川和東京都可就沒那麼幸運，現在窗外的這些地方可是在戰後都成了一片廢墟。」不知道為什麼，我突然覺得「為了保存人類的文化」是一種偽善的行為，難道那些沒有文化的人的建築就應該被摧毀？或許那只是一種欺騙歷史的說法而已，主要的理由應該是當時京都不是重工業為主的軍事城市吧。我望向窗外，車子已經進到東京的範圍裡，現代化大都市的街道，完全看不出是一片曾經歷經過大轟炸的土地。

「對了，你說你沒有跌倒的印象，有沒有想過頭上的傷是什麼原因造成的？」白鳥醫師問。

「不知道。」

「我心裡有一個假設。你聽過『睡眠暴力』嗎？」

「沒有。那是什麼意思？」

「所謂『睡眠暴力』是指在睡夢中發生無意識的行為，這種行為有時候會造成他人或自己的傷害，運氣好的話只是皮肉受傷，但也有很多嚴重的案例甚至發生了骨折、內腔破裂出血這種離譜的狀況，甚至有案例造成死亡。我曾經看過一些事件的現場照片，就像兇案現場或戰場一樣悲慘。一般來說患有神經或精神疾病的人，比較容易引發睡眠暴力，不過當然沒有這些問題的人也有可能。所謂的神經疾病包括腦血管疾病，另外像腦腫塊、腦壓增加、毒性及代謝性腦病變，中樞神經感染症、腦創傷、癲癇症等都屬於神經疾病。我說這些名詞你可能不是那麼了解，簡單的來說就是神經系統異常的狀況，這類的患者多半有習慣性的偏頭痛。至於精神疾病的話就包括多重人格障礙、心因性失憶症及創傷後壓力等。神經疾病患者的睡眠問題有多種表現，比較常見的是夢遊、夜驚及混亂喚醒，我們也可以稱他們為『喚醒疾患』。他們常在熟睡中覺醒，但沒有完全清醒，在介於醒與睡眠之間表現出一些奇怪的動作或行為，隔天醒來大多不記得。

「另一種則是發生在老年人的叫做『快速動眼期睡眠行為疾患』，症狀更為複雜，他們常將夢中情境直接表現在現實環境中，且多跟暴力有關。美國曾發生夢中刺殺自己配偶，或將自己的孩子從窗戶推下致死的慘劇，有些病人會自殘，由於自殘的手法奇特，有時還會被誤為謀殺。經過一些研究者詳細追蹤這些睡眠障礙者的病史，才發現與快速眼動期的行為障礙有關。還有一種『發作性睡病及特發性中樞型嗜睡症』，在睡夢中會做出莫名其妙的行為，例如有一個少女患者就曾在夢中前往商店購買東西，拿了東西卻沒有付賬就離開，而被商家當成小偷報警處理。還有一種特別的『入眠期幻覺』者，入睡不久會產生幻覺，而且患者會信以為真，因此這部分的記憶也就會變成患者自以為曾經發生的經歷。簡單地說，他們會把夢和現實，或者說現實跟夢搞混。」白鳥醫師在講這些病症時我並不是聽得很懂，他非常有耐心地把每一種病名寫在我的筆記本上，並且詳加解釋。

「把夢跟現實搞混。所以，白鳥醫師，你認為我頭上的傷是睡眠暴力造成的？」

「不曉得。在每個人內心，甚至是一位質地善良的人，都潛伏著一種無法治、狂野的獸性，會在睡夢中突然竄出。」

「這是詩嗎？」

「如果說是詩也可以說是詩，柏拉圖的句子。不過話說回來，夢的本質本來就是詩。」夢的本質是詩。白鳥醫師聽起來顯然不只是一個睡眠專家，他本身也有一種很難說得清楚的像夢一樣的本質，他說話時所使用的語言和宗醫師強調精準的語言截然不同。

我看向車窗外，窗外陽光明亮。多摩動物公園與我的想像並不同，它幾乎是一片低度開發的原生林，而不是布滿人工植株與香花植物的動物園。白鳥醫師說，多摩地區本來就是整個東京自然生態保持得比較好的地方，多摩動物公園裡部分區域的植物採取自由生長的方式，現在也成為一些植物研究團體重要的觀察地，白鳥太太就是其中一個成員。我再次想到沙子，不曉得他的水草種植事業搞成什麼樣了？

不過多摩動物公園還是個噱頭十足的動物園，比方說園區內有一種獅子公車，遊客坐在斑馬彩繪的公車裡，進入獅子園區。獅子看起來很隨意地躺在看台或是馬路上吃東西或休息，但當車子停下後不久，原本懶洋洋躺在地上的獅子，竟然靠近公車津津有味地舔著玻璃窗，讓全車的人驚呼起來。白鳥先生說好像是園方在玻璃上抹上了鹽或是什麼，才會吸引獅子舔窗戶。遊客故意把臉湊在玻璃上，拍成像是讓獅子舔的紀念照。阿寺也排隊把自己的小臉湊上去，右手比著勝利手勢讓白鳥太太幫他拍照，看起來是相當活潑的少年。我想像著如果玻璃突然破掉的話會變成什麼樣子。除此之外還有號稱世界最長的人猿天橋。園區裡的紅毛猩猩分成兩個園區，相隔大概四、五百公尺，中間以約四層樓高的繩索相連，遊客抬頭就可以看到紅毛猩猩在頭上晃盪在繩索上，不曉得是不是心理因素，我覺得這裡的紅毛猩猩表情比台北木柵動物園的好像要快樂一些。

那天動物園正好有「演習」，演習的內容是假設發生地震，大象從籠子裡逃出來，動物園的緊急應變小組如何捕捉逃出的大象。大象是由兩名工作人員扮演的，牠在園區裡四處亂竄，緊急應變小組的成員則拿著網子和木棍，試圖捕捉這隻逃出來的「大型動物」。但以大象之大，並不是網子跟木棍可以控制得了的，於是終於出動了獸醫，用吹箭的方式幫大象打了麻醉針，順利完成任務。阿寺在旁邊看得又緊張又興奮，看來這個演習的戲劇效果算是相當不錯的。

我跟白鳥醫師各買了一瓶販賣機裡的綠茶，找了個有樹蔭的地方坐下，白鳥太太則帶著阿寺去較遠的昆蟲館。我們坐的地方離非洲園黑猩猩的區域不遠，可以看到黑猩猩的活動。附近剛好有一對像是高中生的情侶靠在一起，男的輕輕地撫摸著女孩的頭髮，不仔細看會覺得他們像猩猩在互相整理毛髮似的。我拿出隨身攜帶的素描簿隨手素描起黑猩猩，白鳥醫師好奇地看著我的素描簿，我跟他說小時候我父親曾經帶我看過馬戲團表演，裡頭表演的應該就是黑猩猩吧。

黑猩猩在世界各國的動物園裡都不算稀奇，很多遊客都喜歡停留在牠們面前，觀看牠們像是人類動作改編成的滑稽版動作。即使牠們有比人類長的雙臂、發達的毛髮和不同構造的腳踝與骨盆，但看著某個地方的黑猩猩就是會讓人想到人類。其實黑猩猩的臉部輪廓和東方人並不十分相似，不過牠的各種表情跟所有人種的情緒反應都非常類似。我想不只是日本或台灣，全世界動物園裡關黑猩猩的柵欄外最常聽見的一句話可能是：「好像人喔」。黑猩猩的眼神有時非常單純，有時憂鬱，有時候充滿疑問，少年黑猩猩的眼神很像人類的少年，成年黑猩猩的眼神很像人類的成年，老年黑猩猩的眼神很像人類的老年，而婦女黑猩猩抱著嬰兒黑猩猩的動作與眼神，實在讓人不得不想起人類最高尚的哺乳姿勢。多摩動物園為黑猩猩們建了好幾座類似運動公園裡的那種野外訓練設備，鋼架上吊了一些供牠們攀爬的麻繩和鋼索，黑猩猩看起來很開心地玩著那些設備。

白鳥先生說他有一個好朋友小倉博士就在多摩動物公園專門研究黑猩猩。黑猩猩的智力非常高，他指給我看一隻據說已經高齡四十幾歲的雌猩猩，叫做吉普賽，牠就會模仿園工刷地板、擦牆壁。為了探測黑猩猩的智力，並且讓黑猩猩在人工飼養環境裡維持野外的技能，小倉博士和他的研究團隊創造出了好幾種讓黑猩猩花腦筋覓食的方法。比方說他們給黑猩猩一種石臼平臺和不鏽鋼製的棒子製成的器具，黑猩猩會用它來敲破像栗子這類有堅硬外殼的食物。研究團隊把這個道具稱為「石器」。園區裡也擺設我們使用的罐裝果汁的販賣機，黑猩猩可以從管理員的手中接過十元硬幣去投機器而取得罐裝果汁。另一種叫做「夾娃娃機」的道具是上下兩層透明壓克力製的大型圓桶，上面一層有許多圓孔放上許多食物，黑猩猩可從旁邊的圓孔深入長長的木棒去撥食物，讓食物掉到圓孔裡面，只要再重複一次動作就可以取得食物。這個動作難度可不低，不但需要視覺、平衡、運動神經的緊密聯結，還需要極高的專注力。黑猩猩專注取得食物的眼神，就好像專注打開糖罐的小朋友，或細心的工匠。

「很像人類不是嗎？」

「不過這樣想好像有點危險，我以前做過報導，雖然跟人類的基因至少有百分之九十八相同，但畢竟黑猩猩還是一種動物，而且聽說成年黑猩猩的力量，可以超過人類巔峰時期運動員的四倍以上，不是嗎？」

「沒錯。但你說的是生理上的差別，而我的意思是，在社會行為和一般活動行為上黑猩猩是一種非常接近人類的動物。除了使用工具以外，黑猩猩會分別族群，也會發動戰爭，牠們的喜怒哀樂表情所牽動的臉上的肌肉，幾乎跟人類一模一樣。」白鳥醫師若有所思地靜默了一下，接著說：「你知道嗎？一九四五年的春天，上野動物園曾經展示過一名B-29機員。」

我震動了一下，看著白鳥先生，思考著「展示」的意思。「你的意思是，飛行員像貓熊隔在玻璃屋裡？像老虎關在鐵籠裡？還是像多摩動物公園這樣的開放園區？」「關」的方式其實意味著很大的差別，如果是在玻璃屋裡，那麼在裡面的機員就沒辦法跟觀看者講話，除非打手語，但關在鐵柵欄裡的話，聲音還是可以輕易傳到遊客的耳朵裡，說不定還可以用語言辱罵遊客。至於開放園區……人類要如何製造一個展示人類的開放園區呢？

「關在關老虎的鐵籠裡。那時候，我母親曾經帶我去參觀那個飛行員。」白鳥先生說。「雖然那時年紀還小，但我記得很清楚，一九四五年一月二十七日，B-29機隊對東京進行史無前例的大轟炸。那天天氣不算太好也不算太壞，下著小雨，二十航空軍的主要目標是中島發動機工廠。一架叫做Rover Boys Express的B-29遭遇皇軍的屠龍戰鬥機。屠龍用二〇機砲削去飛機機首艙罩的一部分，接著又發砲擊中機身，不久飛機就因為有兩具引擎失去效能而失控。擔任領航員的Raymond "Hap" Halloran跳傘落地僥倖未死，但遭到日本平民的圍捕毆打，直到日軍憲兵出現。Hap被關在像潛艇艙一樣小小的個人牢房裡，在兩個多月的刑求審問中，日軍並沒有提供他藥物治療。據Hap事後的回憶，他認為最痛苦的是每天面對牢固不變的沉默，除了審訊以外，這段時間他一句話都沒有說過。此外就是他被規定頭要朝門睡，以方便衛兵在他睡著時能突然敲他的頭來讓他陷入緊張的恐慌情緒。被剝奪睡眠的他體重從兩百一十二磅減輕成一百二十五磅。

「接著美軍的轟炸一波一波降臨。你知道美軍三月九日到十日那場首次用燒夷彈的無分別轟炸嗎？美軍廣泛使用M-69的燒夷彈。由於東京大部分都是木造建築，因此轟炸引起的大火造成八萬多名東京市民死亡，比後來的廣島原子彈爆炸時造成的死亡人數還多。我家也在那次轟炸中被燒燬。我哥哥在我母親背著睡夢中的我逃出家門的時候被燒成焦黑的木柱擊中，掩埋在火堆裡。由於房子完全被燒燬，只好到神奈川投奔親戚。雖然表面上看不出來，但平民好像對皇軍的信心開始動搖了。如果真的像皇軍發布的戰情，升空的戰機總是重擊了B-29，怎麼B-29會這麼輕易地來到東京？軍方為了抑止平民百姓對戰局的質疑以及對B-29的恐懼，下了這樣一個決定。

「駕駛B-29的飛行員也是平凡人類不是超人，被關在籠子裡也會充滿恐懼，會乞食討饒，而失去人的尊嚴。大概是出於這樣的構想，Hap被帶到上野動物園關到籠子裡，雙手綁在鐵欄杆上供列隊通過的東京市民參觀。Hap在多年後一個訪談裡提到，那時候他常常在參觀民眾看著他的時候忍不住哭泣起來，他每天被臭蟲和跳蚤困擾而無法入睡，一度以為自己將在這個籠子裡被展示到死去，但因為每天隔壁籠的兀鷹老是盯著他，反而讓他產生了活下去的鬥志。在那段時間裡他未曾中斷祈禱，他向上帝祈禱有一天能離開這個籠子。

「四月初的時候他的祈禱實現了。Hap被移到以B-29機員為主的大森戰俘營，在這裡他遇到了Rover Boys Express其他四名機員，以及同樣落難的黑羊中隊傳奇人物Gregory "Pappy" Boyington，成了患難之交。你聽過黑羊中隊嗎？沒關係，那是另一個故事了。戰俘們為了求生存，在大森接受飼養動物般的環境，耐心等待戰局的改變。這一切終於在美軍在廣島和長崎投下原子彈後結束。回美國後Hap住進西維吉尼亞軍醫院治療，經過漫長的諮商與調養，『自己是一個人類』的心情才慢慢回來。

「雖然這麼說有些人可能不太同意，但人類終究也是一種動物吧。尤其當矮小的日本人看到那麼高大的人，蜷縮在籠子裡的一角，那種知道對方已經解除威脅性，但仍帶著輕微恐懼的心理，就跟捕到一隻猛獸沒有什麼兩樣。從自然學家的眼光來看，人類在面對處於競爭狀態時的其他人，手段與其他動物沒什麼差別。不，應該說人類的掠奪者通常以更精巧、複雜、強勢、殘忍的手段對付處弱勢者。」

「我大概可以理解這樣的情況。最近讀了很多二戰的書，當時日本人就叫英國人和美國人是『英米鬼畜』。這沒什麼稀奇的，中國人也會稱外國人『洋鬼子』，台灣人也曾經叫原住民『番仔』，白鳥醫生你可能不知道，據說『番』這個漢字本來指的是動物的腳掌。這樣說也許不恰當，但就我以前讀過的歷史課本而言，中國國力強盛的時代，對高麗、突厥，以及西方的

『蠻族』，好像也沒有留情過。白鳥醫生，你覺不覺得人類是以和自己的相像程度來判斷是屬於人還是野獸？」

「沒錯。一次大戰時德國士兵拒絕輸進其他種族的血，卻因此讓很多士兵白白死去，白人也一度要求血庫要將黑人的血和白人的血分開。日耳曼人不承認猶太人是人，美國人也曾經把印地安人當成野獸射殺。某個人種對另一個人種的認識，就像我們現在對黑猩猩的認識一樣。有的時候這種不了解則是來自文化，戰爭末期日軍節節敗退，卻出乎美國人意料之外地堅持不投降，而是不斷使用『玉碎』、『神風』、『散華』來美化、鼓勵殉死的時候，美國人也完全無法理解日本人的情緒。那時候日本軍人對美國人來說，一定像外星人一樣吧。」

「對了，那個Hap後來怎麼樣了？」

「我記得好像是一九八幾年的時候，在美國大使的促成下，Hap回到日本過。他拜訪了駕駛屠龍，射下Rover Boys Express的飛行員樫出勇，以及日軍的零戰王牌坂井三郎，並且拜訪了當時比較善待他的衛兵小林金幸。隨著一一訪問了廣島、長崎、關島這些戰地，Hap才從日本從未經歷過戰爭的孩子與少年的臉孔上，慢慢體認到戰爭已遠去，人們都回到了平常生活中的現實。CBS曾經在幾年前製作過一部二次大戰終戰五十週年的特別節目，已經是一個老人的Hap回到上野動物園敘述當年情景，畫面中正在園裡參觀的日本學童睜大眼睛圍繞著他，長頸鹿好奇地伸長脖子，大象舉起鼻子，上野動物園看起來親切又美好。

「但也許就像我們看到這裡的黑猩猩好像比世界其他地方被關在籠子裡的黑猩猩要快樂似的，那可能只是表面性的看法。愈有智慧的生物，他的內心裡就必然愈有不為其他生命所知的地方，人類跟黑猩猩的差別，可能是人類的文化上的演化使人類擁有更複雜的愛的能力，與更複雜的恨的能力而已。Hap曾說初回美國的時候他想要重新做一個健康的美國人，但就是做不到，他很努力地想要擺脫戰爭時的腐敗記憶，但噩夢仍然跟隨了他四十年，他平均一個星期至少有兩個晚上被噩夢糾纏。我曾經診療過一些日本實際投入作戰，卻幸運未死的著名飛行員，他們在戰後都常常做各式各樣的夢，最常見的一種是在空中突然中止飛行的夢。有一位知名的零戰飛行員，就常做這樣的夢。夢裡他長著翅膀，在田野間猛跑一段路以達到起飛的速度，然後為了取得高度拚命鼓動過小的翅膀爬升。不久看到前方有一片巨大的森林，便在夢中開始擔心飛越不過而更加拚命地振翅，但最後還是掉落到深不見底的山谷。四十幾年來他常常都在這樣的時刻驚醒。每天掉落山谷不是一件愉快的事，何況這樣的夢境延續了幾十年。」

「我記得宗醫師說過夢境不過是腦電波脈衝的反應？」

「從神經生理學的角度來說他是對的，這個孩子一向對此深信不疑。也許我是比較保守的研究者，我認為神經系統科學所得到的一切研究結果，都忽略了夢其實還必須經過主觀意識的還原。沒有夢是不被『說』出來的，而當夢被說出來的時候，夢就跟做夢者的生活產生了聯繫，夢的敘述者會修改夢。我相信莎士比亞說的，我們是用與我們的夢相同的材料做成的，完全擺脫集體潛意識跟自己的人生經驗的人並不存在，同樣地，那樣的夢也不存在。」

「那要怎麼樣才能從重複的夢境裡回來呢？」

「誰能決定呢？夢境是神的疆域，而醫師與研究者不過是神跡的見證者。其實人是隨時隨地都會夢遊的生物，你小時候有聽過這樣的說法吧？人在夢遊的時候，千萬別叫醒他，否則他將會沉入愈深的夢境，所以必須靜靜地，有耐心地等他醒來，雖然有時候我們等不到結果。戰爭結束後，我母親一輩子都在哥哥被燒成木炭般的樑柱倒塌下來壓住的那一夜的夢境裡痛苦地活著，我是一個夢的專業研究者，花了將近十年的時間跟她談話，卻始終沒有能力把她從夢境裡拉出來。」白鳥醫師說著說著，聲音便低沉下來。我覺得周遭非常安靜，像是坐在非洲的草原上，看著周遭的黑猩猩轉動牠們充滿智慧的眼。我們不明白牠們在想些什麼，牠們也不明白我們為什麼對牠們如此好奇，以致於要囚禁牠們。我想起一部紀錄片裡珍古德曾經說，她一直在想，當天空突然出現閃電時，是不是有一隻特別敏感的黑猩猩會因為閃電與瀑布的壯麗而深受震撼？

「白鳥醫師。對我來說戰爭是非常遙遠陌生的事，我是沒有實際經歷過戰爭的人。」我看著白鳥醫師的眼，那裡頭有一種近乎慈悲的理解，我在想我要怎麼用語言說出我想要問的問題，或者我根本沒有問題。

「這段時間我常在想，我父親是怎麼面對他的夢境？但是我想像不出來，戰爭對我來說實在太過遙遠陌生了。」

34

與白鳥醫師見面後的第二天，我約略地走了神奈川的幾個景點。

出發前我對神奈川只有模模糊糊的印象，只知道這裡是十九世紀時，美軍艦隊打開日本「鎖國」的一個重要開口。我搭上據說已經有六、七十年車齡，開往江之島的江之電列車，這也是日本少數從二戰至今仍在營運的鐵路。不過我搭的車廂感覺還很新，可能是新打造的吧。月台採露天開放式，非常簡單明白，沿路多半是較低的公寓跟平房，景觀很像台灣北部的支線列車的沿線風景。到站後我略過觀光景點的大佛，直接去參觀鎌倉的文學館。

進入文學館之前有一段不算短的碎石步道，頭頂上方是由櫸樹、糙葉樹之類的植物構成的綠色長廊。走在路上會發出一種沙沙的聲響，那樣的聲響會讓人有走著走著，獲得某種安慰的感覺。進入館內要脫鞋，玄關處放有簡介。簡介上提到文學館是明治時代前田家的別墅，曾在關東大地震中毀壞而重建，形成一種洋和共構的設計。二戰後還曾經借予丹麥公使跟佐藤榮作首相居住，後來前田的後人才將這座建築捐給政府成立文學館。從窗戶看出去，館前的草坪修剪得極為整齊，擺設石雕裸女後顯得很洋派，但畢竟有些年代了，灰色的雕像上垂流著雨水造成的淺灰色痕跡，乍看之下讓人以為雕像在流淚似的。

鎌倉本是很多日本作家曾造訪、居住的城市，我去看展的時候正好文學館在舉辦鎌倉文學散步的活動，宣傳DM上把夏目漱石、大佛次郎、川端康成、國木田獨步居住的地方與常走的街道都標示起來。並且把三島由紀夫「豐饒之海」的第一部《春雪》裡，用來描述松枝侯爵別墅的一段描寫節錄出來。

> 登上蓊鬱青蒼的迂迴山路，步行到盡頭，眼前就出現別墅的巨大石門。（中略）幾年前上一代人修蓋芭茅屋頂的房子已被燒毀，侯爵隨即在廢墟上重建了一座日洋合璧、擁有十二間客房的宅邸，並且把從陽台往南伸展的整個院子改建成西式的庭園。

三島雖然不算是我最喜歡的作家，但那一瞬間我想起大學時第一次讀他一篇短篇小說〈孔雀〉時的震動。雖然只讀過一次，但孔雀被殺時，泛著金屬光澤紫色的頸子流出紅色血液的畫面，後來一直在我的腦海揮之不去。據說終戰後的三島傾心於武士道，他一面自我鍛鍊身體，一面宣揚「天皇信仰高於人道主義」這種已被當時年輕一輩視為落伍的右派思想。因此當他面臨六〇年代末期東大學生占領安田講堂的事件，以及左傾學生運動時，必定是十分激動的。我記得他還組織了一個右派團體「楯之會」，想要在左翼力量暴動時，協助保衛天皇。在我出生的前兩年，三島帶著名刀「關孫六」，和「楯之會」的成員突然闖入自衛隊營地，將自衛隊的北方司令劫作人質，然後頭纏白布登上一處高臺，發表他的「憂國演說」，結果得到的是噓聲和哄笑。三島轉身衝進營區的總監室，將刀切入自己的左下腹，並由他的學生森田必勝「介錯」。我回想前幾年讀過一篇文章提到三島自殺的原因，作者的說法是，三島的自殺是精神失常所致。他認為可能是三島本人感覺到了自己精神上的衰弱和疲憊，並因此而感到困惑，預感到不久之後註定要面對「魂靈之死」、「支離破碎的狀態」以及「世界沒落體驗」，因此而自殺。當然，多數人還是認為三島是出於對當時社會某種日本精神的失落感而自殺的。不過我的直覺是，三島的自殺其實和什麼保衛皇室沒有關聯，說不定只在品味他所謂「甜美的感傷」而已。

不知道有沒有人統計過二戰時日本軍人的自殺人數？我曾讀到一份報導，寫到硫磺島戰役末期時，一個野戰醫院的醫師受指揮官的命令，替重傷無法在戰場上玉碎的士兵一一注射毒液集體自殺。而在沖繩島戰役裡，美軍曾目睹日軍在他們面前先殺掉婦孺，然後一個個像中魔一樣自殺的情景。人類的自殺行為，恐怕是所有生物裡最難解釋的吧。

走進常設展示室上到二樓，從窗台看出去可以直接看到海，海的上邊不斷有鷹鷲之類的猛禽在空中盤旋，飛得近的時候幾乎可以看到牠們翼間的輕微顫動，牠們被風送過來，又送回海上。我坐在陽台的座椅上，想起自己很年輕的時候也想當一個詩人的事。

搭江之電到盡頭，就是所謂的湘南。下了電車後走過一條觀光街道，都是販售各種觀光產品的商店，路上遇到的年輕男女都一副準備去海灘的打扮。大街的盡頭是連接海岸與江之島的大橋，一邊是行車道，一邊是人行道。島與岸之間海峽因為沉澱物的淤積，兩邊的沙洲因此相連。從橋上望出去的海，上頭散布了各式各樣的風帆與衝浪板。不知道為什麼，走在江之島我突然想起父親在我八歲那年帶我和母親同遊花蓮所看到的海，那時他看著海，好像專注在修收音機時，準備接聽到什麼聲音似的。

回程時我被路邊一家攝影店吸引住。主要原因是這家店的玻璃櫥窗裡擺了一台Rolleicord的雙鏡相機，這款相機是一九三〇年代出產的雙鏡單反相機，我曾經在一個攝影家的家裡看過。從這種古老相機的磨砂對焦屏看出去的世界，有一種遙遠的氛圍。其次我注意到攝影店的櫥窗裡，擺了大大小小十幾隻的石刻貓。貓的脖子都伸得很長，像在張望什麼似的。我想起Hitomi，牠如果又到我的窗前，一定發現窗戶打不開了。

我考慮了一下，推開門進去。店家是一個年紀不輕的老先生，躺在搖晃著的躺椅上睡著了，連門開時風鈴響也沒有醒過來。倒是從裡頭快步走出一位歐巴桑，對我鞠躬說了聲歡迎光臨。從那架Rolleicord就可以知道這是一家老店，因此櫥窗裡所擺的銀鹽相片上的影像都有些脫落了一點也不奇怪。有一張是一個盛裝和服少女的照片，不過現在恐怕已經是中年婦人，另外也有幾張嬰兒照，眼神好像還不太確定自己未來命運似的。循著照片往右上角看，有一張沒裱褙的照片，裡頭是兩個穿著不合身軍裝的少年。背景是用畫的布幕，右半邊畫了一段斜入海洋的山，山上有幾株樹，一條路，海的彼端，隱隱約約有一座山頂積雪的山。坐在畫前一眼就可以看出假石頭上的是比較年長的少年，他的制服較深，帽子上繡有一個錨的標誌。站在一旁的是一個顯然更年輕一點的少年，戴著白色的帽子，外套披在身上，雙手放在露出腰帶的褲頭上，顯出過分老成的氣質。

我記得這樣的照片，我看過這樣的照片。

你還記得我說過問善德寺路的事嗎？是的，我那天去善德寺了，那麼，讓我們現在再繞路到善德寺去吧。

那個指路給我的女孩手勢沒錯，到橋下必須左轉，左轉再直走，善德寺就在那裡。

走進外門右手邊則是一大片墓地。墓碑的形式與台灣的墓碑相當不同，都是沒有刻花裝飾的厚實長方形碑，碑石有黑色、青灰色或白色，前面寫著「某某家之墓」，上頭刻著可能是家徽的圖案，後面有的會寫上「南無阿彌陀佛」。

在墓地旁有一個「手水舍」，裡頭有一個寫著「淨水」的石器。木製水桶似乎是有特定人家才能使用的，因為水桶上會寫「大澤家」、「上田家」等名字。手水舍的旁邊，就是「觀音亭」。觀音亭前的觀音立在蓮花座上，左手持一經卷，右手輕放在左手腕上，眼神凝視遠方。坦白說並不是刻工非常好的觀音，但不知道為什麼仔細一看眼神卻是活的，有一種溫柔，會讓任何看到的人產生想起自己母親的親近感。

觀音亭前立著的就是「太平洋戰爭戰歿少年之慰靈碑」。我把碑文拍下來，並且把它抄在我的筆記本上，我嘗試以半猜測的方式意譯如下：

太平洋戰爭末期，此地有高座海軍工廠

八千多名十三歲至二十歲的台灣少年以海軍工員的身份，遠離故鄉，克服氣候風土，及惡劣環境，在困苦缺乏，屢遭空襲中忍耐，卻依然善盡職守。

想到許多夢想回鄉重踏故土與親人相會，最後卻死於病床，或死於爆擊，在異鄉散華徒餘遺骨返鄉的少年們，十八年後的今天又添新淚。願此等靈魂獲得安息，求其冥福，祈求世界和平，莫再有此等悲慘事件發生，故立此碑。

昭和　三十八年十一月

神奈川縣平塚縣富士見町十番十八號

原高座海軍工廠　海軍技手　早川金次

阪本光吉謹書

也許我來的前幾日恰好有人來祭拜過，因此碑前的花瓶還插有花，杯裡也倒有啤酒，還淹死了一隻甲蟲，旁邊並且放著一百円的銅板。我回到剛剛問路的那個有著美麗眼睛女孩的雜貨店，向她買了一瓶咖啡、一瓶啤酒。她對我報以一個微笑，我發現她的微笑裡有一種熱帶的氣味，那樣的氣味讓我感到一種肉慾與頹喪的美感。

我回到紀念碑前，把咖啡與啤酒打開放著，留下一枚一百円的銅板後離開。

35

親愛的阿莉思：

今晚我在野鳥之森旁的旅舍，醒來後寫這封mail給妳。我的夢又回來了。

我坐在房間裡，突然聽到外頭有奇怪的聲音。我打開窗戶一看（外頭正好有月光），竟然發現有十二隻袋鼠站在窗外的花圃裡。袋鼠的眼神朦朦朧朧，好像喝醉酒還是在睡夢中一樣。這時出現了兩個男人。

兩名男性都穿著一看就知道非常昂貴的黑色夾克皮衣，戴著不像是雪鏡，倒比較像是飛行員風鏡的東西，那鏡片似乎有偏光的效果，因此看不清楚眼神。其中一個下巴留著一撮鬍子，另一個則沒有留鬍子。雖然風鏡遮住了大半邊臉，拉起的黑色皮衣則遮住另一半，但從露出的一小塊臉龐來說可以推測那個男子長相應該是屬於清秀的。清秀的那個男子把第一隻袋鼠牽過來，非常奇怪的是，袋鼠一點反抗都沒有地跟著男人蹦蹦跳跳地走過鬍子男人面前。我到過澳洲，知道袋鼠並不是溫馴的動物，有時甚至會用前足把人固定住用強壯的後腳攻擊，而且袋鼠的拳又快又重，據說一些拳擊手還會以袋鼠作為練拳的對象。但這隻袋鼠似乎很聽話，或許是他們養的吧。

兩個男人都沒有注意到我。鬍子男人不知道從什麼地方抽出一把方形刀鋒的刀，然後突然間唰的一聲，把袋鼠的頭非常平整地砍下來。我不由自主地啊了一聲，覺得非常冷。我想看看自己穿了什麼衣服，但想起以前就聽說在夢境裡自己是不會看見自己的。

失去頭的袋鼠依然站立得很穩當，蹦蹦地往前跳了兩下，長長的後腳和尾巴挖起一些泥土，然後才心甘情願地倒下。袋鼠的脖子並沒有流血，非常平整乾淨，呈現粉紅色。失去身體的袋鼠的頭表情依然沒變，眼珠帶著一點點的疲倦望著天空，一副剛吃完草的悠閒樣。這時我才注意到，還沒有被割掉頭的袋鼠都像半閉著眼，彷彿正處於停留在非快速眼動期的無夢睡眠，但被割下頭的袋鼠的眼卻反而睜開，處於清醒狀態。

接著清秀的男子又牽來第二頭（袋鼠的單位應該是頭還是隻，我不太能確定，不過如果以體型來說，我覺得袋鼠的單位應該算是頭），鬍子男人又俐落地唰一聲把頭砍下。唰唰唰唰唰唰唰唰唰唰唰唰。我看到鬍子男人的臉上流出汗，並且很快地凝成冰珠，那冰珠留在他遮住了眼神的風鏡下面的雜亂鬍鬚上，閃閃發亮。

就這樣院子裡躺了十二隻無頭的袋鼠。

清秀的男子和下巴有鬍子的男子把袋鼠頭裝進一個大麻袋裡，然後對我招招手，示意我跟他們走。一走進院子，就發現已經下雪了，雪大到腳印一出現就被雪掩埋，以致於回頭看的時候一點都看不出來走過的路。兩個男人背著裝著袋鼠頭的麻袋往前走，我跟在他們後面，直到雪原的盡頭。雪原的盡頭是更寒冷的冰原，兩個男人像愛斯基摩獵人排成一直列走，這樣的走法是因為怕地上突然陷出一個窟窿，全部的人都掉進去的緣故。

男人走到一個冰湖前，兩人合力將那些袋鼠的頭一一丟進水裡。那個湖像是為了迎接袋鼠的頭而流動起來，在接受了袋鼠的頭後又無意識地凝結。在剛剛還是會流動的冰湖前，可以看到被凝固在湖中的袋鼠的臉孔，仔細一看，袋鼠的輪廓還跟人類有某種程度的相像。冰湖裡到處都是袋鼠的頭，有的袋鼠可能是被冰凍得太久，五官已經消失，變成胚胎一樣的形狀。接著清秀的男子給了我一雙白色的冰刀鞋，我們便在冰湖上滑起冰來。一開始我們滑得很慢，好像怕驚擾了睡著的袋鼠似地，不久以後他們便以不可思議的速度畫著圓圈，冰面因此發出沙沙刷刷的聲音，並不斷濺起像嘩啦嘩啦的碎冰塊。我們在袋鼠們的臉上滑冰，冰湖被冰刀刮出不同深淺的痕跡。

這大概不是正常人會做的夢吧，不過現在，什麼樣的夢都不再會使我訝異。

座海軍工廠

汝為女子，汝為男子。
汝亦為少年與少女，
汝如老者扶仗蹣跚，汝既降生必面臨諸方。

《濕婆多史弗陀羅奧義書》(*Shvetashvatara Upanishad*)

36

他們在等待什麼呢？

37

嚴格說起來，少年、青年、壯年與中年的三郎都是一個記憶力非常好的人，他甚至記得自己十四歲生日那天在工廠外抬頭看到森兵曹試飛雷電失事的時候，遠方帶著預言似的雲朵的形狀。森兵曹在那次跳機沒死真是非常幸運，因為飛機在爬升到大約一萬兩千公尺時開始無預警地下墜，墜到四千公尺左右的高度發現機體無法控制，森兵曹只好放棄飛機跳傘。從下面看上去，傘花在空中開放時顯得輕鬆寫意，但實際上那是與死亡擦身而過的傘花。在那個隨時會死去的時代，森兵曹屢次在那樣無助的高空上駕駛試飛機卻都沒有喪命，令三郎確實感到有一種神秘的力量在決定這一切。

記憶力明顯退化的開始，應該是在國慶閱兵隊伍開始不經過商場的那年。有天起床刷牙時，三郎發現右後邊倒數第一顆臼齒搖搖欲墜，吃油條時牙齒就黏著油條掉了下來。忍痛吃完早餐後在店裡打了一會兒瞌睡，瞌睡醒來就開始變得很容易忘記一些事，特別是剛剛發生的事。比方說那天他醒來後就忘了自己到底有沒有吃早餐，直到看到那張包油條的報紙才確定有；後來他去上了廁所，卻站在洗手台前面重複洗了三次手，因為一離開洗手台他就會想不起來自己有沒有洗過手，晚餐的時候又忘記已經拔了牙而猛喝了一口熱湯，熱湯灌進牙根孔洞，那種疼痛真是深入骨髓。

「怎麼啦，你看你。」妻子以柔軟的責備口吻表示她的擔心。

下午閱兵隊伍正進行最後一次的排演，裝甲履帶車從商場另一側的中華路經過，放在櫃子裡的瓷碗，和收音機的玻璃展示櫃都發出輕微的撞擊聲。三郎看著玻璃上反射的自己：微禿的前額，疲憊的眼角，開始鬆弛的臉頰和散布的老人斑，這樣年紀的人會遺忘也是很自然的事吧。但記憶是會掙扎的，它們本身也有不甘被忘記的生命力。比方說他就始終記得橫須賀港的氣味，一種腐爛海藻跟汽油、殘餘火藥混合的氣味；他也記得從岡山要搭船去內地的前一天，伊藤少尉要大家剪下一部分頭髮跟指甲包起來後，所寫下的遺言書裡的每一個字（但是忘記自己的那包少年時的指甲與頭髮放到哪裡去了）。他還記得每回上完晚班，穿過森林回到宿舍的那段路上，那種走入不知多深洞穴的緊張情緒。但那些都在遙遠的海的那一邊，孩子還沒有出生，世界還沒有新到他無法接受的時候。彼時他叫東三郎，三郎用日語唸著自己的日本名字，那樣的音調如此陌生、遙遠，就像他當年唸自己原本的名字一樣。

他也記得那天被命令穿戴整齊衣服，匆忙集合的情形。少年們站在宿舍前的操場，聽著擴音器播放出天皇宣布無條件投降的「玉音」。由於廣播電波並不清晰，間歇傳出像是咳嗽那樣的音爆，因此日後三郎回想起來，總是斷斷續續有些顫抖的破音。每回想一次，就感覺當時還保留著某種「現人神」尊嚴的聲音，已經在時間裡漸漸腐敗。那樣的聲音不過是一個疲憊的平凡中年人的聲音罷了，和三郎自己錄音以後放出來的聲音沒有什麼不同。那聲音影響千萬人生命的時代已經過去了。

三郎想起平岡君提到過的神的聲音。他記得天皇宣布無條件投降幾天後的一個晚上，已經離開工廠宿舍的平岡君突然又出現在宿舍，他是來取走離開時沒有一次帶走的行李，主要是一些書。從外表看不出終戰是否對平岡君造成了傷害，平岡君就像戴了個能樂面具，平靜纖細如往常。但呼吸間三郎感覺到現在的平岡君跟幾個月前他認識的平岡君似乎有所不同，這場戰爭已經把所有的面具底下的面孔改變了。

平岡君像以前一樣，看著人的時候會讓被看的人以為他正看著你的內心，或根本是看向遠方。他問三郎將會回家鄉還是留在日本。

三郎說，我想回去看看石頭，還有多桑跟卡桑。石頭是我的烏龜，我跟你說過。

——嗯。結果最終美軍還是沒有登陸作戰呢。平岡君似乎是帶著惋惜的口吻說。工廠裡曾在美軍轟炸最激烈的時候有這樣的傳言：米軍將會從S灣登陸，而軍部正在策畫一次最大的玉碎行動。平岡原本相信他自己，全日本的軍人、平民，工廠的台灣少年都將被徵召，每個人都將彼此祝福後戰死在海灘上。但米軍竟然不用登陸就以兩枚超級炸彈讓天皇宣布投降，這件事似乎傷了他的心。

——三郎，說真的你是自願來日本加入海軍的嗎？你的父親跟母親都沒有反對嗎？平岡問。

——我是偷了父親的印章蓋在申請書上的啊，還被父親打了一頓呢。

平岡沉默了幾秒鐘，接著嘆了一口比沉默更長的氣，他說，我最大的遺憾就是沒有參戰。報到日前一天我著了涼，發燒，而且咳嗽得很厲害，接受醫生注射之後仍然沒有好轉。第二天早上我到訓練中心，軍醫用聽診器聽了聽我的肺音，說有嚴重的雜音，也許是肺結核感染末期也不一定，就這樣我被拒絕入伍了。中午我和其他被退訓的人站在大禮堂上聽訓，軍官勉勵我們身體一好就要繼續奉獻對天皇與帝國的赤忱。但其實軍醫誤診了，那不過是一般的支氣管炎而已。

三郎安靜地聽著。他很想跟平岡君說那是最幸運的事啦，因為就算多了你一個人參戰也不會改變戰爭的結果啊。但三郎又好像隱隱約約了解，平岡君要的不是戰爭的結果而已。

平岡君其實也沒有把話說完。他沒有提到那天軍官的訓話結束後，父親拉著他的手走出軍營，不知不覺就加快腳步跑了起來。那天的天氣好得就像偽裝出來的似的，父子倆跑到手心都汗濕了，跑得活像是背後有整隊士兵追上來似的。平岡從手心感受到父親的興奮與緊張，他覺得父親幾乎就要笑出來，而他像是為父親的興奮而興奮，又像是為父親的興奮而感到鄙夷。他很想違抗自己身體因為求生的力量而想逃脫的興奮感，但他抑制不住。當軍醫問診時，平岡不知不覺回答說自己近半年都經常發燒，肩膀痠痛僵硬，或許這樣的謊言才是造成軍醫誤診的主因。他的興奮與鄙夷其實都是針對自己的，一種他當時也無法理解的，互相矛盾的力量。求生實在是粗俗的事，他希望自己有一天能跨過這種本能的求生欲望，以美的信念跨過。但現在顯然還不能夠。

——不過說實在，我上船以後就後悔了啊，想說如果多桑把印章藏得讓我找不到，那該多好。三郎誠實地說，他是如此衷心地相信平岡，即使平岡因此對他產生鄙夷也沒有關係。平岡君，我有一個疑問。為什麼我們會被米國打敗呢？天皇不是現人神嗎？神風為什麼沒有出現？雖然三郎在這幾天已經知道自己是「戰勝國」的一份子，日本軍官和軍屬最近都以一種逃避的，甚至帶著點退縮的態度面對少年工，但三郎還是用「我們」來指稱自己才剛剛脫離的身分。

平岡沒有正面回答三郎的問題。知道嗎？就在我們的畢業典禮上，我曾經從天皇的手中接過一隻銀錶，他就坐在我的面前三小時沒有移動一寸，像木雕像一樣動也不動。天皇是站在神的階梯的最高處的，你絕對沒有看過比他更莊嚴的人。我絕對信任天皇，因為天皇是超過做為一個人的想像的存在，是歷史的化身。歷史不知有什麼顧忌和猶豫，它就是永恆、不犯錯流向前去，每次轉折都留下它夾帶的污泥和淹死者的屍體。說完這些，他的心思似乎轉到了另外一件事情上，又沉默了起來。

三郎也沉默著，那個年紀的三郎並不懂得該如何面對這番話，這番話離開他所能了解的世界太遠。

——三郎，你談過戀愛嗎？我最近想寫一個故事，你想聽嗎？

三郎點了點頭，並且微微地紅了臉。但平岡其實沒有注意三郎的回應自顧自地說了下去。

——只是一個十一歲的小男孩被媽媽帶去海邊學游泳的故事。本來要學游泳的孩子並沒有學會游泳，不過在游泳的時候他發現，某種長久以來一直吸引自己，而自己卻不知道要到何處找尋的物事來源，它震撼著自己也拒絕自己。但也因為如此，那男孩更想要掌握那東西……當男孩來到海邊，發現海面上有東西呼喚他。他覺得回應那呼喚將是極美、但人不應該去做的一件事。不過男孩並不太確定那是什麼。

有一天男孩獨自在海邊散步，遇見一個年輕美麗的女孩和她的情人，女孩邀請男孩跟他們一起在山崖上散步，男孩樂昏了。突然女孩提議一起玩捉迷藏，先由男孩當鬼。男孩閉上眼睛，故意慢慢數數，他希望那個美麗的女孩因此感到高興。數的時候他聽到跳舞似的腳步聲漸漸遠去，突然間男孩好像聽見一種莊嚴美麗的聲音傳來，那不能說是尖叫，而像是天神在笑的聲音。男孩睜開眼睛，發現美麗的女孩和她的情人失蹤了。男孩走到山崖邊想找他們，卻被一種秘密的力量吸引他走到美麗的海邊。男孩掙扎地退後幾步，然後趴在地上，摒住心跳，凝視著眼前的深淵。

平岡說到這裡時停住了一下。此刻的工廠宿舍十分安靜，不，應該說仍然有微細得難以辨認的聲音從各處發出來，只是感覺上十分安靜。三郎在這樣的安靜裡聽到了那像是什麼昆蟲或鳥所發出的，帶著些微痛苦的聲音，以及不知道什麼地方的水滴有節奏地滴落，傳來審慎、清澈而有節奏性的聲響。

——男孩看見了什麼？海嗎？或許應該說他什麼也沒看見，因為大海還是跟以前一模一樣。松樹靜立在陽光下，岩石變得渺小，海浪不停息打在岸邊產生白色的泡沫。這是多麼平緩寧靜的海岸，男孩幾乎不敢相信，一切都一模一樣。他思索著那有如天神在笑的聲音的意義。但他無法理解。

平岡仍然凝視著三郎，或者說凝視著遠方，在那一瞬間三郎感覺平岡其實也並不太清楚他想尋找的是什麼，而什麼又因為這個過程改變了。直到多年以後，三郎還是被那個故事的意義所愚弄，那故事也許只是個故事，裡頭並沒有什麼多餘的東西。

但此刻他記得在逐漸灰暗的天空裡宿舍的線條，空氣中似乎可以嗅得到木頭的紋理、裂縫、粉屑和濕黏的氣味，用角木所釘出的一格一格牆的支架，在上頭的窗戶有的開著有的關上，少年們曾經坐在那些陽台上，看著遠方的火光、雲朵，彼此交換故事。一幢一幢結構、大小看起來似乎都相同的寮舍，充滿秩序地散布在這片平原上，間或伸出高大、指向天空的煙囪，似乎和三郎來到這裡時沒有太大的改變。

只是當晚露氣凝重，宿舍外掛的日出旗因飽含著水份而下垂著，即使有風也不太飄動。

38

現在回想起來，商場拆除的前一天，我和大哥去幫忙搬東西時，和父親坐在騎樓下的那個黃昏，大概是我十五歲以後安安靜靜聽父親講了最長話的一次。

媽因為前幾天整理東西時不慎摔倒，雖然沒有大礙，但一時並不太方便走路彎腰，爸因此讓她回U市等我們把東西搬回去，但媽一早還是堅持來看了一趟，跟二十幾年的老鄰居一個個打招呼。我看到媽跟姊離開的時候，那表情好像要離開的不是一間房子，而是一個親人。晚餐後我和爸和哥坐在商場的騎樓下，不，是所有回來商場整理的鄰居們都坐在騎樓下，拉起一百燭光的燈泡，一邊拍賣著剩餘的貨品，一面跟老顧客聊著商場的繁華過去。

剎時商場彷彿迴光返照似的復活了，足久跟新合成拍賣著零碼的鞋子，尖嘴仔號稱把西裝布當抹布的價錢賣，每個人幾乎都買了一條牛仔褲大王的牛仔褲，蚊子喊著「買一斤鋼釘送一斤鐵釘，買鎖頭送傢私頭（工具的意思）」，賣到鐵釘一根都不剩。每個人都在跟另一個人講著故事，連沒有來的人也有故事可講。茶古仔聊著聊著就提到提早離開商場的看車老李，說起他那個看起來一副老實臉的乾兒子把他領的補助款和退輔會給的錢一併領走，老李追到乾兒子的台南老家去了。

「早就看出伊不是好郎囉。」茶古仔後見之明地這麼說。

父親也罕見地談起他到商場的歷史，用他那上了年紀，沾滿灰塵的喉嚨。沒有什麼新故事，那些都是母親曾經跟我們提過的，不外是父親當時是怎麼一邊賣掃帚，一邊落腳在商場對面的竹仔厝，是怎麼做了學徒，怎麼自立開業，政府怎麼建了個商場，他們怎麼借貸入住，而他又是怎麼靠工夫擦亮這塊精修電器招牌的老故事。他講得如此之瑣碎，甚至連掃帚的作法、收音機的電路圖都詳述了一遍。講著講著他突然停下來說，八點四十的自強號要來了。但火車沒有來，因為已經地下化了，還沒有拆的鐵軌只是火車道的遺跡而已，而且天知道地底下的火車是不是還經過這個地方？

將近午夜的時候東西該丟的丟，不丟的也沒有人會買了，連原本說要誓死抗爭的人也都放棄離開，商場眼看就要在一種沒有說出口的絕望氣息下熄燈。爸要我回去陪媽睡一晚，並催促哥早點回去以免明天上班沒精神，他自己晚上要留在商場。

「留在商場？可是明天早上就要來拆了不是嗎？而且家裡也沒有什麼要整理的，該丟的都丟了，該裝箱的也都放上車了啊。」我對他這樣的決定有一種不安。

「無問題啦，我真早就會起來。對啦，汝替我將腳踏車騎去中山堂伊邊停。」爸撥了通電話給媽，媽向來是不會反駁爸的意思的，但她似乎也想來商場過這最後一晚，不過被我爸勸下了。我和哥私下討論了一下，因為爸的記憶力跟身體狀況實在是不行，留他一個人在這裡實在很難讓人放心，不過他看起來非常堅持，爸的固執和他的忘性是同樣出名的，這讓我們難以下決定。

「那就請茶古仔幫我們注意一下爸，你明天早上再來？」哥這麼說。疲憊的他眼袋愈見下垂，就愈像爸的中年時代。目前看來也只好這樣了。接著爸就進到後面去洗澡，在這個空檔間我把我家三樓和一樓的門牌拆了下來，用報紙包了起來想留作紀念。拆除前幾年還換過一次門牌，因此牌子看起來還很新就像是贗品。我把爸的腳踏車騎到中山堂停，那輛腳踏車是日本的富士牌，是爸最早的財產，每年爸都慎重其事地重上一層漆，平常也勤上齒輪油，因此雖然已經將近三十年，騎起來仍然順暢無比。以前我總是坐在腳踏車的「前座」（一種用籐編的，可以卡在橫桿上的小椅子），讓爸載我去「大橋腳」看醫生。我記得有一次我就坐在那個位置，一路上我跟父親談最近我在畫圖上獲得的成就，學校老師認為我可以代表學校參加比賽。聽到這話的父親絲毫沒有回應，我的聲音像是消失在來往的車聲中。父親雖然重聽，但我認為父親聽到了我說的話，從腳踏車震動的方式與他貼在我後背的胸膛我知道他聽到了。但是我的聲音去了很遠的地方。下了腳踏車以後父親仍然握著我的手，但我覺得好脆弱，感冒變得更加嚴重。那竟然已經是十幾年前的事了。

車停好走回商場時，爸還沒有從浴室出來（說是浴室其實只是一坪大的地方，還兼廚房使用）。他這個澡似乎洗得特別的長，平常通常只花十分鐘的他，洗了快四十分鐘還沒有出來。我和哥敲了敲門上的玻璃，爸才推開門出來，要我們可以先回家了。我覺得他滿頭大汗，根本沒有洗澡，而且臉色灰暗，有一種不為人知的憂傷。

隔天早上我在學校上了兩堂無聊的傳播史，是一個完全搞不懂為什麼可以當到教授的傢伙上的，中午我就騎著機車回到商場。簡直就像是發生了大地震一樣，好像我的視線才剛剛在昨晚離開商場，下一個瞬間這條從「忠」到「平」的長建築就已被推倒。現場煙塵漫漫彷彿戰場，大型的怪手輾過傾倒的建築物，像歡呼勝利似地補上一鏟。天橋與建築的鋼筋外露，產生一種荒廢的詩意。過去我閉著眼睛也能從第一間唸到最後一間的商店，招牌已經被壓平成礫石、成粉塵、成廢鐵。

我拿起了剛考上大學時，姐買給我的FM2，對著不太確定的以前家所在的地點拍照，由於有獲得不錯照片的預期心理，按快門的時候我甚至心跳加速而充滿了興奮感。說不定這組照片可以參加比賽獲獎呢。

過了許久我才想起爸。爸到哪裡去了？我打了電話給在公司的哥，在家裡照顧媽的姊，但他們都說沒有看見爸。我在鴨肉扁裡找到正在吃麵的茶古仔，他說凌晨五點他聽到怪手開到，去敲我家門就沒有人了，他以為爸跟我們回去了。茶古仔又喝醉了，他喝醉的時候說話特別正經。我問了拆除大隊的怪手司機，他說他只負責拆東西不負責找人，我問了現場指揮的拆除隊長，他說拆除是在合法的狀況下進行的，拆除前他們已經挨家挨戶地敲門、拆開門，絕對不可能有一個人還在現場。

晚上我哥和我姐帶著我媽來到商場，媽在我們的攙扶下顯得很沉重。此刻商場已成廢墟，我們甚至連哪塊水泥或廢土是我家的都分不出來。我們不相信現場指揮官和市政府的保證，沒有一個人在拆除時還停留在拆除現場，但他們聲稱將跟警方合作全力尋找我爸，要我們去警察局作筆錄。

我們全家坐在警車上，媽好幾次都突如其來看到路邊某個老人的身影就硬叫警車停下來。雖然沒有一個是爸，但我們都相信爸只是暫時到哪裡去了，他一定還安然地活在什麼地方，可能是因為重聽的關係而聽不到我們的呼喚。

39

親愛的阿莉思，我昨天離開大和到名古屋了。因為想是待在大和的最後一天，出門時我第一次跟淺野夫婦一起吃了早餐。早餐的主食是稀飯，配菜是我很不喜歡的納豆，一種小小的燒魚，以及我根本不敢吃的生雞蛋。餐點的份量適當，並且很精緻地擺在褐黑色的瓷餐具裡。那燒魚可是淺野太太用一隻手燒出來的喔。嗯，我可能沒有跟妳說過淺野太太的右手肘下的部分已經切除的事吧。淺野太太在戰爭的時候外出採野菜時遇到空襲，被二枚機鎗彈射入手臂，她因此昏厥在燃燒的森林裡。雖然被鄰居發現而救回一條命，卻因此失去了一隻手，臉頰上留下部分灼傷的痕跡，呼吸道也因為嗆傷至今都經常咳嗽。忙著做早餐的她一直跟我道歉，說自己老了，左手漸漸沒有力量了，所以都只能做簡單的料理，請見諒，客氣又感傷得害我不知道怎麼應對。她又自言自語地說她家裡的鍋子跟餐具倒是很新，因為她洗餐具時只能拿到洗衣處，坐在凳子上，用腳夾住鍋子，用一隻手洗刷，不容易洗乾淨，所以常要淺野先生買新的。

這倒是一個好處呢，淺野太太邊笑邊這麼說。

我不知道該怎麼接話，只好說這幢房子竟然保持得這麼好真是不容易啊。他們說是啊是啊，多虧了神的保祐。不過我想不出來神為什麼特別保祐了這幢房子，妳說呢？

因為錢已經所剩不多，到名古屋後我住在現代日本上班族出差時頗流行的「膠囊旅館」（Capsule hotel）裡。妳聽過這種旅館嗎？空間非常小的一種旅館，必須把大型行李寄放在寄物櫃才睡得進去。不過設備齊全，有空調、鬧鐘，空氣清淨器，甚至還有小螢幕的電視。只是從走道看過去上下兩層方格狀的「房間」，很像置放遺體的冰庫。

我躺在跟潛水艇臥鋪差不多大的「膠囊」裡，百無聊賴地看著綜藝節目，節目裡的一個單元，竟然專程開拔到非洲尚比亞的首都盧薩卡一個著名的景點「第三次不結盟國家高峰會議紀念碑」下拍攝。遊戲的規則是如果能在十秒中落淚，就可以獲得五十萬盧比的獎金。參加的人來自各行各業，都盛裝打扮，只是他們雖然穿上了西裝，臉部輪廓仍是數千萬年非洲大陸所給他們的特質：圓臉、突出的顴骨、短卷髮，以及幾乎和瞳孔一樣顏色，烤漆過似的黑色皮膚。外景主持人問參與者打算回憶什麼事讓自己在十秒內落下淚來？參賽者的回答五花八門，有說自己會回想好朋友被鄰居小孩虐待的情形，而他的好朋友是一隻貓咪，有回答自己會回憶打敗獅子時的興奮情緒（我覺得他吹牛），還有提到自己的五十頭牛被盜獵者殺害的事，另外一個是提到他被地雷炸到而失去兩條腿的事。他拉起褲管，露出用粉紅色的塑膠包裹不鏽鋼的義肢，他說日本製的義肢做得很好，兩邊長度完全一樣。

不知道為什麼，那些明明是他們認為哀傷的事卻成了節目的笑點，有些理由猛然一聽我也莫名其妙地覺得好笑。一開始並沒有人順利在十秒內流下淚。其中有一位女演員，在訪問時很順利地流下淚來（她沒有說明她想起了什麼事），但等到真正坐在「預備流淚」的沙發後，卻沒辦法在十秒內流淚而遭到淘汰。不過大約十五秒以後，坐在沙發上的女演員開始嚎啕大哭，沒有人知道她是為了某個記憶或是因為失去五十萬盧比的賞金而哭，她無視於其他參賽者自顧自地流著淚，不知道哭了多久，因為接下來的畫面被剪掉了。出人意料之外的是，最後贏得獎金的是一位十七歲的青年，他說前陣子收到女友寄來的絕交信，這是他最傷心的一件事。計時開始時青年坐在沙發上拿出信開始讀，然後在五點七秒的時候（遠遠打破了節目在日本製作時七點四秒的記錄），一滴透明的眼淚從他黑色的臉龐滴落下來。

不曉得這個年輕人為什麼會比那些年紀遠比他大，遭遇比他慘得多的人更容易落淚？他的記憶應該沒有比其他人累積更多引發落淚的元素吧？我猜這世界上同時有好幾千萬人收到女友或男友寄來的分手信，難道是他的悲傷比較新的緣故？話說回來，人真是會為各式各樣理由哀傷的動物，不管你的皮膚是像尚比亞人那樣的黑，或是法國人那樣的白，像嬰孩一樣無知，或像老人一樣看盡人間萬事萬物，都有可能被哀傷擊倒而在瞬間落下淚來。哀傷不分膚色、階級、年齡出現在人類這種生物上。

我本來以為在這樣狹窄的空間裡可能會失眠，因此準備好鎮定劑，但沒有想到因為疲倦很快就睡著了，人類畢竟是很能適應各種環境的生物。

今天早上我去很有名的大須觀音寺參觀，算起來是一個中等規模的寺院建築，特色是杜簷的紅漆十分醒目。跟台灣的寺廟很像，寺的周圍總是集聚成商圈，變成各種依靠神生存的平凡人聚集的地方。我突然想起到處都是小吃的基隆廟口，但卻怎麼樣也想不起來那個廟拜的是什麼神？只記得在那裡吃過奶油螃蟹天婦羅之類的東西，妳知道那廟拜什麼神嗎？沒關係，反正不重要。不過我倒是仔細地讀了大須觀音寺的介紹資料。大須觀音寺是一六一七年奉德川家康之命，從岐阜縣羽島市遷來這裡的真福寺後身，全名應該是「北野山真福寺寶生院」。它可以說是名古屋平民信仰的核心，因此唱戲、口技、格鬥這些平民技藝當時就沿著寺的兩旁蓬勃發展。原本真福寺是日本真言宗智山派的大本山，屬於空海大師一宗（不過老實說我根本不曉得這個空海大師是做什麼的）。名古屋是二戰末期美軍轟炸的重點城市，全市除車站附近的幾條小巷，幾乎被夷為平地。真福寺也在一九四五年一次美軍空襲中被炸毀，原寺所藏的典籍文獻，現在都轉到一樓的「大須文庫」放置，據說裡頭收藏著超過一萬五千本的古書。

現在觀音寺旁有各式各樣的二手商店街，有二手和服、二手提袋、二手漆器、二手老風景postcard，居然也有人把自家種的蔬果拿出來賣。最有趣的是這裡的二手衣以令人好奇的「Yen=g」方式出售，衣服不是以件數來計，而是以克計價。因此，很多人不是為了參拜而是為了買東西而去的。我坐在路邊，發現大致可以從行人的神色觀察出他是來朝拜的還是逛街的。朝拜的人多半專心地往前走，像在思考些什麼，逛街的人則左右顧盼，漫不經心。當然這些逛街的人也會入寺朝拜，但一定是臨時想個願望祈禱而已。因為今天恰好是十八日，觀音寺前擺滿了臨時的古董雜貨攤，許多人都把家裡不需要的物品或古董拿出來賣。我被一攤販賣各式各樣古老小玩意的攤子吸引，賣東西的是一個左耳穿了十個以上耳洞的年輕人。我看上一個日軍飛行員的風鏡，風鏡的橡膠部分略有脫落，但整體來說保存得很不錯。我問他賣多少錢，他開價一萬八千円。我問他風鏡的來歷，他說不出來，只是一再用堅定的語氣表示，百分之百是真品。我無法辨識那是個真品還是贗品，如果是真品的話那就是某個飛行員的遺物，當然不可能是像坂井三郎那樣著名的飛行員，而是一個默默出動，默默死去的飛行員，他可能在一九四四年的天空裡戴這副眼鏡打下過幾架美國戰機，或者一架都沒打下就被擊落，也可能是因為跳傘到某個地方，風鏡因此被當成遺物送了回來，然後接收的人又不知道什麼原因把它流出來，最後到這個青年的手上，拿到跳蚤市場拍賣，變成一種商品。而如果是贗品的話那就是個沒有經歷過空戰的風鏡，那就一點故事都沒有，只是一個造型很炫的仿古物而已。不過，當然也可能是沒有死去的飛行員自己賣掉自己風鏡的。

不過單看外型，風鏡很有歷史感，即使是贗品的話也相當細心，還刻意把鏡片玻璃做了相當程度的磨損，上頭還有一些像淚滴一樣的水漬。我試戴了一下，便決定買下它，忘了自己爲了省錢昨天才住膠囊旅館。

下午我則搭了東山線去覺王山日泰寺。日泰寺的山門前是典型的住宅區，和觀音寺四周的街道感覺很不同。這間寺廟比大須觀音寺年輕得多，是明治三十七年才開山的佛寺。如果說有什麼特別之處的話，就是它是為了供奉泰國國王在一九〇〇年時贈送的釋加牟尼遺骨和黃銅塑像而建的。

從院子可以遠望名古屋市，花園的景觀也和許多枯山水庭院的日本寺院不同。我在這裡遇到了一個來自中國的歷史研究生，叫做王剛。

王剛來日本自助旅行，專業是宗教建築，他的目的是蒐集日本境內一些和中國佛教有交流關係的寺院資料。雖然是研究生，但他的臉很有農民的味道，是那種不算太聰明卻富有研究熱忱的類型。討厭的地方是看起來一副不愛說話的樣子，但其實一旦說起話來就不容易被打斷。我們閒聊了一陣子，他跟我提到了一段關於中國用千手觀音菩薩像，跟日本交換了一座十一面觀音像的歷史。

一九三七年十二月，日軍攻入南京城，旋即展開了南京大屠殺。據說在日軍佔領南京最初的一個月內，市內就發生了二萬多起強姦的暴行，南京古城有三分之一的建築被燒毀。當時像美國《紐約時報》和英國《曼徹斯特郵報》的大量報導，終於引起國際重視，導致日本華中方面軍司令官松井石根被召回日本，退役還鄉回到名古屋。為了安撫南京市民，日本有關方面從名古屋市挑選了一尊十一面觀音佛像送給南京。這座觀音像高十一米，最特別的是有十一個面孔，據說還是用阿里山檜木所精雕而成的。觀音在一九四一年被送到南京，供奉在南京毗盧寺內。為了表示友好，當時汪精衛政權下的南京市市長（奇怪我記得年代卻忘了名字），也把南京毗盧寺內的一尊千手觀音佛像，回贈給日本名古屋市。千手觀音佛像從南京港出發，運到了名古屋港，被暫時安置在東別院裡。不久又被移送至名古屋市郊外，就是這裡，覺王山日泰寺。日本方面本來有為千手觀音建寺的建議，但幾個月後，太平洋戰爭爆發，建寺之議遂被擱下，於是千手觀音開始了「寄居」日泰寺的生活。戰爭結束將近二十年後，名古屋市在郊外墓地附近的小山上，建了一座和平堂塔樓，經歷了戰火的千手觀音像，又被移入塔內的二樓安放。不過據說那座塔樓終年關閉，每年祇有一天開門，也就是說千手觀音像每年祇有一天得見天日，其他三百六十四天都是被關在塔內，就這麼一關四十年。

我沒計畫去和平堂，看時間也來不及，不過據王剛的轉述，和平堂是一座高十公尺的方形兩層塔狀建築物，四周都是林地，沒什麼好看的。不過據說現在觀音像仍在裡面，只是極少人得見。王剛神秘地暗示我他有千手觀音的照片，問我有沒有興趣看，我說看也好不看也罷，都沒有關係。他被我無關緊要的態度弄得有點尷尬，為了消除這種尷尬他反而很快把照片從背包裡掏出來給我看。

從照片上看來，千手觀音的底座已經毀壞，只用一根木棒撐住那象徵能顯各種神通的「千手」，看來頗為淒涼。我問他在南京那尊用阿里山檜木雕成的十一面觀音像呢？他說早在文革時已經被毀掉了。

我看著二戰時曾經被戰火幾近完全摧毀的名古屋市，想著這兩尊形態不同的觀音，一尊以十一個面看著日軍對中國展開的殺戮，一尊展開著雕刻精緻的千手，待在日泰寺裡束手讓名古屋陷入火海。祂們當時不曉得心裡在想些什麼？

王剛一定很想我問照片是怎麼來的，但我不想問，以免他的話又說不完。雖然我跟王剛互相留下了聯絡的方式，但我想我不會聯絡他，他應該也不會再聯絡我。因為我們顯然對二戰的看法有些差異。王剛是一個自信心十足的人，就像我們遇過的一些帶著民族優越感的中國學生，我可以體諒他在講話時一直用民族意識轟炸我的立場，但我不太能忍受他對戰爭的看法。我說我絕對不會為了任何理由參加戰爭，即使是我的國家被侵略，我也不參加戰爭。話說回來，可能是我的想法太極端了也不一定。

阿莉思，說起來我們都是沒有經過戰爭的人，我們根本不曉得戰爭是怎麼一回事。但我們確確實實是曾經經歷過戰爭的那群人所生下來的一代。我們的父母、祖父母，都是經過戰爭汰選的人，不管是以殺戮他人來獲得自身生存的，還是以哀求、屈從逃過殺戮，或是用沉默、躲藏、謊言來避開殺戮的，那都是正確的生存策略。而唯有透過那些我們父母選擇的正確生存策略，我們終究得以被生到這個世界來。我前一陣子讀過一些書，提到所謂的inclusive fitness theory，生殖成就理論。從這類思考的角度來看，我們都是成功的基因，我們都擁有優勢暴力者的遺傳基因，或巧妙在暴力下的生存的「避難基因」。不懂得生存法則的基因，現在已經被埋在那些土裡，碳化了呢。從這個觀點來看，中國發動的戰爭可也不少。我以前做過許多地方的歷史報導，荷蘭人的狡詐，漳泉械鬥時的慘烈，漢人對原住民的欺壓，乃至於原住民間彼此的征戰，不也都殘酷得不得了嗎？

我不敢對他說我父親曾經是日軍，說不定他會把我也怨恨進去。

對了，我的睡眠「正常」了呢。不曉得為什麼，它「正常」了。雖然白鳥醫生為我解釋了很多關於睡眠的科學解釋，但我的感覺卻比較像某個力量（我不願意說那個字）把我的睡眠開關扳到一個新的、莫名其妙的規律上去，有一天它又心血來潮地將它扳回來一樣。但在那個睡眠「異常」的時態裡，我好像因此脫離了我的年紀與眼睛，因此看到了一些事。那也許是我這趟旅行最要緊的事。

親愛的阿莉思，妳能體諒我必須獨自來到這些地方嗎？妳能回個信給我嗎？一直收不到妳的回音讓我心急。

親愛的阿莉思。寫到這裡時，不知道為什麼我覺得有點睏了（說不定妳讀了這封囉嗦得不得了的mail也覺得睏）。在睡著之前我還有一件事想跟妳說，回台灣以後我大概會找個地方寫點東西，不，不是寫報導，我恨透了報導這回事，不管是慈悲的報導或是戲謔的報導，我恨透了人以充滿悲憫或自以為是的客觀口吻去陳述世間所發生的任何事。

40

爸失蹤以後我們四處尋找他的下落，但更重要的事是安撫媽。U市的家裡留有我爸用過的拖鞋、茶杯、筷子，留在日曆上的筆跡，剪鼻毛的小剪刀、改裝過的搖椅……，由於我們堅持認為爸尚在人世，因此都認為這些東西應該要保留下來。

「說不定爸過幾天就回來了。」哥用充滿希望與疲憊的口吻這麼說，姐也附和著。我們像咒語一樣反覆每天討論著爸回來以後要帶他到哪裡玩，希望能沖淡自己和媽相處時的絕望感。但日子一久，我們發現爸留下的東西對媽實在是個煎熬，她總是望著這些東西，好像魂魄被它們吸收了一樣，一天一天地委頓下去。幾次和媽協調未果，於是我們三個商量後，就在哥帶媽去看病的時候，把爸的東西都收在木箱裡，放到他的房間上了鎖。

媽回來以後不發一語。她倒了杯水喝，並且安安靜靜地跟我們吃了晚餐。晚餐後我們本來以為她會去看電視，沒想到她拿了一把鐵鎚想把鎖敲開，門把都被打歪了。媽揮動鐵鎚的樣子看起來精力十足，把我們嚇了一跳，我們任她把鎖敲壞，然後再默默地把所有的東西回歸原狀。圓板凳、拖鞋、茶杯、剪鼻毛的剪刀、改裝過的搖椅……，全都回到了爸失蹤前的位置上。媽坐在搖椅上，剛才的力氣不曉得到哪裡去了，看起來非常非常疲累。

那段時間媽四處問她信了數十年的神，三太子啦、開漳聖王啦、陳靖姑啦、濟公啦……

我家的人跟神明退駕後的乩身都十分熟識，逢年過節媽都還會要我們買禮品去送給他們，好像他們是我們家的親戚一樣。坦白說應該比親戚更親吧，因為他們對我家發生的瑣事是那麼地了解，對我媽心裡的想法是如此了解，至少，應該遠遠勝過我對媽的了解。基本上我們都知道這幾個乩身都不是電視上那種斂財的騙子，而是爸跟媽做生意和養孩子遇到困難時倚靠了四十幾年的「朋友」，他們的收費都極低（大約是一百元左右），並且從來沒有推銷任何藥物這回事，所以我們並不擔心她被騙。因此，即便我現在已經一點都不相信這些乩童有什麼預言能力，但除了和媽偶爾拌拌嘴以外，我並不會阻止她去問乩，也不覺得有什麼丟臉的。我媽真的需要他們，她真的需要聽神說說話，跟神聊聊天。

有時我會回想自己從什麼時候開始認為這些乩身是收費聊天的朋友，而不像其他家人相信他們是神的代理人，我想那大概是高三那場車禍之後的事。在那之前我對這些乩身還頗有些敬畏之意的，我怕自己任何的不敬可能會為自己招來禍害。因此自己一個人在我家的土地公神壇和祖先牌位旁自慰時（我並不是故意的，商場的房子實在太小了，每個角落神明都看得到），還會用一條毯子把自己從頭遮住，我怕哪天媽去問神的時候乩童跟她提起我自慰的事。但自從那場車禍以後，我變得全然不相信乩身口中的神諭，既不怕在神明面前做出褻瀆之事，也不怕違背乩童的預言而受到天譴。

那回我和死黨徐曜偷騎他爸的機車翹課去看電影，沒想到就出了車禍。出車禍的瞬間我很清楚地看著小發財像慢動作一樣靠近，接著像是突然加快速度似地碰一聲撞上，在還來不及感到疼痛之前我昏了過去。正在東南亞跟著旅行團旅遊的爸媽和姊接到哥的電話後提早結束行程趕了回來，那時醫生已經幫我縫好頭部的傷口，正在觀察是否有腦部的傷害。媽一回來就直奔三太子的神壇，用手帕沾了符水，偷偷地拿到病房裡，抹在我的嘴上。在意識與無意識之間，我夢見一個黑得像影子背上像是有類似翅膀形狀的男子從一個陰暗的洞窟走了出來，他貼近我時我聞到一股陰暗的香氣，扳開我的嘴並拔走我三顆牙齒離開。我劇烈地疼痛起來，接著就聽到了媽在我耳邊講話的聲音。

但徐曜死了。到靈堂上香那天我幾乎不敢看徐曜的老爸爸，他是個退役老兵，只有徐曜這個孩子，徐曜的媽聽說很早以前就領走他爸的錢離家不知道到哪裡去了。徐曜的爸爸在我上香時離開靈堂，我能了解他不願意看到我的心情。

不曉得是不是媽抹在我嘴唇上的符水發揮了效果，我的身體很快地恢復。也許是某個神救了我，但無論是或不是我都不願意再相信神了。我難以理解神為什麼願意給我救命的符水，而不懂得問乩的徐曜的老爸就得失去徐曜，徐曜他老爸必然也在徐曜一息尚存的時候，祈求過他的神吧？是什麼理由那個神就有權不回應呢？

其次是那次其實騎車的是我，我卻騙媽說騎車的是徐曜。是我載著徐曜的。這點沒有任何一個「神」指出來，祂們甚至指示我媽要警告我以後別坐別人的車。

後來我媽幾乎凡事問神，頻繁的時候甚至一天一次。我對她問神的反抗就是逆其道而行。比方說大學時神明要我選法律系，我就偏填了傳播系，考研究所時神明說選一間北部的學校有利於我日後的運勢，我就偏選了一間南部的學校。如果媽燒符水給我喝我就喝一兩口後趁她不注意的時候拿去澆花，她如果強調用來洗澡求運勢的符不能丟到廁所的垃圾桶裡，我就毫不猶豫地把它丟進糞紙堆中。幸運的是我至今還未因此發生過什麼嚴重的噩運，當然也沒有發生什麼離奇的幸運，而花也沒有因為澆了符水而長得特別茂盛。

但關於爸失蹤這件事，我卻衷心感激乩童們的存在。

爸失蹤後我們去報了警，但就像所有到過警局報案的人一樣，我們對那些連穿起制服都看起來邋邋遢遢的警察實在很難有信心。至少對我媽而言，乩童遠比警察能帶給她信心。前陣子和媽一起去開漳聖王的時候，她已經絕望到消瘦得不成人形，一個人的外表確實可以在短短一個晚上變成心靈裡的樣子。像是平常我們用盡氣力保持一個被世界接受的外表，但當感到絕望時那樣的堅持就不再有意義了，一放鬆那個我們真實的樣子便跑了出來。

神壇的樣子跟我童年時的印象已經大不相同，走道跟報名等候處顯然整修過，旁邊甚至擺了賣冷飲的冷藏櫃，以及一台電腦。乩身卻是同一個人，他在我家的名字就是「聖王公」，我從不知他凡間的姓名。但現在這個「聖王公」顯然很老了，滿頭白髮，脖子上的皮都鬆垮垮地，連站著都顯得有些困難。也許是傳遞太多神的意旨的關係，他的嘴唇內陷得厲害，在臉上形成一個深沉的窟窿。當他起乩時我刻意站在他的正前方，有別於媽求助、疑惑的姿態，我猜我的身體一定擺出了質問、挑戰的姿態。起乩時乩身總是陷入一種激動狀態，好像有一股巨大的力量在拉扯，他在聽了媽的敘述後隨即出現了一種難以形容的恍惚神情，搖晃著腦袋，露出一種坦白、甚至帶點猥褻的陶醉表情。那瞬間我確實認為乩身體內的神祇確實知道爸身在何處，一切祂都了然於心。

乩童用河洛話唸了一段像是詩的韻文（這是我唯一看過講台語像在唸詩的乩童，現在一些神鬼節目請的乩童講話粗俗簡單得無以復加，如果真有神的話，我肯定那都是沒有神上身的假乩童），但也許不知道是什麼原因，祂的話語不能完整地從乩身的口中傳達出來，祂因此使用一種夢的語言表述。那段話十分長而且並不好記，現在我只記得最後一句是：

尋人難在，遠信緩緩就至。

桌頭說，聖王公的意思是爸並沒有死（這句話太重要了，媽日後幾乎就靠這句話活下去），他只是「暫時離開」，或是「找不到路」，但終究應該會出現音訊，他建議我們可以從爸留下的東西去找找線索。不過，桌頭也補充說，如果爸沒有回來，勸我媽也應該自己堅強地活下去。媽用我難以阻擋的速度跪拜了下去，我非常清楚地知道，她根本不需要什麼堅強地活下去這樣的指示。

我不曉得怎麼在爸留下來的東西裡找線索。爸留下的東西其實很少，最主要的是他自己的東西本來就不多。過去父親節時我們送他的什麼按摩器、領帶、襯衫，都還一盒一盒地放在衣櫃上層，除了盒子被一層厚厚的灰塵覆蓋以外，都還以禮品的姿態被擺放著，連開都沒有開。衣櫃裡就那麼五六件爸常穿的汗衫和長褲，除此之外，就是被拿來修理，卻在商場拆了以後等不到顧客來拿的幾台收音機和音響。

不過我在一個盒緣已布滿鏽跡的掬水軒餅乾盒裡找到了爸保存的大量的水電費收據和報稅單，最早的甚至遠在二十五年前。在那些電費收據的下頭，有一個塑膠袋裡頭裝著一疊信。那些信都是由一個叫留日高座同學會的組織所寄來的，邀請參加同學會的卡片。

41

有時候睡眠未必是一種休養，一場具有療效的儀式，只是沉沒到更深的回憶。那些原本應屬於夜晚的，在白天並不想再回去的回憶，在夜晚人的意志變得薄弱的時候，就化身成為夢境。而夢境不論場景為何，總會有那樣的地方，在那裡，具有現實感但卻確確實實是夢境的土地會在不知不覺中產生一點裂縫，一切事物就從那裡，像空氣慢慢從氣球裡溜走似地，滲透到真正的現實裡。那個縫隙帶著些微惡意，無言地存在。

當石頭發現自己身上的床腳被移開的時候，覺得現實中的空氣反而以一種更形沉重的力量朝牠壓來，以致於牠因為突然解除的痛苦而哭了出來。這些日子以來牠已經習慣了被壓在床腳，承受兩個人的體重和夢境，牠成了一個解夢者，甚至忘了自己是一隻龜。每天晚上牠靜靜地潛入床上的人的夢境，像在看著遙遠的風景。有一次三郎伊卡桑夢見自己在森林裡撿柴，結果在折斷一截枯枝時那死去的樹竟然流出血來，石頭一度想進入她的夢境告訴她，那表示她將因失血而死，但三郎伊卡桑聽不懂夢（或者說石頭）的語言。醒來後的石頭替三郎伊卡桑承受了難以言喻的重量，但卻覺得這或許對她而言是好事，對未來無知的人生才是人生。

被誤抓來做床腳的這兩年石頭總是盡可能讓自己在夢裡像胎兒一般蜷縮起來。而今牠被喚醒，被釋放，已習慣在夢中而不是現實中步行的石頭一時要面對可以自由行走的四肢難免有些不適應。

但使牠痛苦的並不是重新適應步行所產生的痛苦，而是苦難離開時所產生的新的痛苦。

42

慢慢老去的三郎已經有很長一段時間，總是很容易醒來，但又不是真正的醒來，只是心神留在一種恍惚的時間感裡。

有時他會回到四十幾年前那場大地震裡，在傾斜顫抖的視感裡，發現過去以為是偉大、堅固的東西都可能瞬間倒塌。有的時候他會回到轟炸後的火場裡，但那部分的記憶不是那麼清晰，部分已被焚毀，只剩下了一片朦朧、一種聲音、一份氣味……

三郎也常常回到戰後那段充滿迷惘的等待時間裡。

美軍進駐日本所降落的厚木機場就在空C廠附近，因此少年經常遇見過去未曾見過的白色與黑色人種。在美軍困惑的眼神下，少年們拿出證件，用拙劣的英語說自己不是日本人，而是福爾摩沙人，是戰勝國，而不是俘虜。說這話時少年們心裡不免有些忐忑，但美軍用他們長著長毛的大手拍拍少年們的頭，給他們一種有著甜味和奇異口感的膠糖。幾個月前還在防空洞裡歡呼B-29的墜落，但現在少年們為自己被美軍確認的戰勝國身分與獲贈的膠糖與牛肉罐頭而感到興奮不已。

但我們真的是戰勝國？真的不是俘虜嗎？那時三郎常想像檢查的高大美軍，用鄙視的眼神把那張「自治會」的證件撕去，問：誰能證明你不是日本人？

誰能證明？

在等待安排船期回鄉的時間，少年們被以居住地為單位重新分配宿舍，三郎因此和同鄉的少年們一起等待船期。有些少年開始去學習北京語或英語，有的少年偷運走工廠的零件到城市販賣，有的少年則開始作起買賣水果、飴糖、魷魚的生意。同舍一個比三郎年長的呂，是一個活潑的人，他建議大家趁這段時間用手邊的錢到處遊覽一番，對未來仍感徬徨的三郎便跟著去了。一開始正常發餉時存下來的錢，現在變得異常有用。在呂的帶領下，少年們又去了幾次江之島，去了橫濱、東京，甚至搭了很久的車去了名古屋。三郎甚至耳聞有人去了北海道。在遊歷中少年們像是開始確認自己戰勝國的身份似地，慢慢地大膽起來。

當時日本境內各種措施都有對「進駐軍」的特別優惠，包括看電影、用餐等等。呂有一次領著少年們走進山手線「進駐軍專用車」的車廂，一個大約三十幾歲的日本服務生立刻就恭敬地行了禮，並且為他們開啟暖氣設備。外面的雪不絕地落下，而車廂內漸漸溫暖，呂為這樣的特權感到滿意而顯得神采奕奕。三郎望著窗外雪景掩埋下的廢墟，想起早上在公園裡吃飯糰時，對面躺著一個像是熟睡的中年人。不久警察走過來探了探他的手臂跟鼻息，隨即離開，十分鐘後帶來一張草蓆將他完全蓋住，好像怕他凍著了似的。

不知道為什麼，想起這畫面的三郎腦中響起了「蘋果之歌」。這首由並木路子唱的電影主題曲，有著歡快、輕鬆的調子，在失去一切的日本很快地受到熱烈的歡迎。走到每個地方，

收音機都在播放著「蘋果之歌」。凍死、餓死，開始重新生養下一代，被炸彈炸掉雙腿，懷著畸形嬰兒，失去一切財產的人們的耳畔，都同時響起「紅色蘋果靠近嘴唇　藍色青空沈默凝望（赤いリンゴに　口びるよせて　だまってみている　青い空）」的輕快曲調，而開始尋找可以讓自己活下去的工作。

世界重新運轉起來，在戰爭暫時停止後，從看似已經死亡的城市之上復再運轉起來。現在坐在溫暖的進駐軍車廂裡的三郎，也開始學習以一種抽離的態度來看待世界，他曾經嚮往的，卻在某個時間點就驟然轉移的身分落差，不過是世界的表象而已。他隨時可能獲得什麼，也隨時可能失去什麼。他感到一種面具被摘下後的陰鬱，但卻不曉得那種陰鬱從何而起。

有時三郎也會想起那回大家起鬨到名古屋參拜真福寺的事。據說真福寺的觀音極靈，必會保祐少年們平安回家。不過搭了半天的電車，步行，好不容易到的時候，少年們發現真福寺已幾近全毀，只剩下神殿的一角還沒有崩落。還好乘著遊興而來的少年們並沒有因此沮喪，他們仍在這個廢墟般的寺院裡參拜，在廢墟般的城市裡遊覽，在廢墟般的廉價旅館裡睡了一夜，才動身回去。

三郎因此得以遇上電車上的那個日本女孩。當少年們在車上刻意大聲聊天，以突顯自己的身分時，呂用手肘撞了撞他，指引他往車廂的前半部看，當他第一眼看到那個女孩的時候三郎感到自己的身體搖晃了一下。女孩穿著白色的水手服，露在水手服外，異常白晰的手臂，使得女孩全身像是發著光。不過多年以後三郎怎麼想就是想不出女孩的臉，可能是因為在車窗外的陽光照射下，她的臉頰一派金黃的緣故。三郎記得那女孩彷彿給了他一個顯得淒慘的笑容，那個笑容帶給三郎一種甜蜜的疼痛，不過三郎並不太確定。而因為那時的少年三郎還太年輕，他只會慢慢地往車廂前頭挪移身體，好像在接近一種家鄉後山上的稀有蝴蝶似的，往女孩站的地方靠過去。到了T站時少女下車離去，大膽的呂竟然下了電車追上那個女孩，和女孩講了幾句話，又飛快地追上剛開動的電車。

呂聲稱並沒有要到女孩的住址，只是隨意誇讚了她很美麗。但這行為本身就讓三郎感到憤恨。在回程的時候三郎故意不搭理呂，他嫉恨那女孩回應了呂的講話。返鄉前三郎還利用機會去了一次名古屋，搭了同樣的電車，卻沒能再遇上女孩，甚至在多年以後他們全家到名古屋旅遊時，三郎還特地去搭了同個路線的電車。不過電車連票券的形式都換了。

回到台灣的第三年，三郎用在工廠所存的殘餘薪餉結了婚，對象是親戚介紹的，在中部小漁港長大的女孩。三郎並沒有考慮很久，一方面是因為伊卡桑過世後，大嫂對他並不友善，常要他赤腳上山採竹筍，三郎心裡知道只有藉著結婚他才可以離開這個家庭。另方面是婚姻對三郎而言，只是傳遞香煙對祖宗交待，並且找到一個彼此幫助、合作，生養孩子跟創立養家事業的對象。相親時第一眼看到珍子時讓他覺得她是這樣的理想對象，而果然珍子就是這樣的對象。

漁村出身的她十分理解女性在婚姻生活中的存在意義，盡力讓他們之間的婚姻保持靜悄悄的貧窮、單調與真實感。如果要說唯一的遺憾是，三郎對珍子始終沒有那天在神社看到那女孩時，那種深受驚嚇的激動，他們之間的相處沒有夢境的感覺。

珍子生下他們的第一個男孩的那天，因為沒錢住院，當晚就回到家，他向鄰居借了錢買了雞翅和雞腳燉雞湯給珍子喝，並且讓她睡在電扇吹不到的地方，獨自在一旁點起燈修理一架大同公司新出產的收音機。他一面看著珍子脹著乳汁有節奏升起降下的胸脯，以及靠著那胸脯沉沉睡著，可以感覺到頭殼還非常柔軟並且尚未被命名的嬰孩，一面偏著頭聽轉頻器接收電波時的細微聲響。風扇沙沙轉動，濕氣沉重，這時三郎突然放下手邊的工作，俯下身去，在黑暗裡準確地找到珍子的嘴唇。被碰觸到的珍子的嘴唇像被驚醒的小動物，突然緊張一下才放鬆下來，她閉著眼，讓自己假裝仍在睡眠裡，並想起少女的時候躲進防空洞時在黑暗中意外碰到男性身體的緊張情緒。就像曾經死去了一樣，過了一會兒珍子柔軟的腹部才又再次有節奏起伏起來，渴望著什麼似地猛烈呼吸起來。

三郎至此才確信自己真的開始愛上珍子，他突然覺得放了心，但也覺得有一點點的失望。

而現在三郎從這樣的記憶裡回來，他轉頭看著床上那個臃腫、平凡，穿著襯裙深深睡眠，老去，卻在他眼裡變得異常美麗的珍子，突然覺得能在那個戰爭裡活下來，不能不說是神的眷顧。

遣返時間終於在春天快到的時候確定，據說美國的艦隊將會護航。同學中有些人決定留在日本，呂就是其中一個。三郎當時甚感訝異，因為他以為那種思鄉的情緒是凡人共有的。呂說他的多桑早亡，卡桑已改嫁，回家鄉也沒有什麼意思。多年後三郎參加同學會回到大和市，呂就是其中一個接待者，他富有的程度讓同學們驚訝。原來當年呂用身上的錢買下東京市中心附近一片被炸成廢墟的土地，戰後東京逐漸從死亡中復活，呂因此大賺了一筆，並用賣土地賺來的錢投資成立一家日用品商社，現在已經發展成頗具規模的連鎖店了。那天呂的日本妻子也穿著和服盛裝同行，看到呂的妻子並不是當年的那個女孩，不知道為什麼三郎鬆了一口氣。

算起來當年三郎是最後一批返台的，在春天將至之時，一起返鄉的少年搭乘京濱急行線到橫須賀旁的久里濱港。黃昏時少年們搭上接駁小船划到六千噸的永祿丸旁邊，攀繩梯而上。三郎上船後，梯旁突然引起騷動，原來是一名少年落入水中。有幾個日本船員跳下海搭救，船上也抛下救生索。不多久船員將落水的少年拉上來，遠遠望去他的臉已凍成青紫，手腳僵成一種奇異的姿勢，好像準備要從船員的手上逃跑開來似的。三郎身邊一個日本船員一看，肯定地說：死了。

從甲板上看過去，「浦賀水道」正閃著銀光，飄散著濃厚的，無可言喻的哀傷。

這趟旅程和去的時候不同的是，當時對未來充滿期待的少年們，在貧乏的食物與戰爭的餵養下都已經長出喉結與鬍鬚，而彼時那種不知是否會被美軍潛艇擊沉的沉重情緒遠離了，代之而起的是一種造作的輕鬆感，那是為了刻意掩飾回鄉的緊張，而表現出來的輕鬆感。許多同學圍在一起打牌、閒聊、看著兩年前曾經看過的海景，有些同學甚至還帶了日本情人上船，在甲板上看著這片既是歸鄉，也是離鄉之海。或許即使在戰爭裡，人們的生活還是一面傾斜，一面朝固定的方向前進。他又想起那個日本姑娘，以及記憶猶新的痛苦，但奇怪的是，其實他根本沒有跟她講上任何一句話。

隨著船漸向南方，返鄉的緊張感也逐漸浮出水面。迎面而來的風飽含濕氣，裡頭摻雜著熟悉的泥土、菅芒與溪流的氣味。嗅到這樣氣味的三郎卻興起一種悽涼之感，他知道即使回到熟悉的家鄉，那都將是一個他從來沒有體驗過的世界。就像海上沒有兩場風也沒有兩起浪在感情上是一模一樣的，已經推向前的風，肯定不可能再次吹到自己的臉上。

幾天後船終於靠港，不知道是錯覺還是什麼，三郎覺得港口顯得陰鬱。在車站前來接手的中國軍人，穿著沒有皮面的軍鞋，連上衣都沒紮入褲頭。一個看起來顯得蒼老疲倦的軍官要少年們集結點名，少年一時聽不太懂那樣的語言。隨船的日本軍人則發了一張單子要少年們在簽名後交給中國軍官。紙條上面用漢字寫著「此人已確實移交中華民國政府。二、此人已除去日本國籍，並入籍中華民國」。中國軍官發給他們每人一張火車票，並說這張火車票可以搭車到鐵路所到之處的任何一站，但只能坐一次。

就這樣的一張紙一張票，少年們被「歸還」了。

在車站三郎和同伴找到窗口，把規定只能帶回來的一千円日幣兌成七百元台幣，留下一些零頭的日幣作為紀念。他聽車站賣餅皮的小販說現在一斤米已經漲到十六元，這一千多円日幣的意義顯然縮小了。三郎在搭上火車之前摸了摸自己的包袱，他側著頭小聲地對裡頭被布密密包覆的秀男與阿海的指甲說：「僕らはもうすぐ うちに帰る。」

43

照片冷淡而沒有氣味，銀鹽相紙的裡頭一切總是如此安靜，有一種沒有真實感的真實性。

那天參加大學同學會之前，我打了通電話給阿莉思。她甜甜地問我昨天睡得好不好啊，我說好極了。我在腦海裡出現她肉色的唇，彎曲的睫毛。

同學會所約的餐廳是在我們這個年紀的人都熟稔的光華商場附近，我早到了一個多小時，於是決定四處逛逛這個聽說在幾年後可能會拆除的老舊商場。大概三十年前的時候，可能是這類商場大量繁殖的時代，那時候好像流行在高架橋下開闢成商場或菜市場。這個商場一開始也不是賣3C用品的，對我們這個年紀的人來說，更有印象的是唱片行、電器材料，當然還有舊書店。在二、三坪大的窄小店舖裡，堆滿各式各樣，曾經被閱讀或沒被閱讀卻被拋棄的書，在那種雜亂無章，彷彿書的亂葬崗的書堆裡找書，會聞到一種只有書才會生產出來的霉味。不過有時候來這裡是為了特別的書，有些店家專門供應我們青春期時非常需要的肉體食糧。

高中的時候到光華商場買A書，並且和同學交換，是那時很重要的一種秘密儀式吧。我還記得第一次一個人來這裡買A書的情形。先是假裝看架上的二手書，然後慢慢接近那些堆放著A書的紙箱，偽裝成老成熟練的樣子，用發抖的手翻找。書很像是某種生鮮食品，都用保鮮膜包了起來，因此那樣的翻找其實意義不大。根據經驗，封面跟內頁可能差距非常之大。那次我花了兩個小時的時間在那條地下的商場來回走動，一面注意著是否有熟人，一面盤算著要到那家買比較不會尷尬。我很怕女老闆，尤其是比較年輕的那種，跟女老闆買壓力太大了。我也怕男老闆，盯著你一直看的那種，好像很清楚地知道你一天自慰幾次一樣。於是第一次我一本也沒有買，只買了一本契訶夫短篇小說集就搭上公車回家。那本契訶夫剛好放在放A書的紙箱旁邊，我原本是為了避免尷尬而拿起來翻看的。

而現在這裡好像以電腦遊戲為主，沒有一家二手書店賣A書了，因為大家都改看A片光碟。剛走下樓梯的時候，就遇到臉上帶著猥褻神色的年輕人走到身邊說：「A片要不要，A片要不要」，好像販毒一樣。

「暫時不要。」我在心裡這樣說，然後往裡頭走去，無目的地在各家舊書店閒逛。不知道為什麼，我覺得一直有一雙眼睛不經意地盯著我，我本以為又是推銷A片的，但當我的眼神和他相對時，不一會就彼此確認出對方。那是我商場一起長大的鄰居阿咪。

「怎麼這麼巧？」我有點尷尬地問。我來買A片，你也是嗎？我有點怕他這樣回答我。

「我家在這裡啊，你忘了我家是賣舊書的？」他說。是啊。不對。他哪時候搬到這裡來賣舊書了？

阿咪家本來在我們商場就是開舊書店的，他在我們家同棟的二樓，同時兼賣雜誌、報紙、彩券和飲料。他說商場拆了以後，他爸頂下這邊一家做不下去的舊書店，他退伍以後就來這裡一面幫忙，一面寫小說。不知道是否拜讀了大量的舊書之賜，寫著寫著還得了幾個文學獎，甚至出了一兩本書。「不過說實在現在在台灣得獎跟出書都跟得感冒差不多。」阿咪這麼說。

我想起我好像曾經在報紙上讀過他一篇作品，寫的是建商場的時候，在地底挖出一隻活蟾蜍的故事。我想起阿咪從小學就很喜歡在午休的時候假裝睡覺卻側著臉跟我說故事，那時他是很受老師喜歡的孩子，但到國中時他的個性發生了很大的轉變，不過實在很難具體指出這種轉變，大概就是變得不太與人講話，或者說變成一個很容易出神的人。我覺得大概他身邊的人都會常問他：「在想什麼?好像有什麼煩惱的樣子」類似的問題。

阿咪帶我到他們家的店舖，說：「太好了，有些東西一直想給你，但就是不知道你搬到哪裡去了。」他從一堆雜誌後頭拿出一個掬水軒餅乾鐵盒（跟我家那個不同，這個是方型的）。

「你記得商場拆的時候吧。就在要拆的前幾天，你爸拿了一整箱的舊書來賣。當然是什麼書都有啦，我爸可能因為是老鄰居，沒有一本一本看過就收下了。結果後來商場拆了，我們搬到這裡來。我在整理那袋舊書要上架時，發現了夾在裡頭的這些東西。我爸猜這應該是你爸的，他要我留下來，等到哪一天遇到你，再還給你。」

「你爸呢?」我問。

「死了。」我沒有問是怎麼死的。我認為人死了以後，怎麼死的其實都不重要。

「你爸呢?」他問。我沒有回答，因為我不想說謊。那事已經過了那麼久，我當了兵、退了伍，而我媽已經年紀這麼大了，但直到現在我還不知道怎麼跟別人說我爸不見了。

我沉默了一會兒，我記得阿咪他媽早在他小學的時候就死了，印象中就是一天比一天虛弱，住進了醫院，後來搬回店裡靜養，有一天下午就坐在舊書堆疊成的椅子上死了。所以現在這間店應該是他自己一個人經營的吧。

「沒想到今天在這裡遇到你啊，真是太巧了。」我轉移話題地說。

「嗯……那個你有沒有讀過我寫的一篇叫做〈午後〉的小說？」他沒有讓我答話的時間：「應該沒有吧。因為如果有讀過你就會發現，我有把這件事寫到那篇小說裡，對，就是一個老鄰居來我家賣書，裡頭卻夾了一些照片、筆記這樣的事。想說說不定你就剛好讀到了那篇小說，就知道有這些東西在我這裡。哈，這個辦法真白癡，小說根本就沒有人讀嘛。」

我向他道謝，彼此交換了名片，提著那個掬水軒鐵盒趕往同學會約的餐廳。那是一家提供火鍋料和一些小菜熟食之類的自助吃到飽餐廳。食材都不太新鮮，蛤蜊要不怎麼煮都打不開，要不就是還沒煮就打開了，裡面都是沙粒。幾個以前的熟同學都變得有點陌生，直到啤酒的效力慢慢催化下才聊開。不知道為什麼，話題扯到竹子上（好像是餐廳提供了一小盤醃筍的小菜），我那植物知識豐富的同學沙子，因此熱切地談起關於竹子集體死亡的事。

我一面聽著竹子集體開花後死亡的事，一面想著那鐵盒子裡的東西。

回家後我極其小心地放慢動作打開盒子，就像裡頭裝了什麼活生生的小動物，而我一開牠就會跑掉。

盒子裡一共有四十七張照片，一本一九六七年的農民曆、一本封面寫著「留日高座同學會」的通訊錄，兩張飛機素描，一張建築物的素描，一卷錄音帶，還有確定是父親寫下的，用從活頁本上扯下來的紙寫成的簡略筆記。

筆記和部分照片上寫的字，我一眼就可以看出是父親的字跡。照片可以簡單分成幾類，其中一些寫著「江之島」的照片，看起來像是簡陋攝影棚裡拍的紀念照。穿著鬆垮軍裝的孩子都還一臉稚氣，但一律擺出一副老成的姿態，站著三七步，或雙手交叉抬高下巴，眼神裡充滿一種空洞、荒謬又坦白的自信。後面的布景或者是海景或者是山景，畫工頗為粗糙。另一類是在某個木造的建築物的窗台或是門口地方拍的，有的註明是「宿舍」，照片中都是穿著軍服的孩子，不，應該算是少年。

還有一類是少年們坐或站在幾種飛機的機翼、機身上所拍的。少年們看著鏡頭，眼神迷茫而沒有聚焦，裡頭有一些人根本是看著別的地方。

我把相片用掃描機一一掃成檔案，至於錄音帶由於找不到錄音機播放，我把它送去巷口的錄影帶店請他們幫我轉成CD。隔天CD燒好，令我失望的是，那裡面並不是爸的講話或是什麼的，而是一些日文歌曲。由於時代已久，老板說磁帶上的霉已經侵蝕了，轉錄後經過一些修補，那些歌仍像是透過電力不足的傳聲筒傳來的一樣。我想起J，以前報社的同事，是個日本通，也許可以請她聽聽看是什麼歌。

那幾頁筆記的意思我不是完全看不懂，只是看起來頗有疑慮。因為那些文字像是用一種特別的語言寫下來的。有日文、中文、注音，有些甚至是用萬國音標（不是KK音標）標注的讀音。我想起爸小時候就是教我萬國音標（這讓我上國中時吃了大虧），仔細一讀，可以發現他在用注音時常常ㄣ與ㄥ、ㄢ與ㄤ不分，有時寫的中文其實應該用台語唸，有時其實應該是日文裡使用的漢字。我反覆嘗試唸通那幾頁筆記，好像在學習我父親那一付獨特、陌生的嗓子。

除此之外，裡頭還有應該是我爸畫的一幅簡略的地圖。我對照網上下載的地圖，判斷爸畫上紅圈的分別是新竹、岡山、基隆、東京、名古屋、江之島，以及一個比較難確定，我猜可能是叫做大和的地方。

44

知道你回來，而且睡眠的問題也已經解決了真好。關於水族箱的問題，放心啦，其實水族箱裡的生態系並不像你說的是「崩潰」，它只是改變了，只要你清理清理，恢復之前所設定的光線跟水質，應該就會再長出新草。應該。

對了，你知道嗎？台灣水韭面臨了滅絕危機，它們就分布在你之前住的那裡更上面一點那個夢幻湖。前幾年台灣水韭的生長面積還占夢幻湖全部面積的百分之五十，但到了今年整個夢幻湖的台灣水韭數量只剩「個位數」。台灣水韭並不全是因為被盜採才消失的，這幾年發生了地震，崩落了許多沙石，導致湖產生了嚴重的泥沙淤積。年初的乾旱又造成湖表土壤龜裂，現在即使下雨，雨水也很快地從裂縫流失掉。夢幻湖的環境已經不適合蓄水了，也就是說，陸化才是水韭消失的主因。陸化使得陸生植物入侵夢幻湖，漸漸掩蓋了湖面，葉片細弱，球莖高度僅一、二公分的水韭，全被壓在陸生植物的枝葉下，無法生長。我在前幾天又專程上去夢幻湖，除了強勢的日本針藺、稃藎、水毛花、野荸薺、柳葉箬、泥炭蘚以外，一株水韭也沒有找到。

你會說這是生態系崩潰了嗎？

我不會這樣想。應該說是當地的局部生態改變了，生態改變了，生命的成員、生命的表現……都會改變。

說到夢幻湖我想起那年一起看竹子的事。你還記得吧？我們那時候有討論過竹子開花的問題，我對你賣弄了一些知識。其實植物學還不能說明的事，也沒有必要一定要給個解釋。如果現在要我回答，我一定跟以前的說法不同。我會說，竹子開花就是為了要活下去，所以暫時以睡眠的形式等待機會。你會說以前我不是說竹子開花以後就會死嗎？這樣說吧，植物的生存形態其實跟人類並不相同，有的植物長出刺來防止草食動物的囓食，有的植物製造出毒素來避免被吃掉，有的植物會引起大火，然後靠自己比其他種類更強悍的種子或地下根莖活下去。竹子用幾十年開花一次的方法讓自己活下去。只不過那個「自己」的定義跟人類不太一樣而已。

搬到宜蘭以後我花了一些時間觀察開花的竹子，哪裡有竹子開花我就到哪裡去。我先是發現開花竹林的土壤和周圍的土壤在肥沃程度及乾濕程度上有很大的不同，竹林的根和地下莖縱橫交錯，互通養分，它們其實是一棵竹子，但在地面上卻表現得像是毫不相干的個體。所以一棵竹子開了花，其他的也就跟著開了花，一棵竹子死掉，其他竹子也就跟著死掉。不，後來我又發現，竹子開花並不一定會全部死去，總有那麼一兩棵強韌地活了下來，它們會重新伸出竹筍，占領了那些沒有在死亡後迅速重生的竹子的土地。開花後沒完全死盡的竹子才是成功的竹子。

45

我好像把頭放進一個水池裡，睜著眼睛看著水底的世界。由於水不住地從臉的兩旁流過，視覺上喪失了遠近感，只感覺一個一個六角形的圖形在眼前不斷延伸而去。每一個六角形的面都有一個架子，架上放著一個一個的盒子，盒子跟一般的盒子不同，那上面流動著各種不可思議的光。Z拿了一條雙頭尖銳的線，用線另一頭的尖端刺進光的凹陷處。我第一次注視著Z的眼。Z的眼確實是由無數個小單位所組成的，但卻不是規律的、蜂巢式的複眼，而像是將許多不同生物的眼所集合起來組成的眼。我忘記禮貌地被那雙眼深深吸引，就像盯著荷蘭田園上一座座的風車，不自禁地被自己心裡的某個風景召喚進去。而每一枚小眼似乎都眨動著似乎是熟悉的、卻又具有陌生感的場景。

Z用線的另一頭刺進我的胸口。刺進去的瞬間我的耳邊，不，我的眼前突然出現各式各樣的聲音：火燄滿懷憤怒向空中吐出黑煙的聲音，黑色刀的尖端刺進粉紅色皮膚瞬間的聲音，類似在重物壓迫下勉強呼吸的聲音，魚被丟到水泥地上跳動的聲音，樹被燃燒到變成焦炭時所發出的嗶嗶剝剝的聲音，被爆炸聲奪去聽覺的耳朵最後聽見的聲音……那些聲音如此紛雜、急切、充滿期待地被我聽見，以致於我想拒絕所有的聲音。

我被一通電話驚醒。不過並沒有接到那通隱藏來電號碼的電話，掛上電話以後，我為自己點了一支菸，吸菸時我發現自己的汗衫濕透，並且無意識地用煙頭燒了燒桌上的一盆吊竹草。有著纖細絨毛的吊竹草葉面因此燒出了一圈焦黑、像是微型洞窟般的痕跡。我去日本前曾把盆子特意吊到外邊，沒想到吊竹草竟然得以不死，現在看起來甚至比我離開時長得還旺盛。

但水族箱就沒有那麼幸運。箱裡的水已經蒸發掉三分之二，剩下的水變成一種矇矇的綠色，水草上布滿惡意的黑毛藻，米蝦都已經不見蹤影。神離開的時候，這個微型生態系崩潰了，而現在神回來了，一切應該可以開始運作起來。至少沙子是這麼說的。但我實在提不起勁清理它，房子的租期只剩下二十天，必須好好計畫將來要做什麼，水族箱就隨它去吧。

我不想回去新聞圈工作，也沒有技能像沙子一樣去種水草，身上的錢也頂多能再撐兩個月。那我能做什麼？

我一度想把這段時間的經驗寫成一部小說，但才一開始進行我就發現自己沒有才華，寫小說跟報導是兩回事。沒有才華是很殘酷的事，我們的教育向來沒有教導我們面對這樣的事，我們的教育只會騙我們每個人都是有用的人。我翻開這段時間寫的一些「睡眠記事」，那上頭寫滿了不連貫的字句，畫滿了不知所以的線條。我想這本睡眠記事宗醫生和白鳥醫生應該有興趣。不過如果要讓一般人閱讀的話，我得用另外一種語言再把它寫一次，那就算了吧。

何況要寫給誰讀呢？阿莉思一度是我想像的讀者，但現在可能也不再是了。在日本的時候我以為是阿莉思的電話壞掉，或是太忙了以致於連mail都沒有時間回，我一邊旅行一邊為阿莉思失去音訊尋找藉口。但當我回來看到水族箱崩潰，就知道阿莉思確實離開我了。她離開得非常安靜，而且徹底，以致於整個房間裡幾乎連她的一點存留的痕跡都找不到。阿莉思的隱形眼鏡藥水、化妝棉、口紅、髮夾，以及她曾經放在浴室裡的牙線全都不存在了，好像落在草原上的雨，經過一夜之後完全消失。我失去了一切可以感受到阿莉思曾經在我身邊的證據，甚至連每回阿莉思來就必然出現在窗口的Hitomi都不再出現。我打了電話，電話裡的回應是空號，我從日本開始寄mail時就設定收取回條，但卻沒有收到任何讀取的消息。我開始懷疑記憶中她眼睛看著我時略帶酒紅色的色澤，以及做愛時從她的額角髮根裡，慢慢滲出的汗水是否真的發生過。

她是不是交了新的男朋友？是不是現在正和另一個人在一起？不可能。我無法相信阿莉思從別的男人身上所獲得的快樂是真實的。

也許我和阿莉思之間始終隔著一座山。現在回想起來，我對她的感情是那麼膚淺，似乎從來沒有穿過她情緒的外殼。我們這些年的相處，也許就像在公園寬敞的草坪上閒逛，在途中她像聽到什麼呼喚似地加快步伐，彷彿脫出軌道似地朝無法修正的方向離開。但離開的理由究竟是什麼呢？

我想到如此疲憊以致於睡著，並且夢見阿莉思。夢裡阿莉思的頭髮是我的十倍長，髮端淡褐，髮根褐紅，直順光滑。陰毛則是黑色，彎成極為複雜，各自不同的弧線。她看著我，那雙眼睛真像小鳥。

「如果我睡著了妳會看著我睡嗎？」我撫摸著阿莉思胸前略微興奮時會起雞皮疙瘩的皮膚，那裡被陽光曬成了略暗於其他肌膚的三角形。

阿莉思很像小鳥的眼睛眨了眨。「即使沒有做夢，以致於睡著時看起來就像死去一樣？」阿莉思再一次緩緩地點點頭，我為阿莉思的點頭姿勢，幾乎要掉下眼淚。

凌晨我才因寒冷再次醒來，花了很久的時間，才確定剛剛是夢。這時候發現外邊下了雨，而屋子居然漏水了，水從天花板一條濕透的縫隙開始凝聚成水滴，滴到我棉被上，棉被都濕了。我起身坐到窗前，窗戶上凝結了一層霧氣。想起離開前一天，我對白鳥醫生說起我父親的故事，他靜靜地聽著，那時外邊也正下著雨。

「夢的本質雖然跟記憶有關，卻不是要讓人記住的。因為如果記住夢不忘，混淆了夢境與真實，是非常嚴重的事。比方說，如果有一隻兔子在夜裡夢見洞口有一隻狐狸，醒來以後也沒辦法辨識剛剛其實是夢境而誤以為是真實，那隻兔子將因此不敢走出洞口，甚至於喪失了覓食的勇氣，那就會影響牠的生存。」

到日本，時常懊悔沒能玉碎，和戰友一起成為焦屍。而最困擾的是，他常常有縱火的衝動，卻不敢對妻子說。事情發生的那天夜裡他在夢中聽到一個聲音說如果用火燄把一切燒成灰燼，那麼死去的就將活轉過來。他於是跨過沉睡中的妻子和孩子的身體，將灑上汽油的棉被蓋住自己的妻子和孩子，緊緊抱住他們點燃打火機。

「這只是一個例子而已。戰爭之後，睡眠的困擾就像感冒一樣普遍存在是不爭的事實。我相信在台灣、中國、美國、英國、德國……任何一個參戰的國家都存在。參與過中途島戰役的伊四七艦長折田在戰後曾說『有的時候活著比死去困難得多，因為要有耐心地等待死亡』。人們忽略了睡眠與夢境所暗示的靈魂疾病，而只花錢治療感冒。

「說起來經歷過戰爭的人，不管有沒有上過戰場，通常會變成兩種類型。一種是對接下來沒有戰爭的安逸生活感到幸福感，但時時緊張於幸福會突然消失。另一種會變得很難忍受出現的幸福或樂趣，戰爭讓他們變得拘謹而無法放鬆自己，他們甚至會本能地厭惡生活享受，而沉溺在戰時受苦的情境。但無論是哪一種情形，他們真實的感情可能只會在夢境裡出現。而深受睡眠問題所苦的人，多數是戰時正值青春的那一代。

「我有時候會想，戰爭中當然也會有很多孩子出生，但很少有童年，很少有少年少女，很少有青春期。而失去青春期的少年與少女沒有辦法長成完整的成人。日本戰後著名的女詩人茨木のり子，曾寫過這樣的句子：わたしが一番きれいだったとき／街々はがらがら崩れていって。」

「什麼意思？」

「在我最美麗的時候，街巷正崩毀倒塌。」

我默唸了這句詩三次。「我們這種沒有經歷過戰爭的世代，常常被上一代批評是沒有耐心、不能吃苦的人種。但為什麼好像上一代人很希望這一代的孩子經歷貧苦、饑餓，或者戰爭？」

「不，不是這樣的。他們只是單純地希望你們更強而已。比其他人更強，這樣其他人的基因，就會被你們排除掉。而萬一再次發生了戰爭——不管是哪一種形態的戰爭，自己的孩子才有活下來的可能性。」

「所以每一代的父母才會希望子女在任何形式的戰爭裡獲得成功，而不是期待未來會有一個沒有戰爭的時代出現？」

「對我個人而言，我確實對沒有戰爭的世界感到悲觀，因為連原始的狩獵採集部落都不存在著『溫和的部落』。曾經有一個人類學者Ember在一九七八年提出一分統計報告，有百分之六十四的部落每兩年就有一次戰鬥，戰爭頻率較少的佔百分之二十六，很少打仗或從未打仗的只有百分之十。而那百分之十，很可能是因為觀察時間太短，而漏失了觀察到戰爭的時機。這麼說也許有些悲觀，我認為戰爭已經內化成人類各種文化的一個部分，只要領導者或政客煽動

「所以說，忘記夢境才是正常的？」我問他。

「可以這麼說。但問題是，記住或忘記都不是生理機能所能控制的。事實上人對自己的睡眠評價並不可靠，有時甚至錯得離譜。比如說我們小寐片刻後醒來，感覺上像睡了好幾個小時。反之，有人睡了八或十個小時醒來，卻認為自己只打了個盹。還有人睡醒後，堅決否認自己睡著了，雖然對旁觀者來說，他睡得可相當沉。」白鳥醫生接著說。「所以每個文化裡都有類似的寓言故事，在夢中好像經歷了一生，醒來以後卻發現只是做了一頓飯的夢，這其實不是故事，是可能發生的真實情形。當然，處在生理上的睡眠狀態幾十年，醒來時卻以為自己只睡了一會兒這樣的事也有。只是那麼長時間活在睡眠裡的人不像睡美人一樣不會老，他們還是會一直在夢境中老去。」

「如果把夢境當作真實，或者老是忘不掉夢境會怎樣？」

「在我從事這個工作的經驗當中，遇過很多無法忘記夢境，或者把夢境當作真實，甚且說在現實中實踐夢境的事。我曾經處理過一個退役陸軍少尉的案例是這樣的：少尉在一場火災裡，失去他的妻子與兩歲大的兒子，他本人則是嚴重灼傷。由於受傷後的少尉精神狀況並不穩定，我因此被醫院派任為他的精神諮詢醫生。不過一直到他身體的傷勢完全復原以後，又過了三年他才說出他『可能』就是縱火者，因為那天晚上他夢見自己縱了火。

「少尉曾經參與過沖繩島戰役，在美軍登陸後他和士兵固守『首里防線』——一處墓穴所改裝成的機鎗陣地。擔任守軍的他們並不曉得美軍有多少人執行這項攻擊行動，所接到的命令就是盡力打一場持久的阻滯戰，一旦戰局不利就要『玉碎』。雨季開始之前美軍對防線進行了立體進攻，前所未見的陸海空猛烈砲擊讓士兵漸漸失去聽力的警覺性，空氣中嗅到的不是硝煙味，而是死亡的氣息。原本戰事可能拖延更久，但由於美軍久攻不下，指揮官牛島將軍誤以為有機可乘而決定發動反攻。少尉的部隊奉令留在守區不動，靜待第一波反攻的結果發動第二波攻擊。但幾個小時以後傳到山洞裡的是反攻全線失敗的消息，守軍的主力傷亡大半。由於防線的聯絡已經潰決，每個陣地知道自己將各自獨立作戰。不久雨季開始，美軍執行了『焊接吹管與螺絲錐』的戰術，『焊接吹管』就是火燄槍，『螺絲錐』則是炸藥。向防線推進的美軍，開始用這兩樣武器逐一對洞穴與碉堡進行『清理』。

「經過長時間的猛烈砲擊，山上幾乎沒有一株還站著的樹木，雨季的雨甚至沒辦法澆熄所有的火燄。一天凌晨少尉固守的陣地遭到『焊接吹管與螺絲錐』的攻擊。無法判斷正確數量的敵人壓制了機鎗陣地的火力，不久就用噴火鎗將火燄送進墓穴，並投入手榴彈。火燄沿著陣地內部的土牆向深處伸出舌頭，彷彿尋找生物的死亡黑影，這是留在少尉腦中最後的影像。少尉的戰友在這次攻擊裡全部成了焦屍，他自己則因為灼傷與吸入廢氣昏迷而成為俘虜。戰後他回

或做了愚蠢的決定，我們就會被迫投入戰爭。」

我想起曾經看過Newsweek報導盧安達與蒲隆地胡圖族與胡西族的戰爭。這兩個還不算普遍擁有現代武器的族群，以鎗、彎刀、木棍、手榴彈這些混合了各種年代的武器，相互殺戮了百萬人。報導的最後是這樣寫的：「一堆堆的屍體就像碎布娃娃在河裡載浮載沉，沿著污濁的Rusumo River漂進坦尚尼亞境內，而約有一萬具屍體，順著Kagera River流出盧安達邊境，進入美麗的維多利亞湖，沖到烏干達的岸邊。」我喝著白鳥醫生煮的香醇曼特寧，看著窗外的花園被雨水淋濕而閃閃發亮。

我不想要有孩子。那天晚上，我從大和發了一封mail給阿莉思。親愛的阿莉思……

我打開窗，發現天色已經微明。擺脫了洞穴睡眠之後，終於得以再暴露出所有的脆弱面而放鬆地睡覺。我走出房間，準備步行到外邊小路的早餐店去吃個早餐。沒想到一打開門就發現一隻大概手掌大小，頭的兩側有明顯黃斑的烏龜頭朝外死在階梯上。烏龜這種生物真奇特，活力充沛的時候，能把頭縮進那個堅硬的軀殼裡，死了以後頭卻會伸出殼外，無力地，彷彿鬆掉的橡皮垂下來。

我揀起烏龜的屍體放到草叢裡，牠的眼睛半閉半開，彷彿未死，只是暫時睡著。

吃完早餐，準備搭車去看媽的時候J來了電話，她說查到歌的來歷了，那是一個叫做並木路子的歌手所唱的歌，歌名是〈蘋果之歌〉，是二戰後日本的暢銷曲呢。她問要不要把歌詞唸給我聽？我說我在等車，mail給我好了，改天我請妳喝咖啡。她說歌詞其實也沒什麼，每段副歌最後都重複著「蘋果啊蘋果，可愛的蘋果」。

山上早晨的車總是載著一大早就從山下跑到山上運動的歐巴桑、歐里桑，他們活力充沛，為延長一年兩年的生命努力運動著。但有什麼理由我們必須努力去延長那一年兩年的生命呢？阿莉思消失了，我父親消失了，甚至連Hitomi都消失了。以前的生活枯萎了，想擁抱的都已經消失了，所以也許人注定只能得到自己不想要的。

46

一九九一年的時候，我跟高座的同學邱金聲與簡國立一起回到大和。我們去了東京、名古屋、江之島，也回到工廠附近。當然，一切都改變了。這些地方喚起了我們的一些記憶，我們在車上談著快五十年前所發生的事情，但好像都刻意地跳過了一些部分。

看著現在已經完全看不出戰火的新城市，我想起大戰結束後，和同學們四處旅行的事。那時有的同學一邊旅行一邊開始做起生意，到青森買蘋果，或是到北海道買魷魚，到成天山買飴糖回宿舍賣，賺取差價。也因為這樣，我們跑了日本很多地方。那時被轟炸得幾乎看不到一棟完整建築的大街小巷，都聽得到收音機正播放著並木路子小姐唱的〈蘋果之歌〉，並木小姐厚實卻帶著活潑的歌聲鼓動了在戰火中活下來，卻深陷在貧窮與病痛裡掙扎求生的人們。因為當時蘋果是昂貴的水果，有人把其中的一句歌詞改成「蘋果昂貴，昂貴的蘋果」，用輕快的曲調唱出來的時候，頗有一種無奈的希望情緒。不知道為什麼，住在竹仔厝看到商場慢慢建起來的時候，耳邊出現的就是並木小姐的聲音，那是一種沒有目的，純粹快樂的聲音，好像一切痛苦都可以不再被提起的奇妙聲音。每當我專注修理收音機的時候，無論調到哪一個頻道，每次收音機活過來，接收到電波，開始發出擦擦聲時，這首歌就會自然地浮現。

行程的最後一天我們去了廣島。在工廠老長官小野技士的安排下，我們去參訪了原爆醫院。我很感謝他在工廠教我的一切，讓我學習到可以維生的寶貴技能。接待我們的森醫生是一個熱情、禮貌周到的人。不過在車上時我聽小野技士提到，森醫師來到原爆醫院服務的原因。據說那時森醫師的父親是一間公立醫院的實習醫師，由於觸目所見，都是求生不得，求死不能的病人，自己又不能為病人解除痛苦，森醫師的父親終於上吊自殺。還是孩子的森醫師因此發願考上醫學系，而在畢業之後，選擇到原爆醫院服務。故事聽來簡單，但我知道真實的過程一定更為複雜，來到這裡服務的森醫師，之前一定有過旁人難以想見的掙扎吧。

我看著正講述著原爆醫院現在規模和一些特殊的病例的森醫師的臉，想著深受疾病糾纏的病人掙扎求生，身無病痛又負擔著拯救病人的醫生的心情卻沒有人知道，終究走上求死之路。求生與求死的界線究竟是怎麼一回事，說實在直到我這個年紀還搞不清楚。

那天晚上廣島正好舉行了反核大遊行，遊行結束之後，一群原爆犧牲者的親屬，聚集在河邊追悼死者，並為死去的人放河燈。在形式上雖然很像基隆中元節的放水燈，但不同的是家屬會把死者的名字寫在燈籠上，讓燈隨河流去。我也買了兩個燈，借了毛筆寫上秀男和阿海的名字。許多名字漂流在水上，漸漸遠離岸上人們的視線，終於完全認不出自己施放的是哪一盞燈。不過那並不重要，這些燈終究會在岸上人所看不到的某處冰冷水面上熄滅。

我一直說服自己戰爭並沒有傷害到我們的靈魂。但當我活到六十多歲的這個時候，每回看著背著書包拿著單字筆記準備上學的孩子，我就認真地回想著自己是否也曾經有過少年的時光。或許我們八千多人……不，經歷過戰爭的孩子都跳過那樣的時光。

值得慶幸的是，我的孩子是在已經離開戰爭的時代裡長大。只不過他們到我這樣年紀的時候，會不會也覺得自己因為什麼原因而失去了少年？或者，他們會在我這樣的年紀，經歷另一場戰爭？

而這些年我常常陷到關於戰爭的回憶裡，會不會是我的身體有哪一個部分，其實是渴望戰爭的？

雖然那時我們只是在工廠裡，進行著單純工作的少年工，跟前線的士兵，以及承受原爆的廣島民眾相較，我們總算是有防空洞可以躲，而且受到觀世音的保祐而毫髮未傷回到故鄉。在那場死傷超過五千萬人的戰爭裡，我們所見的殺戮是如此少而片段。而事實也許是，我們確實參與了殺戮。我們用熟練的技巧、認真的意志、以及渴望獲得證書，成為日本人的條件，幫助了一個用盡各種方式將戰爭延長下去的國家，參與了殺戮。我們坐在收音機前面，聽到自己曾經親手釘上鉚釘的飛機，不曉得是真實或虛構地擊落美機，聽著飛機飛到遙遠的地方丟下炸彈，我們以天真的少年的姿態，學習並且參與了人類存在的殘酷性。

我的友伴，不就是因為另一群人，所努力生產出的炸彈與飛機，而永遠走不出那座森林的？

我既不認為自己有罪，也不認為自己無罪。所謂有罪和無罪這回事，在戰爭裡是最難認定的。戰爭中不義的、殘酷的、不可思議數量的死亡，有時讓人感到非現實性，就好像是看到畫中的死亡一樣。即使親眼目睹死亡也一樣。這段時間我唯一了解到的是人生憎恨的本質，以及包裹在憎恨硬殼之中的，無善無惡的求生意志。終究人活下來，命運與意志才是決定性的。

我常常想起平岡君。我曾聽說他原本所屬的部隊在抵達菲律賓後，幾乎全軍玉碎。這對平岡君而言，究竟是幸或不幸，恐怕是神才能了解的事了。

回程時簡和邱開玩笑地唱起了那時從宿舍走到工廠常唱的一首歌，歌詞是這樣的：

大日本是神的國度。
天皇陛下是神的化身。
我們是日本臣民。
我們為輔弼天皇而工作。
我們為輔弼天皇而死。

我並不想和他們一起唱，因為已經不是少年時的嗓音了。離開河邊的時候，由於沒有路燈，我們誤走進了一條充滿濕泥與落葉的小路。路極軟，像踏在某種活著的物事的皮膚上似的。不知道為什麼，在那條黑暗的路走著的時候我們都安靜了下來，簡跟邱也不再唱歌，我落後在步行的隊伍後面，彷彿回到將近五十年前的那條黑夜裡回宿舍的小路上。

47

觀世音坐在雲端的雲端之上，有那麼一剎那的時間，祂認為自己是不幸的。祂想起自己曾經有過一個孿生弟兄。無法清楚地說明是兄或弟的原因是，祂和祂分不出是誰先出現的。祂們最初的名字是「Asvin」（阿濕波），祂們年輕、美貌、聰明、靈巧、敏捷，有蜜色的皮膚，頭戴著精美絕倫的蓮花冠，乘坐馬或烏鴉拉的金車，那金車駛起來比思想還快，比夢還平穩。祂們每天黎明時出現，駕車駛過天空，有時幻化為一對並肩相連的小馬，頭是兩顆明亮的星。祂們合作時總能展現奇蹟，使盲人復明，殘廢得全，母牛生奶，婦女生子，老女得夫，沉船獲救。在《犁俱吠陀》這部經典裡，光是對祂們的頌歌就有五十多首。

但當記載祂們事蹟的經典《佛說文殊師利般若涅槃經》傳到中土後，一切都改變了。修行者竺法護的兩個得力的譯經助手，聶承遠與其子聶道真，在竺法護死後，新造出了「觀世音」這個譯語。他們將Avalokitasvara中「avalokita」譯為「見」，而savara譯為「音」，並且承襲了竺法護將lokita譯為「世」的錯誤，於是創造出了「觀世音」這樣一個名字。不知幸與不幸的是，這錯誤的譯名又被極有聲名的鳩摩羅什、法顯採用，於是世人遂稱祂為觀世音菩薩。Asvin不被此間的凡眾所識，孿生子則在被稱為「觀世音」後遂合而為一，能觀世間音，也必須觀世間音。

菩薩知道自己是在人們的想望與文字中，逐漸產生無比神通的。因此祂珍重地收藏著每個人的祈求，盡量保持如如不動，以免裝有祈禱的檔案破裂損壞。祂的存在來自世人的寄望，菩薩不能失去眾生的祈求，一如植物不能失去水。

菩薩的法力無邊，唯一不能改變的就是眾生的輪迴。然而各種希望在輪迴中得救的祈求，仍舊無日無夜出現。不過有時祂甚至希望聽到人們祈求來生，因為根本沒有來生。既然沒有來生，那麼人們對來生的祈求，無論內容為何，也都算是應驗了。

除了無邊無際的神通以外，菩薩另一個極大的痛苦是無法睡眠。由於不得漏失任何一個微小的苦難，因此祂日夜都必須睜開心眼觀看。唯有從不睡眠的祂知道，戰爭的背後其實還有戰爭，而災難的背後仍將有災難。人類能一代一代地活存下去，無非是這些苦與難維持了生與死的恆定。因此，如果細心點，也許你會發現世間所有觀世音菩薩像的慈善面容裡都有著難以言喻的痛苦相。

無法睡眠的菩薩無法擁有夢境，但夢其實對任何實體或非實體的存在都是具有修補意義的活動，因此一旦失去作夢的能力，即使法力廣大無邊如菩薩，仍偶爾會在心底造成一道極微細，連記憶的尖端都穿不過去的裂縫。倘若出現裂縫的位置恰好在那些和心的核心用億萬條管線連接的地方，那麼某條細如髮絲卻堅韌如永恆的管線就有可能斷裂，某個被收藏的祈求就會因此洩漏出來。而又因為這樣的祈求是在觀世音的心底出現的，一旦釋放出來便會在那收藏祈求的心底引起無與倫比的回音，那回音觸動了菩薩無邊無際的寬大慈悲，菩薩因此忘了自己不能掉眼淚。

坐在蓮花座上的菩薩，遂掉下了一滴眼淚來。

48

不久村子陷入暴雨的肆虐。大雨是突如其來的，從此就一直持續下去。雖然有時有短暫的歇息，但常常就在快讓人期待「雨就要停」的時候變成更激烈的暴雨。一開始少年還冷靜地等著雨停，但不久後就發現這似乎是一場過去從來沒有經驗過的雨。不管怎麼樣，雨先停了再說吧。一些低窪地區的人放棄一樓，改住到二樓，他們開始使用橡皮艇出入，雙腿因常常泡在水裡而變得慘白、龜裂。家具逐漸軟化腐爛，路面的柏油像蛻皮一樣脫落，山一塊塊地崩毀，禿頭的少年逐漸增多，河和河開始心虛地接近，並在不久後匯流為一，心滿意足地把泥沙、樹木、浮腫的動物屍體，房子，以及任何活著的生物以及生存的期待帶走，靜默地向前流去。四處可見的積水發出亮光，那亮光如此刺眼，就好像在底下藏著深不見底的黑暗似的。

媽因為糖尿病併發症，在醫院裡療養。由於她一直吵著要回家，情緒並不穩定，於是我和哥和姊，輪班到醫院陪她，安撫她的情緒。哥總是付出時間最多的人，從小他就是這樣，話說得最少，付出卻最多。

聖誕節剛過，雖然不是宗教醫院，但在裝飾上也試著表現出聖誕的歡樂氣息，這使得慘白的醫院裡，穿著院服的絕症病患也在病容裡露出些微的喜氣。以前不曉得為什麼，這個不是那麼多人都信主的島嶼，對這樣的節日也如此狂熱，但當了記者以後就曉得了。這種節慶的氣氛既是宗教的也非宗教性的，而是資本家的把戲。資本家可以創造這個城市一切實象或抽象的需求，資本家在城市裡近乎神的角色。

我和哥在病房外討論了一下媽的病情，進到病房時她正在睡覺。我拉椅子時不小心驚動了她，她因此掙扎起身，對著我說：「睡都睡不著。」其實她剛剛一度睡得極沉，至少我看起來，她睡得很沉。

醒來後的媽就像這一陣子的例行公事一般，她開始對我講起她少女時代的故事，一個接著一個，講過以後再講一次。隔壁的少女病患（好像是氣喘送醫的）本來就開著電視按成靜音，但看到我媽醒來開始講故事以後遂把電視的聲音轉大。她百無聊賴地在幾個綜藝節目和偶像劇間跳著轉台。一瞬間我看到被略過的新聞台似乎正播報著重要的新聞，我請問她是否能給我幾分鐘看看新聞？她不太甘願地把遙控器交給我。

昨天在印度洋發生了嚴重的海嘯。

電視裡畫著濃妝，眼神帶著虛偽悲戚情緒的女主播說，印度洋大地震在曼谷時間七點五十八分五十五秒引發了大海嘯，至今已造成十個國家近六萬人罹難，印度官員表示，該國安達曼群島至今仍有三萬人下落不明，預料罹難者總數還會持續上修。（上修？怎麼會用這樣的詞？撰稿的記者腦袋裝的到底是什麼？）

二十六日發生的地震及其引發之海嘯，在亞洲重創印尼、斯里蘭卡、印度和泰國，並在馬來西亞、緬甸、孟加拉、馬爾地夫，以及遠在非洲的索馬利亞和塞席爾，造成數百到數萬人死亡。目前斯里蘭卡有超過一萬八千人罹難、印度估計有超過一萬一千人罹難、泰國有超過一千五百餘人罹難，索馬利亞也有百餘人罹難。印尼的救難人員估計罹難者人數超過兩萬人。聯合國緊急救援事務協調員埃格蘭表示，由於這次的災難發生範圍超出個別國家或地區，因此各國將發起規模空前的救災行動。至於這次災難所造成的損失，估計在數十億美元左右，甚至可能再多出數倍。我國正準備提供人道援助和派遣救難部隊。

（我轉至另一個新聞台）

印尼等主要受災國家，遭到海嘯襲擊的海岸地區空氣中瀰漫屍臭，我們可以看到救災人員不斷從建物殘骸等處挖出屍體。由於水源遭到腐敗屍體的污染，目前還可能因不潔水源而引發霍亂、傷寒等疾病，專家認為，這將對數百萬倖存者帶來新的威脅。這次浩劫中最主要的受害者是兒童，估計罹難者中約有三分之一是兒童。聯合國兒童基金的發言人表示，受災地區一方面有許多兒童死亡，另一方面有許多兒童成為孤兒，僥倖生還但抵抗力脆弱的兒童，將來還要面對疾病和缺乏食物飲水等衛生威脅，急需各界的幫助。

印尼亞齊省省會班達亞齊，四十萬人口中至少有三千人死於此次地震。而估計有上百萬人居住的亞齊省沿海村莊，則幾乎全遭海嘯夷平。該省納岡來亞行政區的首長表示，沿海的十七個村莊已不見蹤跡。印度官員則表示，向來是度假天堂的安達曼群島，至今仍有三萬人下落不明。泰國度假勝地PP島上的建物幾乎全毀。

（再轉至另一個新聞台，報導新聞的臉孔竟然是我最熟悉的臉孔。那是阿莉思！即使她畫了濃妝，但那就是阿莉思。）

隨著救災行動展開，各種令人震撼的災難經歷也陸續傳出。一位澳洲父親抱著六個月大的女兒在普吉島海灘散步，海嘯從天而降，他趕緊抓住女兒，但事後發現手中只剩女兒的小衣服。女嬰的叔叔在澳洲電視上追述此事時，淚水決堤流下。在印尼等國，政府出於衛生考量，決定採用最簡單儀式將罹難者屍體成批集體埋葬。

此次引發海嘯的大地震，據香港、中國大陸及美國的地震中心所測量到的地震強度為芮氏八點五至八點七，我國地震中心測到的則是八點七。這是自一九六四年阿拉斯加耶穌受難日地震以來，所發生的最強的地震，一些地區的海嘯甚至高達十幾公尺。

電視這時反覆播出一個遊客的DV所拍到的海嘯來的情景。一開始遊客只是驚呼，並嘗試拍攝下來，但那些浪像有生命一樣從遠方襲來，一瞬間就把不屬於海的地方變成海，拍攝的遊客遂倉皇逃難，畫面變成一連串晃動、不可辨識的線條。浪衝倒洋傘、戶外餐廳、觀光飯店、沙灘，沖走資本家包裝成的熱帶天堂，同時捲走了貧窮的村落，收回了在沙灘上曬太陽、衝浪的觀光客，捕魚、剖蚵、等待退潮揀貝殼賣給觀光客的孩童的生命。我按著手裡的搖控器，電視發出陣陣的蜂翅鼓動聲，但那也許是我自己腦中鳴叫的聲音。

阿莉思持續用她美麗、哀傷的嗓音報導著。（如果她回到我身邊，我們會生下長得各像我們一半的孩子嗎？）

母親則用她蒼老、衰弱的聲音繼續講著她的故事。她說你知道唱台語歌那個阿霞嗎？「伊跟我是同庄的。伊爸就是替日本警察做代誌，光復之後整庄的郎攏去伊家要將伊阿爸拖出來打。假使不是恁阿公去占伊，早就乎郎摃死囉。」

母親繼續講著她的故事，她說你知道阿公家隔壁那個金花姨嗎？「伊十六歲就生一個囝仔呼做阿蓋仔，也不知影是跟誰郎生的。阿蓋仔跟阮們感情不歹，有一擺空襲的時陣，伊的左手予一個炸彈的破片插入去。因為無錢看先生啊，金花姨就用布替阿蓋仔清采包包哩。過幾工阿蓋仔將布打開予阮們看，汝知影按怎？手的肉都爛了了，還生白白的蟲哩。隔兩工阿蓋仔就死囉，再經過三工阿本仔投降，戰爭就結束囉。」

死了？

死囉。

戰爭結束了？

結束囉。

我問她外公後來怎麼處理那幾包米？母親說就吃掉啦。「伊個寄米的朋友後來擱繼續藏米，結果最後被日本警察抓到，死底監牢裡底。為幾包米死真無價值，現此時白米飯不值錢囉。」母親用細微、遙遠的聲音說，說著說著就睡著了。她睡得如此深沉，以致於脖子像是斷掉一樣傾斜著。我緊張地觀察她是否仍有呼吸，胸口確實還微微起伏著。我看著母親睡著的臉，想像她現在會在經歷什麼樣的夢境？

女孩又把電視轉回偶像劇，我曾聽沙子說那是我另一個大學同學扁頭寫的劇本。廣告的時候女孩又焦躁地不斷轉台，在一瞬間電視又掠過阿莉思那個新聞台。海嘯與阿莉思的臉在電視上停留了十分之一秒，在那個準備奪走數十萬人家園與生命的姿態裡，電視又若無其事地推銷著運動飲料、調整型內衣和百貨公司周年慶。

母親又再一次醒來，她的睡眠竟變得如此之淺。她說哥說今天早上收到爸高座同學會聚會的卡片，卡片現在在哥那裡，她吩咐我要提醒哥，晚上爸回來千萬要記得拿給他。她說外面好像在下雨，爸不知道有沒有帶傘。她講得如此自然，以致於我一時被這句話帶到很遠的地方，不曉得怎麼回話。回神後我用台語轉述新聞給她聽，說東南亞發生了大海嘯（我不曉得海嘯台語要怎麼說，就說很大的海浪），死了很多很多人。她說彼時戰爭也死了很多人。

她睜開眼睛看著我，眼神像陷入夢境似地既無邪且青春，她用這樣的眼睛看著我，然後問我：

無知影伊寡郎尾仔是去何位囉？（不知道那些人後來都到哪裡去了？）

後記

原本我認為這本小說自己寫點什麼都是多餘的，在付印前幾天，我才決定寫這一小段文字。

這本小說的內容我從五、六年前開始構思、閱讀相關文獻，並且兩度前往日本，其間因教書的關係，只能斷斷續續寫作，數度易稿，一直沒有心神把它完成。去年我在台北影展看了郭亮吟導演拍的《綠的海平線》，那是一部用心的紀錄片，也因為那是一部紀錄片，我才突然發現原來自己寫的和「記錄」根本上是不同的東西（郭導演後來也有和我聯絡上，她在拍攝紀錄片時也知道我正在寫一本關於少年工的小說），這本書並不在寫一段歷史，而是其他的一些什麼的。當小說完成的一刻，我才隱約地知道那是什麼。

我很想把這書像很多人一樣寫上「獻給我的父親」，或「獻給上一代人」之類的，但一方面我覺得自己沒有資格，另一方面我知道我不過是寫完一本長篇小說而已。而世界仍在繼續。

以下我列出寫作時一些資料上的參考書籍，沒有這些書和人的思考，我不可能完成另一本書。此外，幾年前我在看阿莫多瓦（Pedro Almodóvar）的《悄悄告訴她》之後買了電影原聲帶，其中一張是阿莫多瓦將他拍片時所聽的曲子集成一張CD（台灣譯為《悲傷萬歲》）。我因此也效顰地將《睡眠的航線》和《家離水邊那麼近》這兩本書完稿的最後一年，反覆閱讀的小說中選出十本列出來（與《家離水邊那麼近》後面列的十本小說不同，這十本是另外十本，當然有些是很早以前就讀的，這一年也並非只讀這十本小說。此外，所列為我所讀的，或偏好的譯本），雖然大多是很多讀者讀過的經典，但可能也有一些讀者還未讀過。無論如何，我從這些作者身上學到許多，讀者當可以察覺。

附錄：相關資料

川端康成・三島由紀夫，《川端康成・三島由紀夫往復書簡》，初版，2000，台北：麥田出版社。

台灣高座會編輯委員會編，《難忘高座情》，初版，1999，台北：台灣高座會編輯委員會。

早川金次編，《流星——高座工廠と台湾少年の思い出》，1987，東京：株式會社そうぶん社。

坂井三郎，《零戰之命運》，廖為智譯，初版，1997，台北：麥田出版社。

——，《荒鷲武士》，黃文範譯，初版，1999，台北：九歌出版社。

保坂治男，《台灣少年工——望郷のハンマー》，ゆい書房。

林淑媛，《慈航普渡——觀音感應故事敘事模式析論》，2004，台北：大安出版社。

周婉窈，《海行兮的年代》，初版，2003，台北：允晨文化。

彭炳耀，《造飛機の日子——台灣少年工回憶錄》，謝水森譯，初版，2003，新竹：新竹市政府編印。

勝尾金彌，《半個太陽——台灣少年工物語》，初版，1993，台北：開今文化。

Beger, Carl.,《轟炸日本的B-29》，聞煒譯，初版，1995，台北：星光出版社，譯自*B29:the superfortress*, 1970.

Frank, Benis M.,《沖繩登陸戰》，胡開杰譯，初版，2003，台北：星光出版社，譯自*Okinawa: touchstone to victory*, 1969.

Hobson, J. Allan.,《夢與瘋狂》，朱芳琳譯，初版，1999，台北：天下文化，譯自The *Chemistry of Conscious States: Toward A Unified Model of the Brain and the Mind*, 1994.

Lavie, Preretz.,《睡眠的迷人世界》，潘震澤譯，初版，2002，台北：遠流出版公司。譯自*The Enchanted World of Sleep*, 1996.

Nathan, John.,《夢幻武士——三島由紀夫》，梁翠凌譯，初版，1988，台北：北辰出版社。

Stevens, Anthony.,《大夢兩千天》，薛絢譯，新版二刷，2006，台北：立緒文化，譯自*Private Myths: Dreams and Dreaming*, 1995.

郭亮吟導演，藤田修平、蔡晏珊製片、劉吉雄攝影，《綠的海平線》，電影院觀看，2006。

Fiction

三島由紀夫，《三島由紀夫短篇傑作集》，初版，1985，台北：志文出版社。

韓少功，《馬橋詞典》，初版，1997，台北：時報出版社。

Atwood, Margaret.,《盲眼刺客》，梁永安譯，初版，2002，台北：天培文化，譯自*The Blind Assassin*.

Borges, Jorge Luis.,《虛構集》，收於《波赫士全集I》，王永年等譯，2002，台北：臺灣商務印書館，譯自*Ficciones*, 1944.

Carver, Raymond.,《浮世男女》，張定綺譯，初版，1994，台北：時報文化，譯自*Short Cuts*, 1993.

Chekhov, Anton P.,《契訶夫短篇小說選》，康國維譯，初版，1985，台北：志文出版社

Coetzee, J. M.,《鐵器時代》，汪芸譯，初版，2001，台北：天下遠見出版社，譯自*Age of Iron*, 1990.

Greene, Graham.,《布萊登棒棒糖》，劉紀蕙譯，初版，1987，台北：時報文化，譯自*Brighton Rock*, 1938.

Okri, Ben.,《飢餓之路》，王維東譯，初版，2004，台北：大塊文化，譯自*The Famished Road*, 2004.

Rushdie, Salman.,《午夜之子》，張定綺譯，初版，2004，台北：臺灣商務印書館，譯自*Midnight's Children*, 1981.

國家圖書館出版品預行編目 (CIP) 資料

睡眠的航線 = Routes of the dream / 吳明益作
. -- 二版 . -- 臺北市 : 二魚文化事業有限公司 ,
2025.05
312 面 ; 15*21 公分 . -- (文學花園 ; C049)
ISBN 978-626-99570-1-9(平裝)

863.57 114004529

二魚文化　文學花園 C049

睡眠的航線

作　者——吳明益
主　編——楊佩穎
設　計——吳明益
美　編——周晉夷
校　對——吳明益・楊佩穎
題字篆印——李蕭錕
出 版 者——二魚文化事業有限公司
地址　116台北市文山區興隆路四段165巷61號6樓
網址　www.2-fishes.com
電話　(02) 2937-3288
傳真　(02) 2234-1388
劃撥帳號　19625599
劃撥帳戶　二魚文化事業有限公司
總 經 銷——大和書報圖書股份有限公司
電話（02）89902558
製版印刷——開睿實業有限公司
二版一刷——二〇二五年五月
ISBN——978-626-99570-1-9
EISBN——978-626-99570-6-4
定　價——新台幣三九〇元

二魚文化